KB078435

배우,
미친흡입력

배우, 미친 흡입력 7

이산책 장편소설

초판 1쇄 찍은 날 § 2018년 7월 9일
초판 1쇄 펴낸 날 § 2018년 7월 16일

지은이 § 이산책
펴낸이 § 서경석

총괄팀장 § 최하나
편집책임 § 이종식
편집 § 김경민

펴낸곳 § 도서출판 청어람
등록번호 § 제387-1999-000006호
등록일자 § 1999. 5. 31
어람번호 § 제1-2932호

주소 § 경기도 부천시 부일로 483번길 40 서경B/D 3F (우) 14640
전화 § 032-656-4452 팩스 § 032-656-4453
http://www.chungeoram.com
E-mail § chungeorambook@daum.net

ⓒ 이산책, 2018

ISBN 979-11-04-91784-4 04810
ISBN 979-11-04-91645-8 (세트)

7

[완결]

이산책 장편소설

배우, 미친 흡입력

청어람
도서출판

FUSION FANTASTIC STORY

Contents

　죽음과도 같은 긴 잠에서 깨어난 후 태웅은 다시금 배우 본연의 생활로 돌아갔다.

　옛 친구 엘런, 그리고 엘리온과 있던 일이 마치 한순간의 꿈처럼 느껴졌다.

　하지만 그것은 실제로 일어난 일이었고, 그 결과 자신과 소중한 사람들이 위협을 받고 있었다.

　셋 모두 정신과 진찰을 받아보았지만 예상대로 암시의 흔적은 발견할 수 없었다.

　찾을 수 없으니 치료도 할 수 없었다.

　그만큼 엘리온의 최면술은 보통의 수준을 넘어선 것이었다.

'아카데미상을 누가 먼저 수상하느냐라니… 그런 유치한 경쟁을 하자고?'

태웅은 승부에서 이길 자신이 있었다.

이미 전생에서 여러 번 수상해 본 경험도 있었다.

문제는 과연 엘리온이 약속을 지킬까 하는 점이다.

지금으로서는 일단 승부에서 이기는 것이 우선이었다.

'일단 그 녀석부터 족쳐봐야겠다.'

태웅은 테베스 박사의 병원으로 향했다.

"미안하지만 나도 방법이 없다고."

울상이 된 얼굴로 테베스 박사가 고개를 저었다.

"그럼 벤 하프만의 와이프라도 고쳐봐. 네놈 약에 중독된 거니까 네가 책임을 져야지."

"일단은 입원시키는 수밖에 없어. 나도 그걸 만들기만 했지 해독제는 아직……."

"뭐가 어째?"

다시 한번 태웅의 발길질이 이어졌다.

정강이를 까인 테베스가 비명을 지르며 주저앉아 낑낑댔다.

"반드시 치료해 봐. 그리고 한 달 안에 그 해독제란 걸 만들어. 무슨 수를 써서라도. 알았어?"

"한 달은 무리야."

"정확히 한 달 준다. 그 안에 못 만들면 넌 바로 감방행이야. 이 약속은 기필코 지켜주지."

태웅의 말에 그는 사색이 되었다.

낸시가 테베스의 병원에 입원한 후 벤은 매일같이 병문안을 왔다.

처음에는 거부하던 그녀도 남편에 대한 감정이 많이 풀어졌는지 이제는 그럭저럭 대화도 피하지 않는다고 했다.

그것만으로도 벤의 상태는 놀랄 만큼 좋아졌다.

"이게 다 태웅 씨 덕분이에요. 나도 이제는 정말 열심히 살아보려고요."

부담스러운 눈빛을 보내며 감사해하는 그에게 태웅은 고개를 끄덕였다.

"사랑을 열심히 표현해 보세요. 그런데 다음 촬영은 언제죠?"

"이틀 뒤부터 바로 시작할 겁니다. 칼리드에게도 말해뒀어요."

벤의 개인 사정으로 잠시 중단됐던 '삼총사: 더 웨스턴'의 촬영도 재개되었다.

감독도 정상으로 돌아온 이상 앞으로 영화에 대해선 걱정할 일이 없을 것이다.

태웅은 이번 영화에 혼신의 힘을 다할 생각이다.

엘리온은 아직 차기작을 결정하지 않았지만 여유를 부릴 순 없었다.

그의 배우로서의 흡인력이 엄청났기에 바로 다음 영화에서 아카데미 남우주연상을 먼저 탈 가능성도 있었다.

'아카데미상이 그렇게 만만한 게 아니긴 하지만 그 녀석이라면……'

반면 태웅은 그에 비해 다소 불리했다.

아무리 뛰어난 연기를 펼치고 영화가 대박이 나더라도 동양인 배우의 첫 주연 작품으로 아카데미에서 남우주연상을 줄 확률이 희박했다.

하지만 불가능한 것은 아니다.

적어도 연기에서만큼은 엘리온에게 지고 싶지 않았다.

'보여주겠어. 내 인생 최고의 연기를!'

*   *   *

강지나는 제작사 건물을 빠져나오며 기쁨의 미소를 지었다.

마침내 소속 배우들의 할리우드 첫 영화 출연 계약이 성사된 것이다.

"쳇, 아무리 그래도 장애인 역할은 너무한 거 아냐?"

툴툴대던 강창구는 순간 별이 보였다.

누나의 매운 손바닥이 그의 뒤통수를 강타한 것이다.

"감지덕지해야지. 그리고 그 역할이 어때서?"

"아니, 그냥 어렵다는 거지. 제대로 표현하기가……."

"좋은 기회라고 생각해. 니가 이 배역을 제대로 연기하면 얼마나 주목받겠어? 레오나르도 디카프리오도 '길버트 그레이프'에서 정신지체 연기로 스타덤에 오른 거 몰라?"

강창구는 할리우드의 가족 영화 장인으로 유명한 명장 스테판 블룸버거 감독의 신작 '아메리칸 인디언의 나날들'에서 정신지체 인디언 청년 '호크아이' 역할에 캐스팅되었다.

주연급은 아니었어도 나름 비중 있는 조연으로 인디언이 된 삼촌을 찾으러 인디언 자치공화국으로 간 백인 장교가 겪는 문화적 충돌과 갈등을 통해 미국 사회를 비판적으로 풍자하는 영화였다.

언뜻 보면 무거워 보이지만 스테판 감독 특유의 블랙 유머와 드라마가 적절히 버무려진 유쾌하고 감동적인 가족 영화였다.

주인공 앤디 보가드의 삼촌인 헝크 보가드에게 영어를 배우는 학생 중 하나인 인디언 청년 호크아이는 스물두 살의 나이에 여덟 살의 지능을 가진 정신지체아였다.

어눌하지만 특유의 재치와 독설을 거침없이 구사하며 고지식한 앤디를 당황시키는 역할이었다.

극 중에서 웃음 포인트의 대부분을 차지하고 있는 만큼 제대로만 소화한다면 강지나의 말대로 할리우드에서 충분히 주목받을 수 있었다.

하지만 아직 청춘스타의 꿈을 버리지 않고 있는 강창구로서는 썩 하고 싶은 역은 아니었다.

일단 배역 자체가 상당한 연기력을 요구하는 것이다.

"나도 주인공 하고 싶은데… 그 녀석처럼."

강창구가 불쑥 꺼낸 말에 강지나가 움찔했다.

"그 녀석?"

그녀의 표정이 심상치 않음을 본 강창구가 아차 싶었는지 뒤도 돌아보지 않고 달리기 시작했다.

"나도오! 그 김태웅이처러엄! 데뷔이이이작부터 주인공 하고 싶다고오오오!"

누나의 상처를 알지도 못하면서 그는 있는 힘껏 소리치고는 그녀의 에이전시가 있는 할리우드 로데오 거리로 달려 나갔다.

"어딜 가냐, 저 멍청이. 반대쪽인데."

강지나가 힘없이 중얼거렸다.

그 모습을 조금 떨어진 곳에서 보고 있던 유지니가 어이없다는 듯 피식 웃었다.

"대표님, 너무 맘 상해하지 마세요."

"아니… 딱히 그런 건 아닌데……."

"다 느껴져요. 태웅 씨와 그렇게 된 거, 대표님 탓이 아니에요. 그렇다고 태웅 씨 탓이라고 할 수도 없지만요. 그냥 처한 입장이 서로 다른 거예요."

"고마워요."

강창구가 배역을 따내서 신났던 대표의 기분이 축 처지자 유지니는 안쓰럽기 그지없었다.

'어쩌자고 지 누나한테 저러는지… 하여튼 남동생이란 것들은……'

한심하게 바라보던 강창구의 뒷모습이 갑자기 눈앞에서 사라졌다.

두 여자는 어리둥절해하다가 그가 뭔가에 걸려 넘어졌다는 것을 깨닫고는 파안대소했다.

"푸하하하! 꼴좋다. 이 멍청한 동생 자식."

강창구는 배꼽을 쥐고 웃음을 터뜨리는 그녀들을 보며 울컥했다.

"에이 씨, 뭐야? 코피 나잖아!"

그는 인중을 타고 폭포처럼 흐르는 코피를 손등으로 훔쳤다.

안주머니에서 휴대용 티슈를 꺼내 콧구멍을 틀어막으려 하는데 누군가 지나가면서 그의 어깨를 툭 쳤다.

"으헉!"

마침 새끼손가락에 티슈를 감고 있던 그는 충돌의 여파로 얼굴이 움직이면서 새끼손가락이 그대로 콧구멍 깊숙이 박혀버렸다.

순간 확장되는 고통에 그는 비명을 질렀다.

눈물을 참으며 앞을 보니 어깨를 부딪친 상대가 아무렇지도 않게 그를 지나쳐 걸어가고 있는 것이 아닌가?

"야! 너 거기 안 서? 이 빌어먹을 자식이……."

그 말에 걸어가던 상대가 멈춰 서서 고개를 돌렸다.

"무슨 일 있습니까?"

이상할 정도로 차갑고 감정이 느껴지지 않는 얼굴이었다.

하지만 화가 머리끝까지 치민 강창구는 아랑곳하지 않고 그에게 달려갔다.

"사람을 쳤으면 사과를 해야지! 너, 이거 안 보이냐?"

강창구는 상대방의 눈앞까지 다가가 코피가 줄줄 흐르는 자신의 코를 가리켰다.

"보기 심히 안 좋은 얼굴이군요. 그런데 제가 당신을 쳤다고요?"

"하, 이 자식, 말하는 거 봐라?"

사과도 안 하는 주제에 외모 지적까지 하고 있다.

게다가 자기가 그랬느냐고 되묻기까지 하니 강창구는 참을 수가 없었다.

"뭐 이런 게 다 있어?"

그의 멱살을 잡아 올리는 순간, 그는 기이한 감각을 느꼈다.

이전에도 한 번 당해본 적이 있는 묘한 움직임이었다.

상대방에게 손목을 잡혔다고 생각한 순간, 세상이 갑자기 거꾸로 돌았다.

'어라?'

콰당!

순식간에 맨바닥에 엎어진 그가 허리를 부여잡고 고통스러워했다.

"으으으윽……."

"힘 많이 뺐습니다. 엄살 피우지 마세요."

상대방의 얼굴이 가까워져 왔다.

강창구는 다시 한번 공포에 휩싸였다.

'도대체 무슨 일이 일어난 거야?'

이런 말도 안 되는 상황은 예전에 그 밥맛없는 녀석 김태웅에게 당한 이후 처음이다.

그는 벌떡 일어나 다시 상대에게 덤벼들었지만, 이번에는 발이 걸려서 우당탕 넘어지고 말았다.

어지러운 와중에도 그는 애써 중심을 잡고 일어나려 했지만, 눈앞이 빙글빙글 돌아서 엉덩방아를 찧고 말았다.

"너 이 자식, 용서 못 해!"

이 상황에서도 그는 상대방을 향해 욕지거리를 퍼부었다.

"너, 이름이 뭐야? 언젠가 반드시 때려눕혀 주마!"

"하하하, 용기는 가상하군요. 전 엘리온 보나파르트라고 합니다. 제 집은 비버리힐스에 있으니 언제든 찾아오세요."

"비버리힐스?"

시비 현장에는 어느새 강지나와 유지니가 와 있었다.

아까는 강창구가 넘어진 걸 비웃은 두 사람이었지만, 웬 남자와 시비가 붙자 후다닥 달려온 것이다.

"죄송합니다. 제 동생이 성격이 좀 급해서······."

강창구가 당하긴 했지만 먼저 시비를 건 것은 이쪽이었기에 그녀로서는 일단 머리를 숙였다.

"괜찮습니다. 저도 신경을 잘 못 썼으니까요."

"야, 이 자식아! 넌 신경을 못 썼는데 사람을 집어 던지냐?"

"시끄러! 먼저 멱살 잡아놓고 뭘 잘했다고 큰소리야!"

망나니같이 날뛰는 동생을 진정시킨 후 그녀는 상대방을 슬쩍 살펴보았다.

그런데 이 남자, 어디서 본 듯하다.

"혹시··· 엘리온 보나파르트 씨 아니세요? 영화에서 본 것 같은데."

"메르시. 정말 미인이시군요. 감복했습니다."

엘리온이 강창구를 대할 때와는 다르게 부드럽고 매너 있는 태도로 변했다.

"우선 제 동생이 불찰을 드려 죄송합니다. 앞으로 교육 잘 시킬게요."

"아니, 제가 부주의했습니다. 어깨를 부딪치고 사과도 않고 그냥 갔으니까요."

뜻밖으로 이야기가 잘 풀렸다.

엘리온은 강창구에게 사과하고는 강지나를 향해 뭔가를 내밀었다.

"혹시 다친 곳이 있거나 후유증이 있거든 언제든 연락 주세요. 충분히 사례하겠습니다."

"괜찮은데……."

"제 마음이 불편합니다. 그럼 이만……."

그가 현장에서 사라진 후 강지나는 그가 건네준 명함을 살펴보았다.

엘리온 보나파르트라는 이름과 주소, 전화번호가 적혀 있었다.

'무슨 배우가 명함을 가지고 다니지?'

그러고 보니 명함에 적힌 주소는 바로 대배우 라이더 베스의 기념관이었다.

"저 망할 놈, 지가 쳐서 넘어뜨린 건 난데 피해자한테는 사과도 안 하고 피해자 누나한테 집적대는 법이 어딨어?"

강창구는 성질이 뻗쳤다.

하지만 지금 당장은 어찌할 수 없었다.

"매너 있는 사람인데 왜 그래? 그리고 너, 그렇게 아무 데나 시비 걸고 다닐 거야?"

"쳇, 또 내 잘못인가?"

강창구는 잠자코 입을 다물었다.

이곳에서도 워낙 미모가 뛰어난 누나이다 보니 좋지 않은 시선을 보내는 이가 여럿이었다.

하지만 방금 그 남자는 어째 예감이 좋지 않았다.

기분 나쁜 눈빛은 둘째치고 왠지 크고 교활한 뱀을 상대하는 듯한 느낌이었다.

'하여튼 이놈이든 저놈이든, 동양인이든 서양인이든 여자한테 음흉한 건 똑같구나.'

출국하기 전 이단 옆차기를 먹여준 세훈 건설의 양선민이 떠오르자 그는 주먹을 불끈 쥐었다.

"양놈 새끼들! 다 뒈졌어!"

따악!

또다시 뒤통수를 얻어맞은 그가 고통에 신음했다.

강지나가 버럭 소리쳤다.

"도대체 내가 하는 말을 뭐로 들은 거야? 니가 깡패니?"

한편, 멀리서 몸을 숨기고 이들을 바라보던 엘리온은 싸늘한 미소를 지었다.

우연이긴 했지만 앞서 그들이 나누는 대화를 들을 수 있었다.

'김태웅의 지인인가?'

역시 김태웅은 주변 사람까지 재밌다는 생각이 들자 그는 마음 한구석에서 묘한 감정이 피어오르는 것을 느꼈다.

사실 아카데미상을 건 내기는 김태웅의 눈을 가리기 위한 핑계에 불과했다.

본능적인 직감으로 그는 태웅이 라이더 베스와 뭔가 관련이 있다고 느꼈다.

죽었지만 아직도 모든 영화 팬들에게 기억되고 있는 배우.

그 불세출의 스타를 넘어서는 것이 그의 목표였다.

그런데 이상하게도 태웅을 봤을 때 그에게서 처음부터 라이더 베스가 겹쳐 보였다.

자신의 직감을 믿는 그로서는 결코 그냥 넘어갈 수 없는 일이었다.

'주변 인물들을 캐볼까? 그럼 뭔가가 나오겠지.'

*   *   *

삼총사의 촬영장에서 태웅은 그 어느 때보다 의욕적으로 현장을 지휘하는 벤 하프만 감독의 모습을 볼 수 있었다.

갑자기 환해진 그의 모습에 현장의 스태프와 배우들은 다시금 뒤에서 쑥덕거렸다.

"이제 제대로 실성한 걸까요?"

"그런 것 같진 않은데… 다른 여자가 생겼다는 소문도 있던데요?"

"내가 듣기론 와이프가 알고 보니 거액의 빚을 졌다지 뭐야? 그래서 차라리 앓던 이가 빠진 거라고 생각하기로 했다던데?"

수많은 유언비어가 떠돌았지만 태웅은 한마디도 거들지 않고 입을 다물었다.

어차피 온갖 억측은 금방 사라지게 마련이다.

이곳은 일분일초도 허투루 쓸 수 없는 할리우드의 영화 촬영 현장이니까.

한층 긴밀해진 태웅과 벤의 관계로 인해 촬영은 물 흐르듯 진행됐다.

어느 현장이든 감독과 주인공의 소통만 원활하면 거의 트러블이 생길 일이 없다.

촬영장에 들른 칼리드는 달라진 분위기를 느꼈는지 태웅에게 다가와 속삭였다.

"무슨 일 있어? 뭔가 잘 돌아가고 있는 것 같은데?"

"벤이 와이프랑 사이가 좋아졌대."

"그래? 어떻게 그럴 수가 있지? 이 바닥에서 만난 관계는 사실 금방 깨지게 마련이거든."

배우와 감독 사이의 연애나 결혼은 이상하게 유효기간이 짧았다.

할리우드에서는 더욱 그런 편이었다.

"부부 싸움은 칼로 물 베기라니까."

"뭐? 칼로 뭘 베?"

"그런 말이 있어. 한국에."

그는 어깨를 으쓱했다.

"자네 나라에서는 부부 싸움을 할 때 칼부림은 기본인가 보지? 무서운 컨트리구먼. 헐!"

말을 잘못 알아먹고 혼자 질렸다는 듯 고개를 젓는 칼리드 였다.

그럼에도 절로 콧노래를 부르는 게 어찌 됐든 자기 영화의 감독이 컨디션을 회복하고 촬영이 순조롭게 전개되어 기분이 좋은 것 같았다.

"오랜만이네요, 태웅 씨."

콘스탄틴 역의 아리아 데니스가 반가운 얼굴로 태웅에게 인사했다.

쌀쌀맞은 인상인데 의외로 붙임성이 있었다.

할리우드 여배우라고 해면 대개 선이 굵고 늘씬하며 서구적 인 이미지의 외모가 대부분인데, 그녀는 선이 가늘고 덩치도 조그맣고 야리야리했다.

탐스러운 금발과 하얀 피부는 영락없는 서양 미녀였지만, 표정이나 몸놀림을 보면 동양적인 느낌이 적지 않았다.

마치 요정 같은 분위기랄까?

그래서인지 할리우드에서 꽤 메리트 있는 여배우로 주목받 고 있었다.

"반가워요. 잘 지냈죠?"

"그럼요. 얼음의 왕좌가 게임으로 나와서 그거 녹음했어요."

그녀는 묻지도 않은 일상을 시시콜콜 늘어놓았다.

아무래도 느낌이 심상치 않아 태웅은 묵묵히 고개만 끄덕 였다.

"오늘 촬영 잘 해봐요. 우리 처음으로 호흡 맞추는 거죠?"

"그러네요. 잘 나와야 할 텐데……."

위기에 처하는 콘스탄틴을 구하는 달타냥의 신 촬영이 예정되어 있었다.

이미 영화 전체의 대본을 머릿속에 빠짐없이 집어넣어 둔 태웅은 어떤 느낌으로 연기할지 벌써 감을 잡고 있었다.

두 청춘 남녀의 만남은 상큼하고 유쾌하게 그려져야 했고, 그 와중에 멋진 총기 액션도 제대로 해내야 했다.

"신 17 촬영 들어갑니다! 모두 모여주세요!"

메가폰 소리가 들려오자 태웅은 아리아와 함께 세트장으로 향했다.

* * *

의기투합한 달타냥과 삼총사가 손을 잡은 후 정부에서 인정하는 특수 보안관이 되기 위한 의욕을 불태우던 달타냥.

마을에서 가혹하게 징수하고 있는 리슐리외의 하수인들을 보고 나서려 하지만 아토스가 그를 만류한다.

정당한 징수이므로 불법적인 행위가 포착될 때까지 일단은 지켜봐야 한다는 것.

애써 분노를 누르는 그의 눈에 들어온 한 매력적인 젊은 여자 콘스탄틴이 리슐리외의 하수인들에게 대든다.

위기에 처한 그녀를 구하기 위해 나선 달타냥, 순식간에 하수인들의 손에 총알구멍을 내버리자 콘스탄틴이 그에게 감사를 표한다.

반면, 사고를 친 달타냥으로 인해 고심하는 아토스.

포르토스와 아라미스는 이번 기회에 아예 리슐리외 패거리를 쓰러뜨리자며 그를 부추긴다.

"시작합니다. 쓰리, 투, 원… 레디, 액션!"

촬영이 시작되었다.

태웅은 이제 갓 상경하여 정의감에 뜨겁게 불타오르는 열혈 청년의 연기를 훌륭하게 해냈다.

캐릭터의 출신지인 미국 남부 지역의 발음을 적절히 섞어서 디테일까지 더했다.

아리아는 그리 연기를 잘한다고는 볼 수 없었지만, 특유의 신비스러운 분위기가 부족한 연기력을 커버해 주었다.

전작인 '얼음의 왕좌'에서 엄청난 능력을 숨긴 신비로운 무녀 역할이었는데, 이번에는 괄괄한 시골 처녀를 연기하면서 느껴지는 반전과 신선함이 관객들의 시선을 끌 흥미 요소였다.

태웅은 그녀를 리슐리외 하수인들에게서 구하는 장면에서 특유의 총기 액션인 건캐어크로우를 구사하여 다시 한번 현장 스태프들의 감탄을 자아냈다.

이제는 아예 도장을 차려도 될 수준이었다.

악당들에게서 그녀를 구하는 와중에 '바람과 함께 사라지다'의 한 장면을 오마주한 부분이 있었다.

태웅이 균형을 잃고 넘어지는 아리아의 허리를 손으로 받치고 그녀가 두 손으로 태웅의 목을 감는 장면이었다.

아리아가 어설프게 넘어지긴 했지만, 태웅이 워낙 그녀의 몸을 멋지게 받아내는 바람에 도리어 그 어설픔이 자연스럽게 느껴졌다.

"컷! 잘 나왔네. 또 찍을 필요 없겠어요."

컷 사인이 나왔음에도 아리아는 태웅의 목을 감은 채 멍한 눈빛으로 그의 얼굴을 올려다보고 있었다.

탐스러운 금발과 눈처럼 하얀 피부, 그리고 육감적인 입술과 몰디브의 바닷물처럼 파란 눈동자가 정신을 아찔하게 할 정도로 신비롭고 매력적이었다.

'젠장, 뭐가 이렇게 예뻐?'

가까이서 본 그녀의 얼굴은 할리우드에서도 톱급일 정도로 아름다웠다.

보통 백인은 피부가 하얀 대신 얼굴에 주근깨가 많고 피부도 건조하며 얇은 경우가 많았다.

하지만 그녀는 마치 동양인처럼 피부도 적당히 두꺼웠고 신기할 정도로 잡티 하나 없었다.

화장도 그리 진하지 않았는데 물을 머금은 것처럼 촉촉한 피부였다.

오래 보면 마음이 이상해질 것 같아 그는 서둘러 그녀의 몸을 일으켰다.

"수고하셨습니다."

사무적으로 대하는 태도에 아리아는 묘한 기분이 들었다.

'게이인가? 아니면 일부러 철벽인 척하는 거?'

자신을 보면 정신을 못 차리는 남자들이 대부분이었기에 마치 여성 기피증에 걸린 사람처럼 자신을 멀리하려 하는 태웅이 신선하기 그지없었다.

촬영장에서 둘의 모습을 이글이글 불타는 눈으로 지켜보는 거한이 있다는 사실은 아무도 눈치채지 못했다.

카윈 존슨은 입술을 깨물며 주먹을 불끈 쥐었다.

'저 자식이 감히… 아리아는 내 여신인데……'

＊　　　＊　　　＊

일주일 후, 중요한 촬영이 있는 날 아침이 밝았다.

삼총사와 적대하는 리슐리외 진영이 본격적으로 대립하게 되는 시퀀스였다.

리슐리외는 미국과의 무역을 트기 위해 영국에서 오는 버킹엄 공작을 암살하여 미국과 영국의 갈등을 부추기고 전쟁이 일어나도록 유도한 후 이를 통해 군수물자와 술을 판매할 거대한 음모를 꾸민다.

그의 흉계를 알아챈 삼총사는 항구에 도착한 버킹엄 공작을 호위하기 위해 황야를 가로지르는데…….

버킹엄 공작의 마차를 습격하는 도적단과 맞부딪치고 치열한 총격전을 벌이게 된다.

"엄청난 신이 되겠군. 촬영에 투입되는 인원만 몇 명인지……."

황야를 배경으로 한 대규모 액션 신.

영화 전체에서도 핵심으로 꼽히는 신 중 하나였다.

대략 500명 이상의 배우와 보조 출연자들이 투입되며, 대부분 말을 타고 달리며 찍기 때문에 동원된 말의 수만도 엄청났다.

워낙 많은 인원이 움직이는 만큼 동선을 완벽하게 짜야 했고, 컴퓨터처럼 정교하게 연기 합이 맞아떨어져야 했다.

벤이 이번 신을 위해 그린 스토리보드만 2천 장에 달할 만큼 방대한 규모의 촬영이었다.

액션 감독 쿠만 역시 벤과 거의 붙어살다시피 하며 액션 신의 짜임새를 단단하게 만드는 중이었다.

"잘 될까나? 오랜만에 말 타는 거라 떨어질 것 같은데."

"천하의 피스트맨이 말에서 떨어지면 그게 웬 개쪽이래?"

이제는 누구에게도 스스럼없이 말을 놓는 베니아 라즈프가 열다섯 살 위인 숀 그라함에게 거침없이 말했다.

한국에서였으면 버르장머리 없다고 맞았을 일이다.

하지만 숀은 피식 웃으며 대답했다.

"슈퍼맨도 말에서 떨어지는 데 나라고 뭐 별수 있겠어? 근데 네놈은 주둥이에 프로펠러를 달아서 아마 떨어지진 않을 거야."

농담 따먹기를 하는 두 사람을 보며 문화 차이를 실감하고 있는데, 어디선가 따가운 시선이 느껴졌다.

오른쪽으로 고개를 돌려 보니 카윈이 그를 노려보다가 고개를 돌렸다.

'지겨운 자식. 아직도 포기 안 했나?'

이번에는 마상에서의 총기 액션 신이 많고 삼총사와 달타냥이 콤비 플레이를 펼치는 신이 많았다.

그 때문에 네 사람은 거의 액션 스쿨에서 살다시피 하며 연습했다.

다른 두 사람은 이제 오래된 친구처럼 편해졌지만 카윈과는 좀처럼 합이 맞지 않았다.

"어이, 잠깐 나 좀 볼까?"

결국 틈을 보아 태웅은 카윈을 불러냈다.

"무슨 일이냐? 한창 바쁜데."

"몰라서 물어? 너 때문에 뒤통수에 구멍이 뚫릴 것 같아서 집중이 안 된다."

"뭔 소린지 모르겠군."

"시치미 떼지 마. 나한테 불만이 있으면 그냥 빨리 원터치 뜨고 끝내는 게 어떨까 싶다. 지는 놈이 영화 하차하는 걸로 하고 말이야."

"영화가 장난인 줄 아는가 보군. 무슨 애새끼들처럼 한판 뜨고 지면 전학 가는 걸 생각하나 본데, 여긴 할리우드다. 난 계약을 한 배우이고."

"아는 사람이 왜 그래?"

카윈은 조소를 날리며 태웅을 지나쳤다.

"쓸데없는 소리 하려면 말 걸지 마라. 이미 끝난 얘기 아닌가? 난 이번 영화 촬영에만 집중할 거다."

"그 말, 꼭 좀 지켰으면 좋겠네."

태웅을 뒤로하고 다시 액션 스쿨로 복귀하면서 카윈은 싸늘한 미소를 지었다.

'멍청한 놈. 넌 조만간 저세상행이다.'

이번 촬영에서 그는 태웅을 영원히 자신의 눈앞에서 사라지게 만들 계략을 실행할 것이다.

특수촬영 팀에서 준비한 소품.

엄격하게 관리되고 있지만, 이번 같은 초대형 액션 신에서는 수많은 인원과 물자가 동원되기에 정신이 없을 수밖에 없었다.

그 와중에 재빨리 손을 쓴다면 충분히 가능했다.

이번 액션 시퀀스의 후반부에 아라미스가 달타냥에게 오인 사격을 하여 부상을 입히는 장면이 있었다.

당연히 촬영에서는 안전하게 처리된 공포탄이 사용된다.

하지만 그것이 실탄이라면?

'할리우드에서는 심심치 않게 사고가 일어나지. 그로 인해 불행한 일이 생기기도 하고. 어디까지나 사고지만.'

그는 회심의 미소를 지었다.

다른 건 몰라도 아리아가 그에게 관심을 보이는 것은 참을 수가 없었다.

할리우드 최고의 배우가 되어 당당히 그녀에게 고백하려 했건만, 이러다가는 눈앞에서 그녀를 빼앗길 판이다.

프로 레슬러 스타를 거쳐 할리우드에 입성, 성공적인 필모그래피를 쌓아가고 있는 그였으나 잘못된 연정으로 인해 스스로 파국으로 치닫고 있었다.

하나 본인은 그러한 사실을 전혀 깨닫지 못한 채 위험한 계획을 세우고 또 실행하려는 것이다.

'어차피 녀석이 사라진다면 다른 녀석이 주연이 되겠지. 영화 따위 망치든 말든 상관없어.'

그만큼 그의 짝사랑은 무모하고 깊었다.

*　　　*　　　*

텍사스 근처의 황야는 대규모 기마 액션 신을 촬영하기 좋은 장소였다.

우주인을 연구하는 비밀 기지가 있을 법한 황량한 평야에 삼총사의 명장면을 찍기 위한 촬영 팀과 배우들이 총집결했다.

"그런데 여긴 왜 왔어요?"

태웅은 현장에 나타난 메이린을 보고 어처구니가 없었다.

"왜요? 경쟁작 염탐 좀 하려고 왔는데… 안 돼요?"

차이나 머니가 들어간 블록버스터 '타워 디펜스'의 촬영이 진행되고 있는 와중에 출연 배우인 그녀가 경쟁작이라고 할 수 있는 삼총사의 촬영 현장에 나타난 것이다.

"당연히 안 되죠. 현장 통제하고 있는 거 안 보여요?"

"저 오빠 보려고 여기까지 왔는데 정말 그냥 돌려보낼 거예요? 이 먼 거리를 흙먼지 뒤집어쓰고 왔는데."

"누가 오래요?"

"에이, 그렇게 말하면 섭하지."

촬영장에 나타난 메이린을 알아본 스태프와 배우들이 웅성거렸다.

아직 할리우드 출연작도 없었지만 이미 그녀가 화제작인 '타워 디펜스'에 캐스팅되었다는 기사가 인터넷을 도배하고 있는 이상 얼굴을 알아보는 사람이 적지 않았다.

"메이린이다! 진짜 인형 같아!"

"그런데 여긴 웬일이지? 누구 친한 사람 있나?"

영화 관계자가 아니면 접근할 수 없는 촬영장이었기에 의구심을 갖는 사람도 있었지만 대부분 그녀를 신기한 듯 바라보았다.

"아는 사람 없으면 여기 못 들어오는데."

"오빠만 있으면 되죠. 그럼 자동으로 나도 관계자 아니에요?"

"어휴, 속 터진다, 속 터져."

결국 태웅은 그녀가 촬영을 구경할 수 있도록 벤에게 양해를 구했다.

벤은 꺼리기는커녕 도리어 반색했다.

"이야, 이분이 메이린 양이구나! 정말 동양의 신비가 이런 느낌이군요. 마음껏 놀다 가세요. 핫핫핫핫!"

기분이 좋아서인지 멧돼지를 촬영장에 풀어놓아도 즐거워할 듯한 그였다.

"근데 생각해 봤어요?"

"뭘요?"

"타워 디펜스 출연하는 거요."

"안 한다니까."

"왜요? 이거 너무 재밌을 것 같지 않아요? 완전 대작인데."

"앞으로 액션 연기는 당분간 그만할 생각이거든요."

중국의 입김이 너무 강하게 들어간 영화이기에 꺼려지기도 했지만, 또 다른 이유가 있었다.

너무 액션 연기에 치중하면 스티븐 시갈이나 빈 디젤같이 액션 전문 배우로만 인식될 우려가 있었다.

삼총사 이후 할리우드 차기작은 '쇼생크 탈출' 같은 종류의 영화에 출연하고 싶은 마음이었다.

무엇보다 액션 연기로는 아카데미상을 탈 수 없으니까 말이다.

"아쉬운데. 아빠가 꼭 데려오라고 했는데······."

"뭐라고요?"

삼합회 간부인 그녀 아버지를 떠올리자 다시금 머리가 지끈거렸다.

"미안하지만 저는 친분만으로 출연하진 않아요. 그리고 메이린 씨와는 그리 친하지도 않고요."

"뭐야, 너무하네."

언제나처럼 충직하게 그녀의 뒤를 지키고 있는 매니저 하오룽은 태웅의 반응이 영 달갑지 않았다.

그의 보스인 차오웨이는 태웅을 무척 높이 평가하고 있었다.

단순히 괜찮은 배우 이상으로 생각하고 있는 것 같았다.

'아가씨의 짝으로 생각하시는 건가?'

억측일 수도 있지만 간혹 그런 생각이 들 때도 있었다.

할리우드에 진출한 중국 자본 세력의 첨병이 펜다 그룹이었고, 그 펜다 그룹의 미디어 사업부를 움직이는 거물이 바로 차오웨이였다.

그의 눈에 들었기 때문에 태웅의 미래는 그야말로 탄탄대로였다.

데뷔한 지 그리 오래되지 않은 동양 배우가 할리우드에서 성공하기 위해서는 배우 스스로의 힘만으로는 거의 불가능했다.

제작자의 전폭적인 지원이 있어야 가능한 일이고, 그렇지 않으면 조연 정도에 머물 뿐이다.

차오웨이의 눈에 들었으니 그가 제작 및 투자하는 영화에 출연하기만 하면 스타덤에 오르는 것은 문제도 아니건만 좋은 기회를 제 발로 걷어차고 있는 것이다.

'자존심 세울 줄만 알지 멀리 볼 줄을 모르는군.'

하지만 그는 태웅이 그런 것쯤은 아랑곳하지 않는다는 것을 모르고 있었다.

오롯이 혼자 힘으로 최고의 스타가 될 수 있는 배우라는 것 역시 몰랐다.

"다들 아침은 든든히 먹었나?"

이른 아침부터 시작하는 버킹엄 공작 호위 시퀀스 촬영 현장.

벤 하프만 감독은 현장에 가득한 출연자들을 보며 힘껏 소리쳤다.

'삼총사: 더 웨스턴'의 묘미는 총잡이들의 일대일 대결이기도 했지만, 이렇게 넓은 황야를 배경으로 대규모 인원이 펼치는 기마전과 총격전 또한 백미였다.

그가 일찍부터 구상해 온 명장면 중 하나이기도 했다.

"태웅 씨는 준비 잘 했어요?"

'어라?'

언제 옆에 다가왔는지 지척에서 아리아가 눈을 동그랗게 뜨며 물었다.

오늘은 촬영이 없는 날인데 왜 나왔는지 모르겠다.

"전 언제나 준비돼 있어요."

"멋져요. 언제든 준비가 돼 있는 배우라니……."

'참 별것 아닌 것에 감탄하네.'

입에 발린 소리라고 보기에는 그녀의 표정이나 말투가 너무나 자연스러웠다.

할리우드 배우답지 않게 무척 순수한 느낌이다.

"그런데 오늘 촬영 있으세요?"

"아니요. 그냥 구경 왔어요. 영화에서 중요한 부분이잖아요."

영화 중반부에서 가장 시선을 끄는 시퀀스였기에 그녀 역시 어떻게 촬영이 이루어질지 흥미로워하는 것 같았다.

태웅은 문득 이상한 기분을 느꼈다.

'쟤 또 왜 저래?'

아리아를 보는 메이린의 표정이 심상치 않았다.

태웅과 조금 떨어져 촬영장 곳곳에 시선을 보내던 그녀는 태웅과 대화를 나누고 있는 아리아를 보고는 얼굴이 굳었다.

"그럼 심심할 텐데 뉴 페이스 하나 소개시켜 줄까요?"

"뉴 페이스?"

태웅은 장난기가 일어서 아리아를 메이린에게 데리고 갔다.

"이분은 중화권의 국민 여동생 메이린 씨. 조만간 블록버스터 '타워 디펜스'에 중요한 역으로 출연하실 예정이에요."

"와, 중화권의 국민 여동생? 그렇게 대단한 분을 뵙게 되다니 영광이에요."

이것 역시 가식이 아니라 진심인 것 같았다.

본인 역시 할리우드를 이끌어갈 차세대 여배우로 인정받으며 엄청난 인기를 얻고 있음에도 마치 연예인을 처음 보는 일반인 소녀처럼 감탄했다.

그런 그녀를 보는 메이린은 어째 심경이 복잡해 보였다.

"바, 반가워요. 메이린이라고 해요."

"아리아 데니스라고 해요. 태웅 씨하고 친구라고 하셨죠?"

처음에는 어색해하던 두 여배우는 금방 가까워졌다.

태웅은 물론 주위를 지나가는 사람들 모두 그녀들을 힐끔거렸다.

메이린과 아리아.

두 여배우가 함께 있는 모습을 보니 가히 예술가들의 혼이 투영된 유럽 성당의 벽화를 연상시켰다.

동양과 서양을 대표하는 아름다움의 만남이랄까?

아리아가 잠시 전화를 받는다며 자리를 비우자 메이린이 태웅에게 속삭였다.

"뭐가 저렇게 예뻐요? 이거 기죽어서 어디 할리우드 오겠나."

'아하.'

표정이 어둡던 게 바로 열등감을 느껴서구나.

"왜요? 메이린도 절대 안 꿀리는데."

"치, 고맙긴 한데 솔직히 저 여자분 너무 여신이에요."

아리아의 미모는 할리우드를 씹어 먹는 레벨이었다.

물론 메이린 역시 예전보다 완숙해지고 분위기 또한 깊어져서인지 동양의 신비를 구현하는 미모라고 해도 과언이 아니었다.

"그렇게 자신감이 없으면 쓰나. 삼총사와 타워 디펜스가 같이 극장에 걸리면 당장 두 여배우 미모 대결이 펼쳐질 텐데 어떻게 하려고요?"

장난기 어린 태웅의 말에 그녀는 울상이 되었다.

"큰일 났다. 바로 비교되겠네. 아무래도 얼굴 수련을 해야겠어요."

"얼굴 수련은 또 뭐야? 하하하!"

이번 촬영의 리허설은 유독 길었다.

그도 그럴 것이 수많은 인원이 투입되는 액션 신이기에 하나하나가 미리 정해진 동선을 따라 완벽하게 움직여야 했다.

합이 조금이라도 어긋나면 전체가 망가져 버리거나 안전사고가 일어날 수도 있었다.

신경이 곤두선 감독과 배우들의 고성이 오가면서 촬영장에 긴장감이 감돌았다.

서너 번의 리허설이 반복되면서 촬영에 들어가기도 전에 지친 배우들도 보였다.

"리허설은 이쯤 하고 끝낼게요. 바로 본편 촬영 들어갈 테니까 마음의 준비들 하세요."

가혹하기까지 한 액션 감독 쿠만의 말이 모두의 귓가를 때렸다.

태웅은 말을 타고 소총 윈체스터와 리볼버, 몽둥이와 칼까지 다루는 종합 액션을 구사해야 했다.

심지어 육탄전까지 벌이기에 이번 액션 신에서의 비중이 상당했다.

"역시 태웅 씨는 든든하단 말이야. 내가 지쳐서 나가떨어지면 현장 지휘를 부탁해요."

쿠만이 리허설을 끝낸 태웅에게 엄지손가락을 내밀었다.

동선 숙지부터 액션 합까지 모든 면에서 완벽에 가까운 연기를 펼친 태웅이었다.

그에 못지않은 비중을 차지하는 삼총사 역의 숀과 베니아, 카인 역시 별다른 실수 없이 리허설을 마쳤다.

　하지만 실제 촬영에 들어가면 실수를 연발할 수도 있기 때문에 방심은 금물이었다.

　"시작합시다! 다들 자기 자리를 지켜요!"

　무역협정을 위해 영국에서 건너온 버킹엄 공작.

　호위역인 수십 명의 부하를 이끌고 서부의 황야를 가로지르는 그를 리슐리외의 지령을 받은 도적단이 습격한다.

　일당백인 버킹엄의 호위대이지만 몇 배나 되는 도적단의 공세에 하나둘 쓰러져 가는데, 혜성처럼 나타난 달타냥과 삼총사.

　신기에 가까운 총 솜씨를 유감없이 발휘하자 기세등등하던 도적들이 쩔쩔매기 시작한다.

　"삼총사, 질주!"

　아토스 역의 숀 그라함이 위엄 있게 외치자, 달타냥과 삼총사가 높은 언덕에서 아래에 위치한 도적들을 향해 질주한다.

　아라미스는 화려하고 빠른 동작으로, 포르토스는 힘을 앞세운 압도적인 기세로, 아토스는 절도 있고 파괴력 있는 사격술로 도적들을 말에서 떨어뜨린다.

　삼총사가 서로 일정한 간격을 유지하며 삼각형의 형태로 움직이는 것과 달리 달타냥은 축구로 따지면 프리롤처럼 움직이며 맹렬한 기세로 미쳐 날뛴다.

　말을 타고 사격하는 것은 무척이나 어려운 기술이었다.

　게다가 윈체스터 소총의 경우 총신을 한 바퀴 돌려서 장전한 후 발사하는 어려운 액션이 요구되었는데, 스턴트맨 출신에다가 운동신경이 탁월한 태웅에게는 딱히 문제도 아니었다.

　'태웅 씨만은 정해진 동선에 구애받지 말고 자유롭게 움직여도 좋아요. 그만한 능력이 있으니까.'

　쿠만과 벤 모두 태웅의 애드리브를 허락했다.

　그만큼 액션 연기에 있어서는 독보적인 신뢰를 받고 있다는 뜻이다.

　'자유롭게라… 그렇다면 뻔하게 하는 건 의미가 없지.'

　태웅은 상상으로만 생각하던 액션 연기를 떠올렸다.

　연습도 되어 있지 않았지만 충분히 가능할 것 같았다.

　'가자!'

　카메라가 자신을 비추자 태웅은 말에 박차를 가했다.

　그는 두 발로 말의 허리를 감싼 후 허리에 맨 윈체스터를 손에 쥐고 도적들을 향해 발사했다.

　지나가는 곳마다 추풍낙엽처럼 도적들이 쓰러져 나갔다.

　버킹엄 공작의 마차를 넓게 포위한 도적들을 향해 달려가며 그는 몸을 아래로 떨어뜨렸다.

　"저, 저거!"

태웅을 지켜보던 현장의 모든 사람들이 깜짝 놀랐다.

두 다리가 말의 허리를 견고하게 감싼 상태에서 그는 서커스를 하듯 말에 매달렸다.

그의 몸이 말과 수평으로 치우친 상태에서 윈체스터가 연달아 불을 뿜었다.

'말도 안 돼! 저런 게 가능한가?'

쿠만은 경악을 금치 못했다.

마음대로 하라고 했지만 설마 저 정도 레벨을 보여줄 줄은 몰랐다.

그와 말은 한 몸이 된 것처럼 움직이며 신기에 가까운 장면을 보여주고 있었다.

"대박이다! 초대박이야! 이 영화는 무조건 성공할 거야!"

지켜보던 그는 자신도 모르게 환호했다.

영화 역사에 남을 액션 신이 그의 눈앞에 라이브로 펼쳐지고 있었다.

* * *

'스크린을 아주 씹어 먹겠군.'

태웅의 연기를 본 이들의 공통된 생각이다.

그는 황야를 가로지르며 놀라운 액션을 선보였고, 현장의 모두가 감탄하고 있었다.

"도대체 저런 건 어디서 배우는 거야? 쿠만, 네가 저렇게 가르쳐 준 거야?"

벤의 말에 쿠만이 고개를 저었다.

"그럴 리가 있나? 저 친구 혼자서 생각해 낸 거야. 나도 지금 믿기지가 않는다고."

태웅이 혼신의 힘을 다해 펼치는 연기로 인해 함께 촬영하는 배우들도 불이 붙고 있었다.

그의 열정은 주변을 감염시키는 힘이 있는 것 같았다.

전장을 휘젓는 장수처럼 태웅은 현란하게 움직이며 환상적인 그림을 만들어냈다.

삼총사와 함께 말을 타고 도적단을 압살하는 이번 신은 역대급 액션 신으로 기록될 터였다.

*　　　*　　　*

달타냥과 삼총사의 활약으로 도적단은 버킹엄 공작을 암살하는 데 실패한다.

그들은 대다수의 세력을 잃고 후퇴하기 전 마지막으로 삼총사를 습격하는데, 전투의 와중에 달타냥은 부상을 당하고 만다.

아라미스의 오발로 인해 총상을 입는 것이다.

"대역 쓸래? 총 맞는 장면이라 좀 위험할 수도 있으니까."

벤의 말에 태웅은 고개를 저었다.

"어차피 할 거, 그냥 제가 하죠."

태웅은 대역을 쓰지 않는다는 원칙이 있었다.

아무리 위험한 연기라도 그는 남에게 미룰 수 없었다.

자기 자신이 바로 스턴트맨 출신인 데다 절대로 안 다칠 자신이 있기 때문이다.

'그래, 잘한다. 멍청한 자식.'

그를 멀찍이서 지켜보던 카윈이 회심의 미소를 지었다.

아라미스 역, 즉 베니아 라조프의 소품용 총에는 공포탄이 아닌 실탄이 장착되어 있었다.

오늘이야말로 이 건방진 애송이가 정의의 심판을 받는 날이다.

〈불의의 사고! 의문의 총기 오발로 할리우드의 신성 태웅 쓰러지다!〉

그는 내일 올라올 기사를 미리 상상하고는 흐뭇한 시선을 거두지 않았다.

*　　　　*　　　　*

"베니아, 잘 쏠 수 있겠어?"

태웅의 말에 베니아가 그에게 소품인 리볼버를 겨누고 촐싹 댔다.

"그럼, 물론이지. 나만 믿어. 나 이걸로 연습 엄청 했거든."

그냥 자신을 쏘기만 하면 되는데 연습까지 했다는 말에 더 못 미더워졌다.

다음 촬영은 신 42.

아라미스의 총에 맞은 달타냥은 부상을 입고 쓰러지고, 콘스탄틴은 그를 극진히 간호하면서 두 사람의 사랑이 꽃피는 계기가 된다.

'실제로도 너무 가까워지면 곤란한데.'

태웅은 이미 상대 여배우인 아리아 데니스의 애정 공세를 어떻게 막아낼지 고심하고 있었다.

그런 그에게 오인 사격을 당하는 신은 금세 지나가 버릴 단순한 장면에 불과했다.

"이봐, 베니아. 공포탄이라고 또 막 쏘고 그러면 안 돼. 총구를 살짝 비껴서 쏘라고."

"헤헤, 걱정 마. 나도 할리우드 경력이 있다고. 그 정도도 모를까 봐?"

계속 까부는 게 영 미덥지 않았지만 참 미워할 수 없는 매력을 가진 배우이다.

철없는 남동생을 둔 것 같은 기분이랄까?

"쓰리, 투, 원… 레디 액션!"

신 42의 촬영이 시작되었다.

후퇴한 줄 알았던 도적단, 그 사이에 섞여 있던 리슐리외의 심복 총잡이들이 삼총사와 달타냥을 향해 총구를 겨눈다.

갑작스러운 전투가 시작되고, 그 와중에 달타냥을 적으로 오해한 아라미스가 그에게 총구를 겨누고 발사한다.

사방에서 튀어나온 도적들과 치열한 격투를 벌이던 아라미스 역의 베니아가 갑작스럽게 뒤에서 나타난 태웅을 향해 리볼버의 방아쇠를 당겼다.

타앙!

몸에 총을 맞은 태웅이 그대로 바닥에 쓰러졌다.

바닥에 피가 번지고, 놀란 삼총사가 황급히 도적들을 소탕하고 그에게 다가선다.

"맙소사! 달타냥이 맞았어!"

대사를 치던 아토스 역의 숀 그라함은 뭔가 이상함을 느꼈다.

가짜 피인데도 피 냄새가 훅 끼쳤다.

"컷! 무슨 일이야, 숀?"

갑작스럽게 손을 드는 숀 때문에 벤이 정지 사인을 냈다.

"뭔가 이상해요. 다들 좀 이리 와봐요."

"무슨 소리야?"

"태웅이 이상하다고요. 진짜 다친 것 같다니까요."

순간 촬영장의 모든 사람이 얼음이 되었다.

불시의 사고를 대비해 대기하고 있던 의료 팀이 황급히 다가섰다.

그 주변으로 피가 주위를 붉게 물들이고 있었다.

"꺄아아아악!"

아리아와 메이린이 쓰러진 태웅을 보고 놀라 비명을 질렀다.

영화의 주인공이자 슈퍼 히어로 태웅이 총에 맞았다!

$*$ $*$ $*$

응급실에서 눈을 뜬 태웅은 혼미해진 정신으로 주위를 보았다.

걱정 어린 시선으로 자신을 둘러싸고 있는 수많은 사람들이 보인다.

'저승은 아닌가 보네.'

이들과 영원히 헤어지게 된다면 정말로 슬플 것 같았다.

희한하게도 통증은 크지 않았다.

느낌만으로도 태웅은 단순히 총알에 스쳤다는 사실을 알았다.

'누가 죽기라도 하나. 왜 난리들이야?'

제작자 칼리드, 벤 하프만 감독, 그리고 아리아를 포함한 나머지 배우들과 촬영장에 구경 온 메이린, 그리고 매니저인 고서윤과 동생 태선까지……

'어쩌다가 이렇게 됐지.'

촬영 도중 베니아가 쏜 총을 맞고 기절한 것 같다.

다행히 목숨만은 건졌지만 얼마나 큰 부상인지, 촬영을 계속할 수 있을지는 미지수였다.

그는 눈동자를 굴려 베니아를 찾았다.

하지만 아무리 찾아봐도 보이지 않았다.

그때 그의 궁금증을 해소하는 고서윤과 벤의 대화 소리가 들려왔다.

"베니아는 여전히 조사 중입니까?"

"그럴 겁니다. 소품 담당자하고 같이 조사를 받고 있다더군요."

"도대체 어떻게 된 일인지… 실탄이 어떻게 들어갔을까요?"

"수사해 봐야죠. 단순 사고라고 하기엔 너무 이상한 점이 많아서요."

태웅 역시 속으로 이상하다고 생각했다.

베니아 그 바보는 그냥 소품인 총으로 연기를 했을 뿐이다.

공포탄이 아닌 실탄이 들어 있었다면 소품 담당자의 소행일 텐데, 그가 자신을 노릴 이유가 있을까?

'원한 산 놈이 너무 많아서 누가 그랬는지 알 수가 없네.'

일단 당장 수상한 놈은 그놈이다.

'카윈 존슨! 그 자식, 분명 내가 대역을 마다하자 씨익 웃었지.'

분명 그가 웃는 모습을 본 기억이 있다.

하지만 이러한 진술을 한다고 하더라도 증거가 없다면 말짱 소용없는 일이다.

현장에는 수많은 카메라가 있었지만 장소가 장소이다 보니 CCTV는 없었다.

그의 혐의를 입증할 증거를 어디서 찾을 수 있을까?

하지만 일단 입증이고 나발이고 태웅은 당장 자리를 박차고 일어나 카윈을 때려눕히고 싶었다.

"어라? 오빠!"

태선이 태웅의 살짝 뜬 눈을 보고 황급히 다가와 어깨를 부여잡았다.

"형님, 깨어나셨습니까!"

"오오! 태웅 킴이 일어났다!"

병실 주변의 사람들이 호들갑을 떨었다.

고서윤의 얼굴도 보였다.

여전히 무미건조한 표정이었지만 눈빛만큼은 격렬하게 출렁거리고 있었다.

"정신이 좀 드십니까, 형님?"

"내가 얼마나 누워 있었지?"

"이틀 정도 됐습니다. 다행히 총알에 스친 것뿐이고 쇼크로

기절하신 거라 금세 퇴원하신다고 합니다."

"그래도 한 한 달은 걸리겠지?"

"기간이 중요하겠습니까? 완전히 회복될 때까지 있으셔야죠."

고서윤은 이미 병상을 떠나고 싶어 하는 태웅의 의중을 알아채곤 미리 못을 박았다.

설령 병원을 탈출한다고 해도 다시 잡아올 것 같았다.

그로부터 두 시간 후.

"태웅이 깨어났다고?"

갑자기 병실 문이 벌컥 열리며 베니아가 뛰어들어 왔다.

조사받고 있다더니 벌써 마친 건가?

"태웅, 고마워! 살아 있어 줘서! 흑흑!"

어깨를 붙들고 엉엉 우는 베니아 때문에 태웅은 괴롭기 그지없었다.

"이, 이거 좀……."

그를 치워달라는 눈빛을 태선에게 보내자, 그녀는 베니아에게 다가가 있는 힘껏 엉덩이를 걷어찼다.

"커헉!"

"환자를 그렇게 흔들면 어떻게 해, 이 멍청아!"

옛날 자기 생각은 못하고 그를 욕하는 태선이었다.

*   *   *

기절해 있어서 몰랐지만 상황이 꽤 심각했던 모양이다.

하긴 그런 수많은 사람이 모인 촬영장에서 오발 사고가 일어났으니……

그것도 영화 주인공인 태웅이 당했으니 말이다.

"한국에서도 난리 났습니다. 오발 사고 당하셨다는 사실에 팬카페는 눈물바다입니다."

"하하하, 난 아무렇지도 않은데."

사실 총알이 스친 어깨 부위가 많이 욱신거렸지만 이 정도면 너무 아픈 척하는 것도 좀 그렇다.

무엇보다 여동생 태선이가 너무 걱정해서 장난으로라도 아픈 티를 낼 수 없었다.

그녀는 침상 옆에서 대자로 누워 곤히 자고 있었다.

오빠가 험한 꼴을 당한 게 벌써 몇 번째인지 모르겠다.

이러다가 트라우마가 생기지 않을까 걱정되었다.

"그런데 내가 말한 건 알아봤어?"

"범인 말이군요. 대충 단서는 나온 것 같습니다."

고서윤은 자신의 부하들을 동원해 이미 샅샅이 파헤쳐 본 모양이다.

"현장에 카메라가 그렇게 많지만 CCTV는 없으니 걸리지 않을 거라고 생각했겠죠. 하지만 주차되어 있는 수많은 블랙박스는 간과한 모양입니다. 경찰에게 언질을 했으니 조만간 증거가 나올 겁니다."

"증거만 나오면 곧장 말해줘."

"왜 그러십니까?"

"경찰에 넘기기 전에 타작을 해야 하니까."

"그 몸으로 말입니까? 상대가 상대니만큼 어렵지 않을까 합니다만."

"그딴 녀석 정도면 이 정도 컨디션으로도 충분해."

태웅은 어느 때보다 확고하게 말했다.

진작 박살을 냈어야 하는데 질질 끌었다가 이 꼴을 당했다 싶어 태웅은 후회막급이었다.

역시나 밟을 놈들은 확실히 밟아야 뒤탈이 없는 법이다.

"제 부하들도 있고 메이린 씨도 자체적으로 손이 필요하면 말하라고 하시더군요."

"메이린? 삼합회를 동원하겠다고? 그건 안 돼."

태웅은 고개를 저었다.

조폭을 동원한다는 것도 그렇지만 일단 그쪽의 도움을 받고 싶은 생각이 전혀 없었다.

"태웅 씨, 면회 왔어요."

간호사의 말에 두 사람이 고개를 돌렸다.

이 늦은 시간에 누굴까?

병실 문 앞에 서 있는 사람은 놀랍게도 태웅이 익히 아는 사람이었다.

"…지나 씨?"

강지나가 창백한 얼굴로 그를 바라보았다.

"총에 맞으셨다고 들었어요. 어쩌다가……."

"제가 올해 입원할 일이 많네요. 이번에도 이런 꼴 보여드려서 죄송합니다."

멋쩍어진 태웅은 그녀를 보고 아무렇지도 않다는 듯 미소 지었다.

그녀 역시 마주 미소 지으며 멍하니 태웅을 바라보았다.

두 사람을 지켜보던 고서윤이 헛기침을 하며 슬그머니 병실을 나갔다.

'무슨 말을 해야 하지?'

이렇게 뜻밖의 장소에서 다시 만날 줄은 생각을 못 했기에 그는 입만 뻐끔거렸다.

"이소룡이 '사망유희'에서 총기 오발 사고로 죽을 뻔한 유명 배우 역으로 나왔죠. 그리고 그 아들 브랜든 리도 '크로우' 촬영 중에 오발 사고로 죽었고요. 참 좋아하던 배우들이 그렇게 되어서 엄청 슬픈 적이 있는데, 내가 같은 일을 당하니 기분이 묘하네요."

어색함을 깨고자 되는 대로 지껄이는 그를 보며 강지나가 고개를 끄덕였다.

"그러게 말이에요. 그 두 배우는 저도 참 좋아해요."

다시 정적이 흘렀다.

그녀가 천천히 침대로 다가오더니 입을 열었다.

"태웅 씨는 목숨이 열 개라도 부족할 것 같아요. 두렵지도 않아요?"

그녀의 말에 그는 멍해졌다.

시스템 때문에 끊임없이 시간을 벌어야 하는 그는 시한부 인생이나 다를 바 없었다.

지긋지긋한 상황을 벗어나기 위해 애쓰는 동안 어느새 죽음이란 것에 무감각해진 것 같았다.

"죽음이 두렵지는 않습니다. 그것보다는… 소중한 것들을 잃는 것이 더 두려워요."

새로운 인생을 살면서 많은 것들이 생겼다.

말투가 거칠고 틱틱거리긴 해도 착하고 귀여운 동생 태선.

충직하고 능력 있는 매니저이자 친구 같은 고서윤.

한국에서 열심히 살고 있는 바보 같은 친구들 윤철과 홍구.

그리고 영화 촬영을 하면서 만난 숱한 인연들까지……

"그 소중한 것에 저도 포함되나요?"

강지나의 눈빛이 파도처럼 출렁이고 있었다.

태웅은 자신의 마음도 그녀의 눈빛처럼 흔들리고 있는 것을 느꼈다.

그는 천천히 고개를 끄덕였다.

"그런 것 같습니다. 다시 보게 되어 기뻐요. 진심으로."

*　　　*　　　*

태웅은 사고를 당하고 한 달도 안 되어 촬영장에 복귀했다.

모두가 만류했지만 그는 이미 완벽하게 나았다면서 주변의 우려 섞인 시선을 무시했다.

실제로 의사도 '기적적인 일'이라고 할 만큼 빠르고 완벽한 회복이었다.

총상을 입었다는 사실이 무색하게 전보다 더 활기차게 움직이며 완벽한 액션 연기를 펼쳤다.

"다친 사람 맞아? 몸놀림이 더 좋아진 것 같은데?"

손 그라함이 그와 합을 맞춰보곤 놀라움을 금치 못했다.

"제가 원래 좀 철인이거든요. 총 맞은 것도 아니고 스친 거니 별문제가 안 돼요."

언론에서도 태웅이 곧바로 복귀하여 촬영을 이어간다는 것에 놀라움을 표했다.

철인이라느니 불굴의 정신력이라느니 따위의 찬사가 이어졌다.

한편, 그가 다친 원인에 대해서는 온갖 추측이 떠돌았다.

경찰에서도 수사 중이라는 말뿐 별다른 발표가 없어서인지 의혹은 점점 커져갔다.

*　　　*　　　*

"제가 알아본 바로는 배후가 있는 것 같습니다."

"배후?"

"누군가 사주했다는 뜻이죠. 확실히 말하자면 형님에게 원한이 있는 카윈을 부추겼다고나 할까요?"

고서윤의 정보력은 놀라울 정도였다.

최수빈의 뒤를 이어 그가 이어받은 사마리아 그룹의 힘은 알고 있는 것보다 훨씬 거대했다.

"누가 그런 걸 사주해? 그놈 친구인 라울러 홈즈? 나한테 좀 처맞았다고 살인 교사를 한단 말이야?"

"그렇고는 안 했습니다."

너무 앞서갔다는 생각에 태웅은 흥분을 가라앉혔다.

고작 라울러 홈즈 같은 인물은 살인 교사를 할 깜냥이 안 된다.

"칠상파 쪽인 것 같습니다."

"…지긋지긋하구먼."

칠상파 보스 공진수는 이미 무기징역 판결이 내려졌고, 그 배후인 강부식 회장의 재판도 진행되고 있었다.

그런 와중에 자신을 죽이려고 한다는 건 너무 무모한 짓이 아닐까?

"그래서 돌고 돌아 같은 영화에 출연하는 배우에게 총을 쥐어준 게 아니겠습니까? 사고로 위장하면 완벽하고, 설령 발각

된다고 해도 꼬리 자르기를 하면 그만이니까요."

시킨다고 그런 짓을 하다니 카윈이라는 놈도 어지간히 돌대가리인 것 같다.

고서윤에게서 그가 아리아 데니스를 짝사랑하고 있다는 사실을 들었지만, 그렇다고 해도 미친놈이라는 사실은 달라지지 않았다.

고작 여자 때문에 자신의 목숨을 노리다니…….

"경찰 쪽에서 알고 있나?"

"아직은 아닙니다."

"엥? 어떻게 그게 가능해?"

"꽤나 교묘하게 했더군요. 그가 소품에 손을 댄 것을 본 사람도 없고 마침 그쪽으론 블랙박스 영상도 없어서 사건이 미궁에 빠질 뻔했습니다."

운 좋게도 카윈의 범행을 밝힐 수 있는 것은 메이린 덕분이었다.

촬영장 구석구석을 동영상으로 신나게 찍어대던 메이린의 핸드폰 카메라에 카윈이 소품실 쪽으로 들어가는 장면이 고스란히 담겼기 때문이다.

'이럴 때 도움이 되는군.'

"형님 말씀대로 아직 경찰에 넘기진 않았습니다. 메이린 양에게도 함구시켜 뒀고요."

"내 말을 이렇게 충실히 따르는 사람이었어? 기억력도 좋아."

태웅은 마침 잘됐다는 생각이 들었다.

"일단 그 동영상 나한테 좀 보내봐."

"어떻게 하실 겁니까?"

"그때 말했듯 흠씬 두들겨 팰 거야."

영화 촬영이 절반 이상 진행된 상태이다.

이 상황에서 그가 경찰에 잡혀간다면 지금까지 찍은 필름은 고스란히 쓰레기가 될 것이다.

그것은 태웅으로서도 원하는 바가 아니었다.

'어디 한번 죽어봐라, 이 자식아.'

*　　　　*　　　　*

하루하루 전전긍긍해하며 나날을 보내고 있던 카원은 누군가 초인종을 누르는 소리에 화들짝 놀랐다.

마침 촬영이 없는 날이라 조용히 휴식을 취하고 싶었건만, 불청객은 미친 듯이 벨을 누르고 있었다.

"어떤 미친놈이……."

분노한 그는 씩씩거리며 인터폰으로 달려갔다.

화면에 비친 방문객을 본 그는 어안이 벙벙해졌다.

―안녕, 근육돼지? 집이 으리으리하네?

보기만 해도 이가 갈리는 김태웅.

그가 바로 불청객이었다.

"네, 네놈이 무슨 일로 내 집에……."

—너한테 용건이 있으니 문 좀 열어봐.

"그냥 꺼져라. 난 너한테 용건이 없으니까."

—그래? 그럼 이거나 한번 보셔.

태웅은 핸드폰으로 동영상 하나를 재생한 후 인터폰 화면에 들이댔다.

고화질의 인터폰이어서인지 핸드폰 화면에 뜨는 동영상이 선명하게 보였다.

"이, 이건……."

—매직이다, 이 범죄자야. 니 범행 장면이 찍힌 동영상! 운 좋게도 내가 찍었거든. 이거 보고 얼마나 어이가 없었는지 몰라.

자신이 찍었다고 거짓말을 한 것은 이유가 있었다.

그가 본색을 드러내게 하기 위해서였다.

"이건 조작이야. 나를 모함하려나 본데, 네 뜻대론 안 될 거다."

—그거야 경찰에서 판단해 주겠지. 암튼 나랑 얘기하기 싫으면 곧장 경찰서로 갈 생각이니 그리 알아라.

"자, 잠깐! 네 녀석 혼자냐?"

—그래, 왜?

"들어와라. 무슨 얘긴지 들어나 보자."

대문이 열리자 태웅은 회심의 미소를 지었다.

예상대로 덫을 덥석 물었다.

안으로 들어가자 나무와 온갖 꽃이 가득한 화원이 나왔다.

중앙을 정확히 가로지르는 길 안쪽에 카원이 음험한 기운을 물씬 풍기며 서 있었다.

"어이쿠, 이거 무슨 곰인 줄 알았네. 굳이 그렇게 무게 잡을 필요가 있나?"

"용건을 말해라."

으름장을 놓고 있지만 불안하기 그지없는 표정이었다.

이런 덩치치고 소심하지 않은 놈 없다고 하더니 은근히 떨고 있는 듯했다.

'저런 깡으로 어떻게 이런 짓을 저지른 거야?'

태웅은 어이가 없었다.

"네가 베니아의 총에 장난을 쳐서 내가 죽을 뻔했잖냐. 그래서 난 화가 매우 많이 났거든."

"말도 안 되는 소리. 조작한 영상을 가지고 날 협박할 생각인가?"

"조작인지 아닌지는 우리 경찰 전문가님들께서 판단하실 거라니까."

"그 얘길 하려고 온 거냐?"

"내가 생각해 보니까 이걸 가지고 경찰한테 주면 네놈이 체포되긴 하겠지만 재미가 없어. 그리고 넌 감방에 갇혀서 평생 썩을 거고 말이야."

카윈의 얼굴이 어두워졌다.

"그래서 너한테 제안을 하나 하려고. 내기를 하자."

"내기?"

"그래. 내가 이거 아무한테도 말 안 했거든? 그리고 동영상도 여기 핸드폰에 있는 거 하나뿐이야."

그 말에 카윈의 눈빛이 이채를 띠었다.

"거짓말하지 마라. 네놈이 백업도 안 하고 아무한테도 말 안 했다고?"

"그렇다니까? 뭐 못 믿겠으면 어쩔 수 없지만, 너랑 내기를 하고 싶어서 말이야."

"무슨 내기?"

"한판 붙자. 네가 이기면 이거 지운다. 그리고 난 조용히 입을 닫고."

"…네가 이기면?"

"너한테 이거 시킨 놈 불어. 누군가 부추겼다는 거 알고 있거든."

"말도 안 돼. 멋대로 소설 쓰지 마라."

"휴……."

태웅은 짜증이 났다.

이 지경까지 와서도 계속 발뺌하는 놈이랑 시시콜콜 얘기하는 게 성질에 맞지 않았다.

"야, 내 말 잘 들어. 난 너랑 진실 게임 할 생각 없거든? 그러니까 넌 그냥 선택이나 해. 이거 갖고 경찰서 가, 아니면 한 판 붙을래? 마지막으로 묻는 거니까 헛소리 다 집어치우고 대답해라."

카원이 피식 웃었다.

"네 말이 다 사실이라고 치자. 그리고 내가 내기에서 이겼다고 치자. 넌 정말 입을 다물 수 있겠냐? 나 때문에 죽을 뻔했는데?"

"물론. 어차피 다친 사람은 나고 이제 깨끗하게 나았잖아? 그리고 이 영화는 나한테 꽤 중요하거든. 그러니까 파투 내기 싫기도 하다."

"좋다. 그렇게 맞아 죽고 싶다면 원하는 대로 해주지. 나중에 딴소리하지 마라."

"너나 딴소리하지 마."

마침내 카원이 본색을 드러냈다.

그는 싸늘하게 웃으며 입고 있던 추리닝 상의를 벗었다.

터질 듯한 근육과 그 위로 울퉁불퉁 솟아난 힘줄이 마치 성난 들소를 보는 듯했다.

"널 처음 봤을 때부터 죽여 버리고 싶었다. 이제야 흠씬 두들겨 줄 수 있어서 기쁘구나."

"이제야 진심을 얘기하시는군."

태웅은 목과 어깨를 한 바퀴 돌리며 몸을 풀었다.

드디어 그동안 쌓인 스트레스를 풀 수 있을 것 같았다.

"덤벼, 멧돼지. 이 몸을 함부로 건들면 큰코다친다는 걸 알게 해줄게."

"갓뎀!"

코뿔소처럼 달려드는 카윈을 사이드 스텝으로 슬쩍 피하며 태웅은 가볍게 주먹을 뻗었다.

면도날처럼 날카로운 펀치가 상대방의 턱을 정확히 가격했다.

"으윽!"

순간 카윈의 다리가 풀리며 휘청거렸다.

하지만 그는 정신력으로 버티며 속도를 줄이지 않고 방향을 틀어 그대로 하단 태클을 시도했다.

퍼억!

자세를 낮추고 돌진하던 그는 태웅이 날린 니킥에 코를 얻어맞고 그대로 바닥을 굴렀다.

옆으로 비켜선 태웅은 호흡을 고르며 마치 투우사가 빨간 천을 휘젓듯 손가락으로 그를 자극했다.

"다 끝났니? 느려 터져가지고 근성까지 없는 거야?"

태웅의 도발에 분노한 카윈은 분을 주체할 수 없는지 포효하며 윗옷을 찢었다.

"사지를 갈가리 찢어버리겠어!"

이 살벌한 전직 프로 레슬러의 협박에 태웅은 하품을 했다.

"그러니까 그렇게 호언장담만 하지 말고 직접 해보라니까.

안 그러면 그냥 허세의 연속일 뿐이야."

"이 망할 자식!"

거친 목소리와 표정과는 달리 그의 눈빛은 지극히 안정되어 있었다.

엎어터진 친구 라울러 홈즈와는 달리 전직 프로 레슬러인 카윈은 싸움의 프로였다.

사냥감을 노리듯 천천히 다가서는 그를 본 태웅은 짜릿한 전율을 느꼈다.

'역시 꽤 하는데? 지금까지의 멍청이들과는 달라.'

하지만 그래도 샌드백 확정이다.

태웅은 신중하게 태세 전환한 상대를 향해 도리어 치고 들어갔다.

'이런!'

그가 공세로 나올 것을 예상 못한 카윈이 순식간에 다리 후리기를 맞고 비틀거렸다.

통나무 같은 허벅지와 정강이를 가진 그를 휘청거리게 할 정도의 강력한 힘이었다.

뒤이어진 발차기가 갈비뼈를 내리찍었고, 팔꿈치가 턱에 적중하면서 눈앞에 별이 번쩍했다.

'말도 안 돼! 내가 이렇게 일방적으로……'

카윈은 믿을 수가 없었다.

이 호리호리한 녀석에게 왜 라울러가 당했는지 알 것 같았다.

단지 스피드만 있다고 생각했는데 한 방 한 방 맞을 때마다 쇠몽둥이로 얻어맞는 듯한 둔중한 아픔이 느껴졌다.

정신없이 얻어터지던 그는 틈을 노려 태웅의 허리를 두 팔로 감는 데 성공했다.

'끝났다!'

레슬러에게 잡힌 이상 승부는 정해졌다고 봐도 좋았다.

그대로 허리를 부러뜨릴까, 아니면 머리를 땅바닥에 찍어버릴까 생각하고 있는데 머리 양옆에서 통나무처럼 묵직한 펀치가 연속으로 들어왔다.

쇳덩어리 같은 주먹이 관자놀이에 적중하자 자신도 모르게 태웅을 붙잡고 있던 팔의 힘이 약해졌다.

'빌어먹을! 어떻게 이런 일이!'

혼미해진 정신을 간신히 붙잡고 있는데, 공중에 솟아오른 태웅의 몸이 마치 허리케인처럼 회전하는 모습이 눈에 들어왔다.

슬로모션처럼 천천히 날아오지만 피할 수 없는 발차기!

그것은 그대로 카윈의 턱에 적중하며 몸의 자유를 빼앗았다.

퍽퍽퍽퍽퍽!

쓰러지지도 못하게 카윈을 두들겨 패는 태웅의 표정은 희열에 가득 차 있었다.

"죽어, 이 자식아! 감히 날 또 저세상으로 보내려고 해? 죽어 버릴 테다! 죽어!"

집 밖에서 망원경으로 카윈의 저택을 들여다보던 고서윤은 마구잡이로 폭행을 가하는 자신의 배우를 보며 고개를 절레절레 저었다.

'도대체 누가 깡팬지 모르겠군.'

S# 2
아카데미상을 위해Ⅱ

　흠씬 두들겨 맞은 카윈은 촬영장에 초라한 몰골로 나타났다.

　의외로 얼굴은 말짱했는데 태웅이 티가 안 나도록 골라서 때렸기 때문이다.

　"정말 그냥 두실 겁니까? 또 무슨 짓을 꾸밀지 모르는데 말입니다."

　고서윤은 카윈을 경찰에 넘기지 않고 그냥 두는 것에 반발했다.

　하지만 태웅은 여유 만만이었다.

　"어차피 저 녀석 약점을 잡아뒀는데 제까짓 게 꾸며봤자야.

일단 좋은 노예 하나 생긴 셈 치자."

카윈을 신나게 팬 날 이후부터 그는 태웅과 눈만 마주쳐도 움찔했다.

까딱하면 경찰에 잡혀가고 모든 것을 잃을 수 있는 상황이다.

때문에 이쪽의 기분을 거스르지 않기 위해 찍소리도 못 하고 있었다.

사고를 당하고도 촬영을 진행하고 있다는 소식이 들리자 미국 내에서 그의 주가는 더욱 높아졌다.

또한 그의 총에 공포탄이 아닌 실탄이 들어가게 된 이유에 대해 온갖 음모론이 돌았다.

화제의 주인공으로 급부상하고 있었지만 태웅은 조용히 입을 닫고 있었다.

카윈에게서 얻어낸 정보는 누군가 그를 부추기고 살해 방법에 대해 조언해 줬다는 사실뿐이었다.

심지어 발신처가 적혀 있지 않은 우편물로 전달했기에 흔적조차 없다고 했다.

누군가 자신을 또 노리고 있다는 사실이 거슬렸지만, 크게 신경 쓰지 않기로 했다.

어차피 고서윤과 삼합회 쪽이 부하를 풀어 알아보고 있었기에 머지않아 실마리는 잡힐 것이다.

물론 적을 찾아내면 절대 가만두진 않겠지만.

'잡히기만 해봐라. 두 번 다시 건드리지 못하게 해주겠어.'

*   *   *

"몸은 좀 많이 괜찮아지셨어요?"

"그럼요. 오히려 그때 총알이 스친 부위에 군살이 생겨서 피부가 더 단단해졌습니다."

너스레를 떠는 태웅을 보며 강지나는 웃음을 흘렸다.

"그런데 사무실이 참 예쁘네요. 깔끔하고 소품도 아기자기하고."

"제가 직접 인테리어 했어요. 아이디어만 준 거긴 하지만."

"역시… 보통 감성이 아니더라니 강 대표님 솜씨구나."

태웅은 G나인 사무실을 보며 감탄을 금치 못했다.

자신의 소속사 실버문 엔터테인먼트와는 차원이 다른 멋진 인테리어였다.

그리 크지는 않았지만 적절한 공간 활용과 과감한 색상 배치가 돋보였다.

"그런데 에이전시 이름은 무슨 뜻이죠?"

"제가 강지나잖아요. 그리고 소속 연예인이 총 아홉이거든요. 그래서… 호호!"

"이름은 그냥 막 지으시는구나. 하하하!"

그녀가 대표로 있는 G나인 에이전시 대표실에 화기애애한 웃음소리가 울려 퍼졌다.

다시 만날 일이 없을 줄 알았던 둘이 다시 이렇게 된 것은 그녀가 태웅의 병실을 찾아왔기 때문이다.

자기 할아버지를 잡혀가게 하고 가문을 쑥대밭을 만들어 버린 자신에게 먼저 손을 내미는 그녀의 행동에 태웅은 적지 않은 부끄러움을 느꼈다.

그리고 그녀가 자신에게 품고 있는 마음의 크기 또한 알 수 있었다.

그래서 작은 보답이나마 해주고 싶은 생각이 들었다.

"정말 미국 내 활동을 저에게 맡겨주실 거예요?"

"네. 어차피 윤철이, 아니, 정 대표와도 얘기했습니다. 실버문은 여기 미국 활동까지 신경 쓸 여력이 못 돼요. 그래서 해외 활동에 대해서는 강 대표님에게 전격 일임하기로 했습니다."

이제 막 걸음마 단계인 G나인 에이전시에 있어 태웅의 가세는 큰 도움이 될 터였다.

계약과 수익 배분 문제가 다소 복잡하게 얽혀 있었지만, 윤철과 고서윤의 도움을 받아 수월하게 G나인과의 계약을 체결할 수 있었다.

기존 실버문과는 해지가 아니라 해외 활동에 한해서만 프로모션을 G나인에 넘긴다는 추가 사항을 붙였다.

그녀와 계약서에 사인을 하고 나자 태웅은 후련한 기분이 들었다.

오랫동안 미뤄둔 숙제를 해결한 느낌이랄까?

"드디어 태웅 씨와 같이 일하게 됐네요. 기뻐요."

환하게 웃는 그녀의 말에는 가식이 없었다.

진심으로 행복해하는 모습에 태웅 역시 절로 미소가 지어
졌다.

"잘 부탁드립니다. 제가 사건 사고를 몰고 다니는 사람이라
나중에 후회하실지도 몰라요."

"괜찮아요. 전 사건 사고 좋아하거든요. 그동안 너무 편하
게 살아와서 그런지 앞으로는 고생 좀 하고 싶네요."

그녀의 말에 태웅은 알 수 없는 감정이 피어났다.

가슴 한구석에서 마구 솟아오르는 뭔가를 억누를 수밖에
없어 답답했다.

라이더 베스를 좋아하던 소녀가 자라서 이제는 김태웅을
좋아하고 있었다.

두 번의 삶 모두 그녀에게 깊은 사랑을 받고 있는 것이다.

"네 전생이 라이더 베스라는 사실, 누구에게도 말해선 안 돼.
말한다면 엄청난 페널티를 감수해야 할 거다."

시스템의 요정 오한수는 그렇게 말했다.

그래서 그는 조용히 입을 닫고 새로운 삶을 살아왔다.

말한다고 해서 사람들이 믿어줄 것도 아니기에 그리 어렵진 않았다.

하지만 누군가에게 털어놓을 수 있다면 찜찜한 기분 없이 홀가분한 마음으로 지금의 삶을 살아갈 수 있을 것 같았다.

"태웅 씨, 왜 그래요? 어디 안 좋으세요?"

강지나는 한참 동안 아무 말 없이 자신을 바라보고 있는 그를 보고 걱정스러운 듯 물었다.

"아니, 아닙니다. 그냥 잠깐 딴생각을 했어요."

"다행이에요. 전 또 아프신 줄 알고……."

커다란 그녀의 눈망울을 보며 태웅은 천천히 입을 열었다.

"실은 제가 누구에게도 말 안 한 게 있는데요."

"네?"

그녀의 물음에 그는 잠시 뜸을 들이다가 조심스럽게 말했다.

"사실 제가 영화 하나를 만들고 싶습니다."

*   *   *

모든 인터뷰를 거절하고 연기에 전념하던 태웅은 삼총사 촬영 막바지에 접어들자 미국 최고의 토크쇼로 절정의 인기를 얻고 있는 '코만 오블리비언 쇼'에 전격 출연했다.

코만 오블리비언은 코미디언 출신으로 유튜브 방송을 통해 게임 리뷰를 하며 유명해졌는데, 사람들은 그의 익살스러우면서도 독설 섞인 거침없는 개그에 열광했다.

주로 완성도가 떨어지는 게임들을 거침없이 까대면서 속 시원하다는 반응을 얻은 그는 마침내 미국 TBS 방송국에서 자신의 이름을 딴 토크쇼를 맡게 된다.

황금 시간대에 방송하는 '코만 오블리비언 쇼'에 게스트로 출연하게 되었다는 것은 태웅의 위상이 미국 내에서도 이미 상당하다는 것을 의미했다.

'토크쇼에 출연한 지도 꽤 오랜만이군.'

태웅은 감회가 새로웠다.

전생에서도 죽기 몇 년 전부터 토크쇼 같은 곳에는 일절 출연하지 않았다.

워낙 사고를 많이 치는 바람에 나와 봤자 욕만 먹을 것이 뻔해서였다.

이번 생에서는 첫 출연이다.

방송국 스튜디오 안으로 들어서자 PD와 작가가 반갑게 그를 맞이했다.

"태웅 김, 만나서 반가워요. '더 퍼니셔!' 당신 정말 멋져요!"

코만 오블리비언이 어디서 나타났는지 불쑥 등장해 그에게 손을 내밀었다.

악수를 나누며 태웅은 속으로 웃었다.

전생에 그의 인터넷 방송에 출연하여 함께 게임을 한 적이 있었다.

지나친 인기와 명성으로 인해 모든 것이 피곤하던 시절, 아직 삼류 스트리머이던 그의 방송에 꽂혀 아무 대가 없이 출연했다.

허름한 다락방 같은 곳에서 밤새 맥주를 까고 게임을 하면서 창밖으로 지나가는 사람들을 놀리기도 하는 등 즐거운 시간을 보냈다.

아무런 상의도 없이 출연한 것 때문에 매니저인 엘런과 대판 싸우긴 했지만, 그때의 추억은 잊을 수 없었다.

"저도 반갑네요. 이 시대 최고의 코미디언을 보게 돼서요."

"이 친구, 사람 볼 줄 아는구먼. 당신은 분명 할리우드 최고의 대배우가 될 겁니다. 내 예측은 언제나 정확하니까 믿어봐요. 하하하!"

호쾌하게 웃는 그와 함께 리허설을 진행했다.

촬영 시작 전, 고서윤이 말했다.

"쓸데없는 말은 하시면 안 됩니다. 이번엔 가급적 사고 안 치고 깔끔하게 가시죠."

"걱정 마. 그래도 첫 토크쇼인데 나도 조심하지 않겠어?"

그 말에 고서윤은 영 못 미덥다는 표정을 지었지만 태웅은 자신만만해했다.

"자, 오늘은 아주 멋진 남자 배우가 나옵니다. 아직 할리우드에서 영화 한 편밖에 개봉하지 않았지만 이만큼 화제를 불

러일으키는 사람이 있을까 싶은데요, 힘차게 불러보죠. 태웅
김!"

밴드의 연주가 울려 퍼지며 태웅이 등장했다.

방청객의 열화와 같은 박수가 터지는 것을 보고 그는 속으
로 웃었다.

하여튼 한국이나 여기나 방청객은 비슷했다.

그가 소파에 앉자 코만이 익살스러운 멘트를 연이어 날리
며 방청석을 웃음바다로 만들었다.

"태웅, 당신이 이소룡의 진정한 후계자라는 소리가 있는데
들어봤어요?"

"이소룡? 그런 말은 처음 듣는데요."

"동양 액션 배우, 그리고 주연급의 존재감을 뽐는 배우가 할
리우드 역사에서 그리 흔한 건 아니니까요. 그런데 이번에는
강력한 느낌이 온다는 사람들이 많아요. 슈퍼스타 탄생의 예
감이랄까?"

"재키 찬이나 도니 옌(견자단)도 있고, 한국인으로는 먼저 할
리우드에 진출한 오영홍도 있습니다. 다들 훌륭한 액션 히어
로죠."

"겸손의 미덕을 보이는군요. 그럼 이제 지금 한창 촬영 중
인 영화에 대해 얘기해 볼까요?"

코만은 자연스럽게 영화 이야기로 넘어갔다.

"벤 하프만 감독이 필생의 역작으로 여기고 있다는 작품인

데, 삼총사를 서부극으로 재해석했다는 사실에 대해 흥미로워하는 사람이 많아요. 그리고 당신이 주인공을 맡았다는 사실도 그렇고요."

"동양인이라서?"

태웅이 어깨를 으쓱하자 코만이 고개를 끄덕였다.

"미리 얘기하지만 전 인종차별 주의자는 아닙니다. 그냥 할리우드의 일반적인 캐스팅 성향에 대해 말하는 거예요."

"물론 알고 있습니다."

"어떻게 보면 대단한 혁신인데요. 오랫동안 여성들이 액션영화 주연으로 활약하지 못했듯 동양인 배우도 마찬가지였습니다. 그런 할리우드의 견고한 아성을 오랜만에 다시 깨뜨린 태웅의 활약이 기대되지 않을 수 없네요. 당신의 목표는 뭔가요?"

그 말에 태웅은 씨익 웃었다.

다들 '좋은 배우가 되겠다'거나 '삼총사의 흥행 대박' 따위를 기대하고 있을 것이다.

"목표는 아카데미 남우주연상 수상입니다."

그 말에 방청객들이 탄성을 냈다.

코만 역시 호쾌하게 웃으며 박수를 쳤다.

"멋진 목표입니다! 난 왠지 당신이 머지않아 해낼 수 있을 것 같다는 생각이 드는데요."

"물론이죠. 제 생각엔 이번 아니면 다음쯤 될 것 같네요."

다시 한번 방청석이 웃음바다가 되었다.

태웅은 그들의 반응에 소량의 비웃음이 섞여 있다는 것을 느꼈다.

'두고 보자. 내 말대로 되나 안 되나.'

"기대하겠습니다. 그땐 꼭 제가 시상을 하고 싶네요. 아카데미에서 불러준다면 말이죠."

코만은 능숙하게 멘트를 치고는 다음으로 넘어갔다.

"얼마 전 삼총사 촬영 중 사고가 난 것으로 알고 있는데요. 조금 민감한 주제일 수도 있지만 한번 얘기를 해보죠. 괜찮은가요?"

"물론입니다."

"자칫하면 이런 멋진 배우를 불의의 사고로 잃을 뻔했어요. 그런데 그 사고에 대해 말이 많습니다. 어떻게 해서 공포탄 대신 실탄이 들어간 건가요?"

태웅은 겉으로 드러난 사건 경위에 대해 간단히 말했다.

"일단 소품 담당자는 분명히 이상 없음을 확인했다고 합니다. 하지만 착오일 수도 있고, 소품 준비 과정에서 잘못된 물품이 전달되었을 수도 있지요."

"누군가 바꿔치기했을 수도 있나요? 사실 요즘 떠도는 음모론이 몇 가지 있지 않겠습니까?"

"그거 저도 봤는데 전 아직 그렇게 큰 거물이 아닙니다, 여러분."

"마피아나 프리메이슨 같은 세력들이 죄다 당신을 노리고 있다는 거 저도 봤어요. 하하하! 그게 사실이 아닌 거죠?"

"전 한국에서나 그런 어둠의 세계에 종사하시는 분들을 봤네요. 그리고 사실 전 이번 사건의 진상에 대해 크게 관심이 없어서 몰라요."

"본인 사고인데 관심이 없다고요? 하마터면 죽을 뻔했는데?"

"네, 어차피 전 포스가 보호하고 있으니까 총알 같은 건 그냥 비껴갑니다."

다시 한번 방청객들의 폭소가 터졌다.

코만도 어깨를 으쓱했다.

"이 친구, 차기 스타워즈 캐스팅을 노리고 있나 봅니다. 누가 여기 광선검 좀 갖다 줘봐요. 어울리나 안 어울리나 보게."

태웅은 민감한 질문을 피하며 우스갯소리를 섞었다.

이를 적절하게 받아준 코만으로 인해 다행히 녹화는 별다른 문제 없이 흘러갔다.

*　　　*　　　*

흔히 오스카상으로도 불리는 아카데미상은 미국은 물론 세계에서 가장 가치 있는 상으로 불린다.

3대 영화제인 칸, 베를린, 베니스 영화제에서 수상하는 것보다 아카데미상을 수상하는 것이 훨씬 어렵다.

왜냐하면 할리우드 위주의 수상인 데다 유독 유색인종에게는 인색한 수상 성향 때문이다.

백인이 아니라는 이유로 압도적인 연기를 펼치고도 후보에조차 노미네이트되지 못한 배우, 감독이 많았다.

설령 백인이라고 하더라도 시상을 결정하는 미국 영화예술과학 아카데미의 취향에 맞지 않으면 배제되는 경우가 많아편협한 영화제라는 비아냥거림도 듣고 있었다.

매년 12월경 후보를 선정하고 2월에서 3월경 시상을 개최한다.

그 때문에 후보로 선정되면 아카데미 수상 후보작으로 홍보하려는 목적으로 12월에 개봉하는 영화가 많았다.

'삼총사: 더 웨스턴'의 경우도 여름에 촬영이 마무리되면 가을 동안 후반 작업을 거쳐 12월에 간신히 턱걸이 개봉을 할수 있다.

그 때문에 제작진은 하루라도 빨리 촬영을 끝내도록 닦달하고 있었다.

영화는 거의 클라이맥스에 다다라 삼총사와 리슐리외 일당의 치열한 싸움이 전개되는 부분으로 향하고 있었다.

리슐리외가 부리는 악당이자 최고의 총잡이 로슈포르는 달타냥과 이전에 한 번의 대결을 치러 총상을 입힌 경험이 있다.

두 번째 만남에서 이를 기억한 달타냥은 숙적인 그를 쓰러뜨리기 위해 이를 간다.

콘스탄틴과 사랑에 빠진 달타냥.

버킹엄 공작을 수행하던 그녀가 리슐리외의 첩자이자 아토스의 옛 연인 밀라디에게 잡혀가자 분노에 사로잡힌다.

버킹엄 공작이 살해당했다는 소문이 퍼지고, 이에 분노한 영국이 함대를 급파하며 상황은 급박하게 돌아간다.

미국과 영국 사이에 전운이 감돌고…….

아직 버킹엄 공작이 살아 있으며 리슐리외의 지하 감옥에 갇혀 있다는 사실을 알게 된 달타냥과 삼총사는 지하 감옥으로 향해 버킹엄을 구해낸다.

리슐리외의 눈에 들어 포로로 끌려간 콘스탄틴을 구하기 위해, 그리고 영국과 미국의 전쟁을 막기 위해 버킹엄 공작을 데리고 항구로 향하는 삼총사와 달타냥.

이들을 막기 위해 리슐리외 일당과 로슈포르가 출동하는데…….

영화의 후반부 최고의 클라이맥스가 될 명장면을 앞두고 벤 하프만 감독은 배우와 스태프들을 결집시켰다.

"이제 정말 얼마 안 남았네요. 우여곡절이 많았지만 여기까지 따라와 준 우리 배우, 스태프 여러분 모두 고맙습니다. 마지막 시퀀스, 멋지게 만들어보죠!"

어릴 때부터 꿈꿔오던 프로젝트가 막판에 다다른 벤은 홍분과 희열로 얼굴이 붉게 달아올랐다.

그의 아내 낸시는 약물중독 치료 과정을 순조롭게 진행하고 있었고, 남편에 대한 미움도 많이 사라졌다고 했다.

집안 걱정이 사라지자 벤은 기름을 부은 장작처럼 활활 불타올랐다.

마치 자기 자신마저 태워 버릴 듯 영화에 몰두하고 있었다.

태웅 역시 첫 할리우드 주연 작에 혼신의 힘을 쏟아 붓고 있었다.

'이번 영화가 끝나면… 전생에서의 명성에 가까워지겠지.'

시스템에 의해 종속된 삶에 익숙해졌지만, 강지나와의 만남을 통해 그는 적극적으로 그 굴레에서 벗어나고 싶었다.

촬영 대기 중 그는 시스템의 상태창을 열어 자신의 상태를 살펴보았다.

[남은 라이프 포인트는 128입니다.]
[월드 스타 수치는 15.6퍼센트입니다.]

아직 할리우드 첫 영화가 개봉하지도 않았는데 월드 스타 수치는 상당한 수준에 도달해 있었다.

100퍼센트가 되면 마침내 시스템에서 해방된다.

아카데미상 수상을 하면 그날은 더욱 빨리 다가올 것이다.

"무슨 생각을 그렇게 해요?"

태웅은 갑자기 들려온 목소리에 고개를 들었다.

눈처럼 흰 피부에 신비한 파란 눈동자의 여신이 눈앞에 서 있었다.

"몰입 중이었습니다."

"어머, 제가 방해한 거예요?"

"아닙니다. 실은 지금도 연기 중이거든요."

"개그죠, 그거?"

아리아가 살포시 웃으며 손을 뻗었다.

"멋지게 잘 마무리해요, 우리."

그녀는 태웅의 뺨을 어루만지며 얼굴을 붉혔다.

사귀는 사이도 아닌데 스스럼없이 스킨십을 한다.

워낙 엘프처럼 아름다운 여자라 거부하기가 쉽지 않았다.

"함께 연기할 수 있어 영광이었습니다."

"우리 아직 촬영 끝나려면 많이 남았어요. 왜 벌써 그런 말을 해요?"

그녀가 조금 서운한 듯 눈을 흘겼다.

"키스신도 남아 있으니까 벌써 정 끊지 말아요."

그녀는 쑥스러운 듯 말하고는 촬영 준비를 하러 갔다.

'맞다. 두 번이나 남았지.'

항구에서 그녀를 구할 때, 그리고 영화의 엔딩에서 아리아와 뜨거운 키스를 두 번 하게 된다.

그녀를 짝사랑하는 카윈의 눈앞에서 할 생각을 하니 미안하긴 했지만 한편으론 통쾌한 기분도 들었다.

"어깨 좀 주물러 봐."

"네, 보스."

포르토스 역의 카윈은 틈날 때마다 태웅의 허드렛일을 하고 있었다.

다른 배우나 스태프들이 보면 이상하게 생각할 수 있어서 마사지 같은 건 밴 안에서 시켰다.

"으아, 시원하다. 그런데 너무 어깨만 하지 말고 전체적으로 해야지, 꼭 말을 해야 하냐?"

"죄, 죄송합니다."

"그런데 왜 보스라고 불러? 내가 무슨 깡패야?"

"딱히 뭐라고 불러야 할지 몰라서요."

"태웅 님이라고 불러. 보스가 뭐냐, 자식아."

"알겠습니다, 태웅 님."

프로 레슬러 출신이다 보니 힘이 좋아서 마사지시키기에는 그만이었다.

나른해지는 것을 느끼며 태웅은 천천히 눈을 감았다.

"일을 덜어서 좋긴 하네요."

고서윤이 그 모습을 보고 무덤덤하게 말했다.

"고 매니저한테 이런 거 시키면 너무 비효율적이라 안 했는데 얼마나 좋아? 그냥 경찰에 넘겼으면 이런 종놈 못 구했겠지."

비인격적인 대우를 받으면서도 카윈은 입 한 번 뻐끔하지 못했다.

"그런데 강지나 대표님에게 하신 말씀 진짭니까?"

옆에서 가만히 지켜보고 있던 고서윤이 말했다.

"뭐가? 영화 만들고 싶다는 거?"

"네."

"응, 내 영화를 한번 만들고 싶어. 내가 직접 감독을 하고 대본도 쓰고 주연까지 맡는 거지."

"자전적 이야기군요. 흥행이 될까 모르겠습니다만, 하고 싶은 건 하셔야죠."

'냉정한 놈.'

태웅은 가차 없는 그의 평가가 얄미웠다.

그의 말대로 이제 막 할리우드에 진출한 동양계 배우가 자전적인 이야기를 한다 한들 아무도 안 볼지도 모른다.

게다가 감독에 대본까지 자신이 맡는다면 투자할 제작자가 있을지도 미지수였다.

"큰 스케일로는 못 찍겠지. 하지만 설령 독립 영화 수준이라고 해도 찍고 싶어."

필모그래피를 해칠 수도 있지만 태웅은 꼭 자신의 영화를 만들고 싶었다.

어차피 블록버스터는 물론 찍어보지 않은 영화 장르가 없다.

다만 그는 자기 자신의 이야기를 해본 적이 없었다.

"배우란 존재는 필연적으로 남의 이야기만 하게 마련이지. 평생을 그렇게 다른 사람의 인생만 모사하며 사는 거야. 한데 몇 번 죽을 뻔하고 나니 내 인생 얘기를 지금껏 누구에게 털어놓았을까 하는 생각이 들었어. 그래서 영화로 만들고 싶은 거야."

"그러시군요."

고서윤은 묵묵히 고개를 끄덕이며 말했다.

"그런데 정말 이게… 자전적 이야기입니까?"

그의 손에 대본이 들려져 있었다.

이미 태웅이 완성한 영화 초고였다.

"응. 그런 셈이지."

"제가 아는 것과는 많이, 아주 많이 다릅니다만."

"상징도 있고 비유도 있지. 뭐 있는 그대로는 쓸 수 없으니까. 하하!"

적당히 얼버무리긴 했지만 사실 대본에는 태웅 자신의 모든 이야기가 담겨 있었다.

세계 최고의 대배우로 살다가 약물중독으로 사망한 후 한국의 무명 스턴트맨으로 깨어난 일.

그리고 신비한 능력을 얻어 배우로서 승승장구하게 되고, 조직폭력배와 검사의 죽음을 둘러싼 음모에 휘말리지만 이를 멋지게 극복해 내는 일.

마침내 할리우드에 진출하지만 옛 친구를 만나게 되고, 미쳐 버린 그가 다른 인격을 가진 배우가 되어 자신의 앞에 나타나게 된 일까지…….

고서윤은 태웅이 대본을 건네준 두 번째 인물이었다.

그는 태웅이 준 대본을 읽고 또 읽었다.

자신이 모시고 있는 배우 김태웅이라는 사람에 대해 조금은 이해할 수 있을 것 같은 기분이었다.

"대본을 읽으면서 정말 신기했습니다."

"그래?"

"지금껏 형님에 대해 이해할 수 없던 일이 너무 많았어요. 그런데 이 대본을 읽으니… 신기하게도 다 해소가 되더군요. 정말 이 이야기가 사실이라면 납득할 수 있는 말과 행동들이었습니다."

태웅은 씨익 웃었다.

정말 충직하고 마음에 드는 매니저였다.

"고 매니저, 무슨 얘길 하는 거야? 이건 내 자전적 이야기이긴 하지만 어디까지나 픽션이야. 영화와 현실을 혼동하면 안 돼. 작가와 주인공을 혼동해도 안 되고."

그 말에 고서윤은 정중하게 고개를 숙였다.

"죄송합니다."

"아니, 사과할 것까지는 없고."

"그럼 이 이야기는 언제 찍으실 겁니까?"

"삼총사가 개봉한 후가 되겠지. 영화 성적표가 어떻게 나오느냐에 따라 달라지겠지만."

"생각보다 훨씬 빠르군요. 전 먼 훗날에나 개봉하게 될 줄 알았는데요. 그동안의 연기 인생을 정리하는 차원에서요."

"삶이 언제까지 계속될지 모르는데 어느 세월에? 인생이란 건 말이야, 당장 내일 끝날 수도 있다고. 할 이야기가 있다면 미루지 말고 빨리 해야 해."

태웅은 말을 멈추고 뒤를 돌아보았다.

멍하니 있던 카윈이 쭈뼛거렸다.

"어이, 근육 돼지. 누가 마사지 멈추래?"

"죄, 죄송합니다. 지금 하신 말씀에 너무 감명을 받아서요."

"그래도 뇌는 근육이 아닌가 보네. 감명도 받을 줄 알고."

"물론입니다."

"감명은 받더라도 손은 멈추지 마라. 또 멈추면 죽는다."

그 말에 카윈은 다시 열심히 어깨를 주무르기 시작했다.

"태웅 씨, 다음 신 들어갑니다! 준비하세요!"

밴 밖에서 조 감독의 목소리가 들려오자 태웅은 천천히 자리에서 일어났다.

"그럼 가볼까, 마지막 시퀀스?"

밴 뒷좌석 문이 열리며 태웅이 가뿐한 몸으로 차에서 내렸다.

강지나는 대표실 앞에서 태웅이 건넨 대본에 시선을 떼지 못하고 있었다.

밤새 읽고 또 읽어서 퀭해진 눈이었지만, 뭔가에 홀린 것처럼 그녀는 계속해서 대본을 손에 쥐고 있었다.

"누나, 뭐 해? 점심 안 먹느냐니까."

거친 남자 목소리에 그녀는 고개를 들었다.

문을 열고 신경질적으로 소리치던 강창구가 그녀의 얼굴을 보고는 멈칫했다.

"얼굴이 왜 그래? 무슨 일 있어?"

그녀는 고개를 저었다.

"그냥 다른 사람들이랑 먹어. 난 오늘 할 일이 좀 있어."

메마른 목소리에 강창구는 의아해졌다.

"어디 아픈 거 아냐? 수프라도 사줘?"

"아니, 괜찮아. 그냥 좀 바빠서 그래."

더 말하기 싫어하는 듯한 그녀의 태도에 강창구는 머뭇거리다 대표실을 나갔다.

혼자 남은 그녀는 다시 대본을 보며 한숨을 내쉬었다.

"이상해. 너무… 이상해."

태웅이 쓴 대본에서 주인공의 전생인 세계 최고의 대배우는 누가 뭐라고 해도 라이더 베스였다.

그리고 주인공은 바로 태웅 그 자신이었다.

자전적 이야기를 대본으로 썼다지만 판타지라고 보이는 내용이 상당수였다.

읽은 대로라면 라이더 베스가 죽은 후 태웅으로 환생했다고 해석할 수 있었다.

놀라운 것은 이전에 그녀가 태웅을 보며 라이더 베스를 떠올린 일이 많았다는 것이다.

연기와 스크린에서의 이미지, 말투, 행동거지 하나하나까지…….

태웅은 라이더 베스와 판박이였다.

그녀 자신이 광팬이었기에 확신할 수 있었다.

너무나도 혼란스러웠다.

그녀는 머리를 움켜쥐고 눈을 감았다.

태웅은 그녀와 함께 이 영화를 만들고 싶다고 했다.

강지나의 G나인은 에이전시와 프로덕션을 겸하고 있기 때문에 마침 영화 제작도 염두에 두고 있는 터였다.

"영화 하나를 제작해 주세요. 자금이 부족하다면 제가 투자할 수 있습니다. 단, 제가 대본을 쓰고 감독, 주연까지 하고 싶습니다. 딱 한 번이면 돼요."

그것이 바로 태웅이 내민 계약 조건이었다.

그녀는 다시 한번 대본 맨 첫 장에 적힌 제목을 뇌리에 각인시켰다.

"'배우, 미친 흡입력'이라니… 정말 특이한 제목이야.'

*　　　　*　　　　*

달타냥의 숙적인 로슈포르 역을 맡은 배우 헤비츠 앤더슨은 이미 여러 번 현대적으로 해석된 서부극에 출연한 명배우였다.

액션 연기, 특히 총기 액션 신에 있어서는 둘째가라면 서러운 인물이지만, 벌써부터 태웅의 화려함에 압도되고 있었다.

리슐리외 일당과 영국 함대, 그리고 미국 주정부의 군대가 모여 일촉즉발인 상황에서 달타냥과 삼총사는 버킹엄 공작을 대동하고 항구에 도착한다.

공작이 살아 있다는 사실과 그를 죽여 전쟁을 일으키려 한 리슐리외의 음모를 폭로한다.

하지만 이미 항구를 장악한 리슐리외 일당은 모두를 없앤 뒤 달아나려 하고, 총잡이 군단을 이끄는 로슈포르는 삼총사와 치열한 대결을 펼친다.

점점 주정부와 영국 함대의 지원을 받은 삼총사 쪽이 우위에 서고, 마침내 달타냥은 로슈포르와 일대일 대결을 벌인다.

모든 것을 건 듯 현장에서 혼신의 힘을 쏟아내는 태웅은 몸을 던지는 연기로 자잘한 부상을 입었지만 전혀 아랑곳하지 않고 연기에 몰입했다.

베테랑 배우들마저 감명을 받을 정도로 그는 전에 없는 연기를 펼쳤다.

"내 생전 저런 배우는 처음 봐. 태웅은 아마 곧 할리우드를 상징하는 배우가 될 거야. 내 전 재산을 걸어도 좋아."

액션 감독 쿠만 레이놀즈는 촬영한 화면을 만족스럽게 모니터하고 있는 벤에게 다가가 눈물까지 글썽이며 말했다.

"그는 천재지. 그리고 노력과 열정도 대단하고. 카리스마 있는 외모까지… 스타가 될 모든 조건을 갖췄어."

벤 역시 고개를 끄덕이며 동의했다.

'뭐 이런 자식이 다 있어?'

헤비츠는 거친 숨을 몰아쉬며 이마에 흐르는 땀을 닦았다.

부두와 배 사이를 넘나들며 펼치는 두 사람의 대결 신에 모든 에너지를 다 쏟아부어서인지 손가락 하나 까딱할 힘이 없었다.

하지만 태웅은 아직도 쌩쌩한 듯 고른 숨을 내쉬며 옷매무새를 점검하고 있었다.

"정말 멋진 연기였습니다. 과연 킬러 카라마조프를 혼자 하드 캐리한 배우답네요."

다른 사람이 말했다면 고작 애송이 주제에 베테랑을 평가했다는 사실에 어이가 없었을 것이다.

하지만 태웅은 이런 말을 할 자격이 있었다.

"자넨 지치지도 않나?"

"전 체력이 좋아서요. 마음에 안 들면 다시 가셔도 됩니다. 벤한테 추가 촬영 하자고 할까요?"

"오우, 노. 이 친구가 누굴 죽이려고… 네가 그냥 스타 해."

고개를 저으며 진저리를 치는 헤비츠의 오버 액션에 주위에 있던 배우들과 스태프들이 웃음을 터뜨렸다.

"어때, 헤비츠. 이제 슬슬 서부극 전문 배우 타이틀을 내줘야겠는데?"

"그런 건 애당초 갖고 싶지도 않았어. 그냥 쥐버려. 훠이."

쿠만의 말에도 전혀 자존심이 상하지 않는 듯 그는 에너지 음료를 벌컥벌컥 마셔댔다.

"이제 키스신이나 잘 찍어봐, 터프가이! 할리우드에서 제일 잘나가는 여배우가 자넬 기다리고 있잖아?"

그의 말에 카윈의 눈썹이 꿈틀거렸다.

그걸 본 태웅이 눈을 부라리자 카윈은 움찔하며 뒷걸음질 쳤다.

아리아 역시 밀라디 역의 라미 크레딘과 몸싸움을 벌이는 액션 신을 찍은 터라 많이 힘들어 보였다.

하지만 그녀는 태웅을 보며 방긋 미소를 지었다.

"나 어땠어요?"

"연기 끝내줬어요. 역시 '얼음의 왕좌'에 출연한 까닭이 있네요."

"그렇죠? 나도 액션 전문 여배우 하려고요."

태웅은 그녀의 말에 피식 웃었다.

이렇게 요정 같은 여자가 액션 전문 여배우라니……

물론 외모를 차치하고 보면 운동신경도 좋았고 센스도 있어서 무리는 없었다.

딱히 예쁜 척을 하는 성격도 아니니 잘만 키운다면 훌륭한 소녀 액션을 구사하는 액션 스타가 될 수도 있겠다는 생각이 들었다.

'그럼 이제… 키스신을 찍어볼까?'

태웅은 할리우드에 오자마자 여배우를 사로잡고 싶진 않았기에 이번에는 정말 철저하게 자제하면서 키스신을 찍기로 했다.

           *   *   *

"하악……"

얼굴이 새빨갛게 달아오른 아리아가 다리에 힘이 빠졌는지 그만 주저앉고 말았다.

그녀를 챙기는 스태프들이 달려와 부축했다.

벤은 촬영분을 모니터한 후 깊은 숨을 몰아쉬었다.

"정말 멋진 그림이 나왔어. 내가 찍은 키스신 중 최고인 것 같아."

콘스탄틴을 멋지게 구하고 뱃머리에서 곡예와 같은 자세로 그녀에게 키스하는 신을 태웅은 완벽하게 소화했다.

실로 그림 같은 키스신 촬영을 마친 두 사람은 촬영장 모든 이의 극찬을 받았다.

하지만 단 한 명만 외진 곳에서 눈물을 주르륵 흘리고 있었다.

덩치만 큰 순정남 카윈이었다.

"흐흑! 나의, 나의 아리아가……."

그의 흐느낌은 바람에 실려 촬영장을 맴돌다 흔적도 없이 사라졌다.

*   *   *

마지막 촬영이 마무리된 후 태웅은 홀가분한 심정으로 비버리힐스의 산책로를 홀로 돌아다니고 있었다.

이번에는 늘 함께 다니던 고서윤도 떼어놓은 채 혼자만의 시간을 가졌다.

'아카데미… 처음부턴 어렵겠지?'

혼신의 힘을 다해 연기했지만 그렇다고 해서 동양 배우인 그에게 아카데미가 대뜸 상을 줄 리 만무했다.

전생에 대배우에 세계적인 슈퍼스타, 그리고 혼혈이었음에도 간신히 한 번 수상했을 뿐이다.

이번에는 훨씬 어려운 일이었지만, 그는 목표가 있다는 사실이 기뻤다.

사실 엘리온이 그 조건을 내걸었을 때 그는 앞으로 살아갈 이유가 생긴 것 같은 기분이 들었다.

"축하드립니다. 촬영을 끝마치셨더군요."

태웅은 갑작스러운 목소리에 고개를 돌렸다.

어느새 자신의 뒤에 서 있는 엘리온을 보고 그는 한숨을 내쉬었다.

"스토커 짓은 그만하기로 하지 않았나?"

"그런 약속은 한 적 없습니다."

"나는 몰라도 내 동생과 매니저에게 또 접근하면 내기고 뭐고 널 없애 버릴 거야."

"명심하죠. 어쨌든 저도 당신의 정체에 대해 알아내지도 못하고 죽긴 싫으니까요."

"후, 그래서 용건이 뭔데?"

태웅은 분노를 억누르며 엘리온의 얼굴을 노려보았다.

"저도 슬슬 차기작을 골라야 하는데, 당최 마음에 드는 게 없더군요."

"그래서?"

"뭐니 뭐니 해도 배우는 작품이 중요하지 않습니까? 그런데 생각해 보니 우리가 다른 작품으로 대결한다면 그건 순수하게 연기로 결과가 갈리는 것이 아니라 작품으로 갈리게 되는 거더군요."

"그럼 같은 작품에 나와 대결하자는 건가?"

"그럴 수 있다면 좋겠죠."

태웅은 어처구니가 없었다.

"'히트' 같은 영화라도 캐스팅된다면 좋겠지만 별로 현실성이 없는데."

'히트'는 세기의 명배우 로버트 드니로와 알 파치노가 호적수로 출연하여 화제가 된 액션 영화였다.

"다음 작품 생각해 둔 게 있다면 말씀해 주시죠. 함께 출연하는 게 더 제대로 대결을 펼칠 수 있을 것 같으니까요."

"웃기지 마. 너랑 같이 출연하느니 그냥 모노드라마를 찍고 말지."

터무니없는 말에 태웅은 고개를 저었다.

하지만 엘리온은 기분 나쁜 미소를 지으며 말했다.

"잘 생각해 보세요. 당신이 동의 안 하더라도 내가 따라 출연할 수도 있으니까."

그가 사라진 후 기분이 영 찜찜했다.

이미 태웅은 다음 출연할 영화를 정해놓았다.

정말 그가 자신의 다음 영화에 함께 출연한다면 재밌는 상황이 될지도 모른다.

'삼총사: 더 웨스턴'의 개봉일이 12월 중으로 확정되었다.

후반 작업을 할 시간이 길지 않았기에 제작사 측에서는 발에 불똥이 떨어진 격이었다.

태웅은 그사이 한국으로 돌아가지 않고 두문불출하며 차기작의 대본을 다듬었다.

스스로 대본을 쓰고 감독, 주연까지 맡는 것은 많은 배우들의 꿈이기도 하다.

전생에서도 몇 번 독립 영화의 대본을 쓰고 감독을 한 경험이 있기에 그리 어려운 일은 아니었다.

더군다나 자신의 자전적 이야기이다 보니 술술 쓰였다.

어차피 영화일 뿐, 판타지일 뿐이라고 하면 되다 보니 그냥 가감 없이 자신의 이야기를 써도 될 것 같았다.

태선은 심심해서인지 수시로 태웅의 대본을 보며 이런저런 평을 늘어놓았다.

"여긴 조금 지루한 느낌인데? 좀 더 스펙터클하게 해봐."

"이 신은 그냥 없는 게 낫겠다. 뭔가 좀 이상해."

"대사가 뭐 이래? 좀 더 톡톡 튀어야지."

아는 사람 없는 미국이니 적적해하는 것도 이해는 가지만, 아직 칠상파 쪽 정리가 되지 않은 이상 한국으로 보내기도 맘이 편치 않았다.

"뭘 그렇게 미주알고주알 품평이야? 네가 영화를 알아?"

"알지. 영화배우 동생 삼 년이면 신 스틸러가 된다는 말 몰라?"

"그런 말이 어딨어?"

제멋대로 말을 만들어내고는 혼자 즐거워하는 모습이 귀여웠다.

"그런데 고 매니저는 어디 갔어?"

"몰라. 요즘 혼자 엄청 바쁘다니까."

그거야 당연한 일이다.

고서윤은 최수빈의 회사인 사마리아인베스트먼트를 이어받은 어엿한 사장이다.

그런데 태웅의 옆을 언제나 그림자처럼 지키며 매니저 일을 완벽하게 수행하고 있는 것이다.

남는 시간에 회사 업무를 본다는 말인데, 그럼에도 전혀 이중생활을 하는 티가 나지 않게 완벽하게 일 처리를 하고 있었다.

자신이라면 몸이 열 개라도 부족할 것이다.

딩동.

갑자기 울린 벨 소리에 태선은 화들짝 놀랐다.

인터폰으로 향한 그녀는 모니터에 비친 방문객을 보고 깜짝 놀랐다.

"오빠, 강 대표님 오셨어!"

그 말에 태웅은 깜짝 놀랐다.

그녀가 갑자기 자신의 집에 찾아오다니?

선약도 없이 이렇게 불쑥 올 성격이 아니기에 더욱 의외였다.

인터폰으로 향한 그는 모니터를 들여다보고는 두 눈을 비볐다.

정말로 그녀였다.

—태웅 씨, 저예요.

태선은 묘한 눈빛을 보내며 자신의 오빠를 쳐다보더니 부엌 방향으로 걸어갔다.

"과일 내올게."

태웅은 잠시 머뭇거리다가 문을 열었다.

잠시 후, 정원을 가로질러 현관으로 들어온 그녀가 굳은 얼굴로 고개를 숙였다.

"미안해요. 이렇게 갑자기 불쑥 찾아와서."

"아닙니다. 그런데 무슨 일이세요? 아니다. 일단 들어와 좀 앉으세요."

"아니에요. 그렇게까진……."

"이미 동생이 과일 깎으러 갔습니다. 드시면서 좀 쉬다 가세요."

그녀는 평소의 냉철하고 똑 부러지는 행동과는 달리 안절부절못했다.

태웅과 눈도 잘 마주치지 못하는 모습이 그녀답지 않았다.

"안녕하세요, 강 대표님."

사과와 배, 망고를 쟁반에 담아 온 태선이 거실 테이블 위에 그것을 내려놓곤 강지나에게 인사했다.

서로 어색한 대화를 나눈 후 태선은 슬쩍 자리를 비켜주었다.

두 사람만 남은 거실에 적막이 흘렀다.

"드시죠. 우리 집 과일은 아주 맛있어요. 비버리힐스에 괜찮은 과일 가게가 있거든요."

하지만 그녀는 포크를 들 생각도 안 하고 묵묵히 앉아 있다가 고개를 들었다.

"태웅 씨, 대본 잘 봤어요."

"아아, 조금 많이 어색하죠? 초고라서… 그래서 지금 한창 다듬고 있는 중이에요."

태웅은 멋쩍은 듯 말했지만 그녀는 그 말에 대답하지 않았다.

"…묻고 싶은 게 있어요."

"말씀하시죠."

"이 이야기, 정말 자전적인 이야기인가요?"

그녀는 이 집에 들어온 후 처음으로 그의 눈을 똑바로 마주 봤다.

뭔가를 간절히 알아내려는 듯한 눈빛이었다.

"그렇습니다. 물론 적당히 가감하긴 했지만요."

태웅의 말에 그녀는 고개를 저었다.

"이 이야기, 판타지잖아요? 어디까지가 진짜 태웅 씨의 이야기이고 어디까지가 픽션인지 궁금해요. 그리고 여기 초반부에 나온 할리우드 슈퍼스타… 모델이 라이더 베스죠?"

태웅은 잠시 말문이 막혔다.

분명 태연하게, 천연덕스럽게 대답할 수 있을 줄 알았는데 그녀의 눈망울을 보는 순간 쉽게 말할 수가 없었다.

"글쎄요. 딱히 누군가를 모티브로 해서 쓴 건 아닙니다. 그런 배우는 많지 않나요?"

"아니에요. 이런 사람은… 결코 흔하지 않아요. 전 라이더 베스의 광팬이었어요. 그 사람을 어릴 때 직접 본 적도 있고요."

"뭐, 그렇다고 칩시다. 그런데 그게 왜요?"

이번에는 강지나의 말문이 막혔다.

"그, 그건… 이건 태웅 씨 스스로의 이야기라고……."

"제 이야기 맞습니다. 앞부분은 세상에서 일어날 수 없는 판타지 같은 일일 수도 있고 진짜일 수도 있겠죠. 보는 사람이 믿든 말든 제가 겪은 일은 맞습니다. 그래서 자전적인 이야기라고 말씀드린 겁니다."

태웅은 깊이 숨을 몰아쉬었다.

그녀에게 이렇게 말하는 게 편치는 않았지만, 그렇다고 해서 마냥 거짓말만 할 수도 없었다.

"만약 사실이라면… 그럼 그 사람의 영혼이 태웅 씨 몸에 있는 건가요?"

한참 동안 생각에 잠겨 있던 그녀가 입을 열었다.

뭐라고 답해야 할까?

그는 가슴이 답답해져 왔다.

시스템의 제약으로 인해 속 시원히 얘기할 수 없는 것이 안타까웠다.

*   *   *

"저는 김태웅입니다. 한국에서 태어나 일찍 부모님을 잃고 동생과 함께 살아온 스턴트맨 출신 배우요. 저한테 다른 누구를 보시는 겁니까?"

태웅의 말에 강지나의 눈빛이 흔들렸다.

그녀는 이윽고 고개를 떨구었다.

"미안해요. 제가… 실수를 했네요. 오늘 한 말은 잊어주세요."

그녀는 자리에서 일어났다.

"영화는 세팅해 둘게요. 텍스트로만 보자면 재밌고 완성도 높은 이야기니까 투자자 구하기는 어렵지 않을 거예요. 게다가 감독과 작가, 주인공이 모두 태웅 씨라는 사실 또한 화제가 될 거고요."

그녀가 돌아간 후 태웅은 생각에 잠겼다.

왠지 앞으로 이런 일이 또 있을 것만 같았다.

그때마다 해명하는 것도 골치 아파질 테니 자전적인 이야기라는 사실은 자기 입으로 꺼내지 않는 게 좋을 것 같았다.

"뭐야? 벌써 갔어?"

뒤늦게 다시 나온 태선이 의아한 듯 물었다.

"태선아."

"왜?"

"넌 내 동생이다. 지금까지도 그랬고 앞으로도 계속."

"뭔 헛소리야?"

그녀가 눈을 흘겼다.

욕을 먹을 것이 뻔했지만 그는 왠지 그 말이 하고 싶었다.

새로운 삶에서 얻은 것 중 가장 소중한 것이 있다면 바로 동생이다.

누구보다 소중한 가족, 세상에 하나밖에 남지 않은 혈육이었다.

*   *   *

시간은 쏜살같이 흘러 어느덧 12월이 되었다.

삼총사가 개봉하는 달이기도 했다.

그 기간 동안 태웅은 영화 홍보차 다양한 토크쇼와 예능 프로그램에 출연했다.

세계적으로 유명한 프로그램인 'SNL'과 '엘렌 드제너러스 쇼'에서 그는 재치 넘치는 입담으로 열연했다.

수많은 쇼 프로그램에서 섭외가 이어졌지만 그는 더 이상의 출연은 자제했다.

과도한 이미지 소비는 영화에 해가 될 거란 판단에서였다.

후반 작업을 마치고 마침내 '삼총사: 더 웨스턴'이 개봉했다.

고전을 현대적으로 해석한 스타일리시한 액션 영화라는 화제성과 스타 배우들이 총출동하는 블록버스터라는 점까지 겹쳐 개봉 첫날부터 구름같이 관객들이 몰려들었다.

동양인 배우가 주인공을 맡았다는 점 때문에 흥행이 우려된다는 전문가들의 예상을 비웃기라도 하듯 북미 개봉 첫 주 3억 8천만 달러의 글로벌 흥행 수익을 기록했다.

이후 대작이라는 입소문이 퍼지며 기세가 죽지 않고 장기간 북미 박스오피스 최정상을 유지했다.

로튼 토마토 신선도 지수 93퍼센트, 관객 지수 95퍼센트를 기록했고, 메타크리틱 점수는 94점. 높은 평가를 받은 기세를 몰아 한국에도 상륙했는데 무서운 기세로 일주일 만에 300만 관객을 돌파했다.

손익분기점은 이미 가뿐히 넘은 '삼총사: 더 웨스턴'은 명실상부한 세계적 히트작이 되었다.

〈놀라운 액션 연기! 차세대 슈퍼 액션 히어로로 탄생하다!〉

〈서부로 온 한국인, 서부극의 역사를 다시 쓰다!〉

〈경이적인 연기력, 관객을 빨아들이는 압도적인 흡입력!〉

〈화제성과 스타성을 겸비한 명배우 김태웅! 할리우드 정복을 시작하나?〉

수많은 매체에서 과할 정도의 미사여구가 달린 기사가 쏟아져 나왔다.

하지만 태웅은 전혀 들뜨지 않았다.

어차피 예상한 결과였다.

트렌드를 아는 능력 있는 감독, 그리고 완벽하게 구성된 대본.

스타성 있고 흠잡을 데 없는 연기력의 배우들.

영화를 둘러싸고 터진 온갖 이슈와 사건 사고.

거액의 제작비와 더 많은 액수의 마케팅 비용.

사실 흥행하지 않는 게 이상했다.

'할리우드 첫 영화 성적치고는 나쁘지 않군.'

그는 메뉴를 열어 자신의 월드 스타 지수를 확인했다.

'벌써 52퍼센트라니… 과연 할리우드 영화가 대단하긴 하구나!'

그가 보고 있는 중에도 실시간으로 월드 스타 지수가 계속 상승하고 있었다.

확실히 전 세계인의 주목을 받는 할리우드 블록버스터는 그 스케일이 달랐다.

초대박 흥행을 이어가고 있긴 했지만, 단 한 편의 영화로 이 정도의 인지도를 얻다니······.

앞으로 그가 받을 출연료 또한 상상을 초월하는 액수가 될 것이다.

단 한 편으로 수천만 달러를 우습게 버는 슈퍼스타!

한국 배우로서는 유례없는 성공이었다.

그와 비슷한 시기에 개봉한 영화 '찰리의 우울한 휴일'에 출연한 한국 배우 오영홍은 비교적 저조한 흥행을 기록했다.

작품성에 있어서는 인정받았지만 별다른 화제가 되지 못했기 때문이다.

뜨지 못하는 데는 다 이유가 있는 법.

할리우드에서는 성공의 법칙이 더욱 냉혹하게 적용되었다.

'안타깝구먼. 영홍이 형도······.'

연기력과 스타성에 있어서는 한국에서 타의 추종을 불허하는 그도 할리우드에서는 이 정도 위상일 뿐이었다.

그런 면에 있어서 태웅이 얼마나 대단한 업적을 세웠는지는 더 말할 것도 없었다.

이제는 한국으로 돌아가기가 겁이 날 정도로 부담스러운 관심이 쏟아질 것이다.

한국과 한국인의 특성상 세계에서 주목을 받았다 싶으면

국민적 영웅으로 추앙하게 마련이니까.

'재판 결과에도 도움이 되려나 모르겠네.'

삼원 그룹 강부식 회장의 재판이 조만간 결착이 날 것이다.

자신에게 불리한 결과가 나오면 당연히 항소할 것이기에 최종적인 판결이 내려질 때까지 얼마나 많은 시간이 걸릴지는 알 수 없었다.

일단 칠상파 보스 공진수와 강부식 회장의 아들 강삼수는 반드시 처벌을 받겠지만, 강부식 회장이 큰 처벌을 받을 가능성은 희박했다.

빠져나갈 구멍이 워낙 많아서였다.

'강지나의 에이전시와 일한다는 사실이 알려지면 꽤나 시끄러워지겠군.'

한국 언론이 이 사실을 캐낸다면 가만히 있을 리가 없었다.

큰 화제가 될 것이고 자신은 물론이거니와 그녀의 입장 또한 곤란해질 것이다.

이 사실을 계약할 때 논의하면서 안 한 것이 아니다.

하지만 그녀는 그 얘길 듣고도 태연하기만 했다.

"저는 아무렇지도 않아요. 하지만 태웅 씨가 이상한 소리를 들을 수도 있으니 제가 회사를 운영하고 있다는 사실은 숨길게요."

대외적으로는 전문 경영인을 내세우고 입단속을 잘한다면 큰 문제는 없을 것이다.

 자신의 할아버지가 걸린 일이건만, 별다른 반응을 안 하는 그녀를 보자 태웅은 마음이 좋지 않았다.

 분명 속이 쓰리지 않을 수 없을 텐데도 태웅 앞에서 아무렇지도 않게 행동하는 것이다.

 '어쩔 수 없는 일이지. 이미 내 손을 떠났어.'

 강부식 회장과는 확실하게 결착을 내야 한다.

 반드시 법의 처벌을 받게 하는 것.

 그것 외에는 어떠한 타협도 할 생각이 없었다.

*   *   *

 삼총사의 열풍이 세계를 휩쓸면서 태웅은 세계적인 배우가 되었다.

 북미는 물론 영국, 프랑스, 독일, 일본, 중국 등 모든 국가에서 박스오피스 1위를 기록하며 태웅의 얼굴이 실린 포스터가 지구촌 곳곳을 장식했다.

 "너무 신기하다. 오빠가 이렇게 뜨다니……."

 태선은 태웅의 인기를 알리는 TV 뉴스 화면을 보며 눈물을 글썽거렸다.

 "이제 시작일 뿐입니다. 그렇지 않습니까?"

고서윤 또한 감정을 억누르고 있었지만 기쁘기 그지없어 보였다.

"시작이지. 이제 고작 한 편의 영화니까."

누구보다 담담한 것은 태웅이었다.

이미 전생에서 숱한 성공을 맛본 그이기에 어떠한 것에도 들뜨지 않았다.

오늘 아침 누군가 자택 앞으로 화환을 보낸 것이 그의 기분을 잡치게 했지만 말이다.

위대한 대배우 김태웅의 위대한 첫걸음을 축하합니다.
일생의 라이벌 엘리온 보나파르트.

'이런 미친놈!'

그 자리에서 그는 화환을 불쏘시개로 썼다.

오랜만에 거실에 있는 벽난로가 제 몫을 했다.

[영화 잘 봤어요, 오빠! 제 영화 '타워 디펜스'도 곧 개봉하니까 보러 와요. VIP석 마련해 줄 테니까!]

메이린에게 온 문자 메시지를 보고 태웅은 피식 웃었다.

바로 그 중화 액션 영화 '타워 디펜스'.

제작비나 출연 인원, 촬영 기간 등 모든 면에서 어마어마한 SF 대작이었지만 중화사상이 너무 짙게 들어갔다는 점이 할리우드 영화로서 흥행에 마이너스가 될 것 같았다.

시사회에 참석한 태웅은 메이린을 만나 인사를 나눴다.

"오히려 예전보다 더 건강해 보이는데요?"

"그런가? 어쨌든 할리우드 진출 축하해요."

"고마워요. 다음 작품은 꼭 같이해요."

"또 펜다필름에서 제작하는 거면 생각 좀 해보고요."

"왜요? 펜다가 어때서!"

"그러게 말이야. 펜다필름과는 일하지 않겠다는 말인가?"

갑자기 들려온 중후한 목소리에 그는 고개를 돌렸다.

메이린의 아버지이자 삼합회 사청방의 간부 차오웨이가 묘한 미소를 지으며 서 있었다.

"안녕하세요, 사장님. 오랜만입니다."

태웅은 고개를 숙여 인사했다.

그가 듣게 된 말이 하필이면 펜다와 일하지 않겠다는 것이라 뻘쭘했지만, 그래도 그 생각에는 변함이 없었다.

"반가워요. 그래, 다친 데는 좀 괜찮고?"

"그냥 스친 정도인 걸요. 문제없습니다."

그 말에 그는 껄껄 웃었다.

"정말 터프한 친구야. 우리 애들 중에도 이렇게 대담한 전사는 없을걸. 안 그래, 하오룽."

뒤에서 그림자처럼 서 있던 매니저 하오룽이 고개를 숙였다.

"그럴 겁니다."

"이 친구도 인정하는구먼. 자넨 직업을 잘못 선택했어. 처음부터 내 밑으로 들어왔으면 지금쯤 조직 하나는 꿰차고 있을 텐데. 하하하!"

'이게 뭔 악담이냐.'

태웅은 그 말에 별다른 반응을 하지 않았다.

"그런데 그냥 넘길 수 없는 말이야. 왜 우리 펜다와 일하지 않겠다는 거지?"

어느새 차오웨이의 얼굴에는 미소가 사라지고 싸늘한 기운이 감돌았다.

하지만 태웅은 조금도 기죽지 않았다.

"저는 영화에 다른 의도가 들어가는 것을 별로 좋아하지 않습니다. 그것이 국가나 민족, 이데올로기 같은 것이라면 더더욱 싫어하고요. 영화가 주인공이 아니라 다른 것을 말하기 위한 도구가 되기 때문입니다."

"우리가 만드는 영화가 그렇다는 건가?"

대화를 지켜보는 메이린과 하오룽, 고서윤의 얼굴에 긴장감이 서렸다.

하지만 태웅은 주저 없이 고개를 끄덕였다.

"그렇습니다. 전체주의 국가에서 체제를 선전하기 위해 만드는 영화와 비슷한 수준이라고 봅니다. 중화사상을 과하게 집어넣어 세계를 이끌어가는 건 중국이라는 뉘앙스를 강하게 풍기죠. 예전 '인디펜던스 데이' 같은 영화에서 미국을 세계의 리더로 그린 것과 다를 바 없습니다."

그 말에 차오웨이의 얼굴에 노기가 서렸다.

"그런 제국주의 영화와 우리 영화가 같다는 말인가? 자네는 영화 볼 줄을 모르는군."

"그 사실을 모르신다면 어르신이야말로 진실을 보는 눈을 스스로 가리고 계신 겁니다."

차오웨이는 금방이라도 폭발할 듯 얼굴이 붉으락푸르락했다.

하지만 곧 그는 순식간에 노기를 거두고 태연하게 말했다.

"서로 의견이 다르다면 어쩔 수 없지. 자네의 앞날에 좋은 일만 생기기를 기원하겠네."

그는 몸을 돌려 자기 좌석으로 향했다.

수행하는 남자들이 허겁지겁 뒤를 따랐다.

"어휴, 망했다, 망했어."

메이린이 김빠진 소리로 넋두리를 했다.

"이제 다 틀렸어. 도대체 왜 그래요?"

울상이 된 그녀의 얼굴을 보며 태웅은 씨익 웃었다.

"나도 메이린과 같이 영화 찍고 싶어요. 좋은 영화로 말이죠."

"쳇! 우리 영화도 오빠가 말하는 그런 거 빼면 좋다고요!"

영특한 그녀이기에 무슨 말을 하는지 모르는 게 아니었다.

다만 삐친 상태이다 보니 툴툴거리는 것이다.

"내가 조만간 대본 하나 보내줄게요."

"대본?"

그녀의 눈에 호기심이 가득하다.

"내 차기작이에요. 직접 쓰고 찍고 주인공까지 하는 원맨쇼 영화죠."

"진짜? 오빠가 감독에 작가, 주연이에요? 흐음……."

잠시 생각에 잠긴 그녀가 손뼉을 쳤다.

"재밌겠다! 일단 보내줘요. 절대 잊으면 안 돼? 내 자리에 다른 배우 캐스팅하지 말고 비워둬요."

시사회가 시작된다는 안내 멘트가 흘러나오고, 그녀가 아버지의 자리 옆으로 가서 앉았다.

태웅과 고서윤 역시 자기 자리에 착석했다.

"새삼 느끼는 거지만 형님 담은 정말 크신 것 같습니다."

"웃기네. 나보다 훨씬 멘탈 강한 사람이 무슨 소리야?"

이윽고 실내가 암전되며 영화 '타워 디펜스'가 스크린에 상영되기 시작했다.

*   *   *

예상대로 '타워 디펜스'는 흥미진진한 상업 영화였다.

문제의 불로초 부분과 중화사상의 과도한 주입만 아니었다면 최고의 오락 영화였다.

개봉 첫 주, 이미 힘이 빠질 대로 빠진 '삼총사: 더 웨스턴'과의 경쟁에서도 이기지 못할 정도로 중박의 성적을 기록했다.

"거 봐. 내가 뭐랬어요? 그 부분이 제일 문제라니까?"

아카데미상 시상식에서 만난 메이린은 태웅의 말에 고개를 저었다.

"아니에요. 그냥 삼총사랑 붙은 게 문제인 것 같아."

"단물 다 빠진 영화하고 붙은 게 뭐가 대수라고? 영화 자체가 문제라니까요"

"중국에서는 엄청 성공했단 말이에요. 거의 사상 최고의 홍행 성적이 나왔다고요."

"당연히 그렇겠죠. 중국에서는."

두 사람은 나란히 아카데미상 시상식의 초청을 받았다.

'삼총사: 더 웨스턴'과 '타워 디펜스' 모두 아카데미상 후보에는 오르지 못했지만 두 배우가 출연한 '결심, 하다'가 최우수 외국어 영화상 후보에 올랐기 때문이다.

자신들의 할리우드 출연작이 후보에 오르지 못했지만 자국에서 찍은 영화로 아카데미상 시상식에 섰다는 것이 뜻밖이었다.

쟁쟁한 배우들과 감독들이 총집결한 시상식장은 그야말로 별들의 전쟁을 연상케 했다.

세계 영화계의 시선이 집중되는 스타들의 잔치!

김태웅으로서는 처음 참석하는 자리이다.

어찌 됐든 이번 아카데미상은 그와 엘리온 모두 남우주연
상 후보에 오르지 못했기 때문에 승부는 다음으로 미뤄야 했
다.

"그런데 어떻게 한 부문도 후보에 못 올랐지? 너무하는 거
아니에요?"

메이린이 투덜거렸다.

두 사람이 출연한 할리우드 데뷔작은 높은 평가를 받고 흥
행에도 제법 성공했음에도 단 한 부문도 노미네이트되지 못했
다.

"원래 블록버스터는 수상을 잘 못해요. 어지간히 작품성을
따지는 시상식이니까."

"쳇, 완전 웃겨."

두 선남선녀의 외모는 늘씬한 서양인들 사이에서도 빛이 날
정도로 아름다웠다.

덕분에 취재진의 시선이 집중되었지만 둘은 그 사실을 느끼
지 못했다.

칸 영화제 수상으로 인해 '결심, 하다'가 시상식 후보에 오름
으로써 둘은 반가운 얼굴과 시상식에서 재회할 수 있었다.

"두 사람 정말 오랜만이야! 내가 얼마나 보고 싶었는지 알아?"

배준화 감독이 그렁그렁한 눈으로 두 사람을 보고는 달려
왔다.

소심한 성격은 여전해서 그는 사시나무처럼 부들부들 떠는

중이다.

"감독님, 괜찮으세요? 이번엔 청심환 좀 챙기셨어요?"

"청심환은 무슨, 나 완전 끄떡없어. 까짓 아카데미가 별건
가?"

말은 그렇게 하면서도 배준화의 얼굴빛은 창백했다.

금방이라도 호흡곤란으로 쓰러질 것 같았다.

"일단 숨부터 좀 쉬세요. 메이린, 감독님 좀 같이 부축해 드
리죠."

"어허, 이 사람들 왜 이래? 나 정말 괜찮다니까."

배준화 감독을 자리에 앉힌 후 두 사람은 각자의 자리에 착
석했다.

쟁쟁한 할리우드 배우와 작품들이 소개되고 차례로 수상
을 했다.

식은 빠르게 진행되어 어느새 최우수 외국어 영화상 차례
가 되었다.

'설마 수상하진 않겠지? 아무리 칸 영화제 남우주연상 수상
작품이지만 대상을 탄 다른 작품들도 있으니까.'

후보에는 총 다섯 작품이 있었다.

칠레부터 러시아, 레바논 영화 등 다양한 종류의 명작들이
노미네이트됐다.

태웅이 보기에는 아카데미 작품상 후보에 오른 영화들보다
훨씬 나아 보였다.

무대로 걸어나오는 수상 발표자를 보고 태웅은 터지려는 웃음을 참았다.

낯이 익은 얼굴이었다.

"안녕하세요. 저는 TCL 차이니즈 극장의 대표 허드슨입니다. 오늘은 최우수 외국어 영화상을 시상하기 위해 나왔습니다."

60세라고 보기에는 너무 정정한 허드슨이 형형한 눈빛을 빛내며 무대 한가운데에 섰다.

"뭐야? TCL 차이니즈 극장이면 오빠가 사고 친 데 아니에요?"

"맞아요."

정말 기막힌 우연이었다.

어떻게 하필이면 태웅의 출연작이 후보에 오르고 그 상의 수상 발표를 TCL 차이니즈 극장의 허드슨이 할 수 있단 말인가?

현지 언론은 물론 시상식을 지켜보던 시청자들 또한 빵 터지고 말았다.

—뭐야? ㅋㅋㅋ 이거 만약 결심이 상 타면 웃기겠다.

—이런 데서 만나냐, 저 사람들.

—허드슨의 굴욕이네. 둘이 한판 붙는 거 아냐?

허드슨 역시 묘한 표정이었다.

시상을 덥석 맡긴 했는데 하필이면 후보가 태웅 김이 출연한 영화라니.

수상작이 적힌 종이를 본 그의 시선이 격하게 흔들렸다.

긴장된 순간, 고요한 가운데 모두가 그의 입을 주시했다.

"올해 최우수 외국어 영화상… 축하합니다. '결심, 하다'!"

경쾌한 음악이 울려 퍼지며 얼떨떨한 얼굴의 배준화 감독이 일어났다.

순간 그는 다리에 힘이 풀려 그만 주저앉고 말았다.

현장의 사람들이 놀라 웅성거렸다.

카메라가 반실신한 한국의 감독을 비추었다.

"내가, 내가 아카데미상을… 일어나야 되는데……."

한국말로 중얼거리는 장면이 화면에 고스란히 생중계되었다.

의료진이 긴급 투입되어 배 감독의 상태를 체크했다.

'그러게 청심환 먹으라니까……'

태웅은 황당한 기분이 들었다.

"배 감독님 상태가 좋지 않아 수상은 주연배우 태웅 김이 대신하겠습니다. 태웅 김, 무대로 올라와 주세요!"

얼떨결에 대리 수상하게 된 태웅은 자리에서 일어나 무대로 향했다.

배 감독이 깔아준 덕분에 희대의 명장면이 연출되었다.

―ㅋㅋㅋㅋㅋㅋㅋ 뭐야? 진짜 만났어!

―사상 최초 감독 실신에 이젠 무대에서 맞짱 뜨기냐!

―나라 망신이다. 어휴, 무슨 감독이 시상식에서 기절을 해?

국내외 네티즌의 글이 인터넷에 실시간으로 폭발적으로 올라왔다.

마침내 무대에서 태웅과 마주 보게 된 허드슨은 꿈틀거리는 미간을 애써 진정시키며 그에게 상패를 건넸다.

"추, 축하합니다."

"뭐 이런 걸 다… 허허허."

여유 있게 상을 건네받으며 태웅은 그를 향해 윙크를 했다.

순간 허드슨은 목덜미가 당기는 것을 느끼고 심호흡을 했다.

'이, 이런 빌어먹을 자식이……'

얼굴이 새빨개진 허드슨에게 카메라가 집중되었다.

고령으로 늘 고혈압을 주의하며 살아온 그였으나 이번만큼은 분노를 참기가 어려웠다.

눈앞이 어지러워지는 것을 느끼고 그는 비틀거리다가 무대에서 주저앉고 말았다.

연이은 사고로 또다시 좌중이 소란스러워졌다.

진행 요원들이 달려가 그를 부축했다.

―완전 아수라장이야. ㅋㅋㅋ

―이게 다 김태웅 때문이다. 노인네 둘을 시상식에서 그냥 보내 버리네.

―허드슨은 맞지만 배 감독은 그냥 쫄보라서 쓰러진 거 아니냐? 왜 김태웅 탓이야?

뜻밖의 광경을 흥미롭게 바라보던 태웅은 자신에게 시선이 쏠리자 헛기침을 하곤 수상 소감을 발표했다.

"칸에 이어서 두 번째로 이 영화로 상을 받게 되네요. 우리 감독님이 담은 약해도 영화는 참 잘 만드십니다. 거장이시니까 앰뷸런스 타지 않게 잘 보살펴 주세요."

그의 말에 폭소가 터졌다.

의료진의 보살핌을 받으며 간신히 정신을 차린 배준화 감독이었지만 아직 거동이 어려운지 퀭한 눈으로 무대만 바라보고 있었다.

그에게 상을 들어 보이며 태웅은 계속해서 소감을 말했다.

"사실 저는 이번에 아카데미 남우주연상을 노렸는데 후보로도 안 올라서 많이 아쉬웠네요. 그래서 지금 예언 하나 하겠습니다. 내년 이맘때쯤 저는 꼭 이 자리에 다시 설 겁니다. 그리고 남우주연상을 탈 거예요. 반드시 약속하죠."

웃음 반 놀라움 반으로 반응이 엇갈렸다.

물론 대부분의 사람들이 유머로 받아들였지만, 간혹 아카데미상을 우습게 본다며 내심 발끈하는 사람들도 있었다.

할리우드라고 권위 의식이 없는 게 아니었다.

태웅은 몇몇 사람의 얼굴이 굳은 것을 보고는 속으로 웃었다.

'내 말이 우스갯소리 같지? 내년에는 꼭 타고 만다.'

"마지막으로 이 광경을 어디선가 보고 있을 누군가에게 한마디 더 하겠습니다."

그는 정면을 똑바로 응시하며 말했다.

"넌 내가 꼭 이긴다. 감사합니다!"

태웅은 알쏭달쏭한 한마디를 남기고 쿨하게 무대에서 내려왔다.

그의 마지막 말에 시상식장은 다시금 부산해졌다.

인터넷에서도 실시간 검색어 순위에 '김태웅 아카데미상', '김태웅 마지막 발언' 등이 올라오며 화제가 됐다.

'보나마다 인터뷰가 쇄도하겠지.'

시상식을 마치고 난 후 예상대로 기자들은 대상이나 남우주연상, 여우주연상 후보가 아닌 태웅에게 몰려들었다.

"마지막 말은 누구에게 하신 겁니까?"

"아카데미상의 권위를 훼손했다고 생각하진 않으십니까?"

"태웅 김, 이쪽 좀 봐주세요!"

한국보다 훨씬 집요하고 거친 기자들의 공세에 태웅은 고개를 저었다.

아무래도 여기서도 한바탕 질주를 해야 할 것 같았다.

"가서 시동 걸어놔."

그는 고서윤에게 낮게 속삭이고는 주변을 슥 돌아본 후 그대로 달리기 시작했다.

"앗! 태웅 김! 어디 가요?"

"거기 서! 야, 다들 잡아!"

깜짝 놀란 기자들이 백 미터 육상 선수처럼 달리는 태웅을 전력으로 뒤쫓아 갔다.

건장한 체격의 기자들이 많았지만 달리기에 일가견이 있는 이 괴짜 배우를 따라잡기에는 역부족이었다.

"제기랄, 뭐 저렇게 빨라?"

"그러게 말이야. 괜히 탑 액션 배우가 아니라니까."

"그런데 이 광경, 어디서 많이 보지 않았나?"

태웅을 놓친 기자들은 숨을 가쁘게 몰아쉬며 고개를 갸웃했다.

분명 예전에도 이렇게 달리기로 기자들과 팬들을 따돌린 괴짜가 하나 있었다.

'정말 판박이로군.'

그들은 한결같이 몇 년 전 사망한 슈퍼스타를 떠올렸다.

*　　　　*　　　　*

"정말 언제 어디서도 사고를 치네. 좀 조용히 살면 안 돼?"

태선이 인터넷을 검색하며 질렸다는 듯 투덜거렸다.

아카데미상 시상식을 둘러싸고 인터넷이 시끄러웠기 때문이다.

뜻 모를 말을 남긴 태웅, 그리고 배준화 감독과 허드슨 사장이 연달아 현장에서 쓰러지기까지 했다.

그리고 시상이 끝난 후 기자들을 따돌리고 도주하던 태웅의 모습은 그야말로 자신이 왜 화제의 주인공인지를 입증하고 있었다.

"그게 형님의 매력 아니겠습니까? 그런데 여기 기자들은 체력이 좋더군요. 스피드도 예사롭지 않고요."

한국에서보다 훨씬 집요하게 태웅을 따라붙던 기자들을 떠올리며 고서윤이 말했다.

"그럼. 괜히 파파라치라는 말이 생긴 게 아니지. 지금쯤 우리 정원에도 서너 명쯤 잠복해 있을지도 몰라."

그 말에 고서윤이 벌떡 일어나 나갔다.

"점검하겠습니다!"

말릴 틈도 없이 뛰어나가자 태웅은 피식 웃었다.

"쟤한테는 농담도 못하겠네."

"그만 좀 놀려."

"그런데 진짜로 몇 명 들어와 있을지도 몰라. 아니면 멀리서 망원경으로 우리의 일거수일투족을 감시할지도……."

그 말에 태선의 얼굴 역시 사색이 되었다.

벌떡 일어나 창가로 가더니 커튼을 친다.

"진짜 뭔 말을 못해, 이것들. 큭큭큭."

두 사람을 놀리고 즐거워하고 있는데 갑자기 밖에서 시끄러운 소리가 들렸다.

쿠쿵!

시선을 교환한 두 남매는 누가 먼저랄 것도 없이 문밖으로 나갔다.

정원에 한 남자가 엎드린 채 팔이 뒤로 꺾여 있고, 그 위로 무릎으로 남자의 몸을 누르고 있는 고서윤의 모습이 보였다.

"무슨 일이야? 그 사람은 누구야?"

태웅의 말에 고서윤이 차가운 눈빛을 감추지 않고 말했다.

"직접 보시죠. 익숙한 얼굴이니까요."

남자의 얼굴을 본 태웅은 놀라고 말았다.

김샛별.

한때 태웅을 끊임없이 귀찮게 하던 그가 얼굴을 일그러뜨린 채 고서윤에게 제압당해 있었다.

S# 3
마성의 여자

완전히 제압당한 김샛별의 몰골은 말이 아니었다.

퀭한 눈빛에 살이 쏙 빠져서 턱선이 드러나 보일 정도였다.

태웅은 어처구니가 없어서 고서윤에게 그를 놔주게 한 후 물었다.

"뭔 지랄이야?"

"혀, 형님……."

김샛별은 고개를 들어 태웅을 보더니 갑자기 엎드려 고개를 조아렸다.

"죄송합니다. 죽을죄를 지었습니다!"

"당연하지. 왜 남의 집에 몰래 들어와? 일단 가택 침입으로 신고할 테니까 감방 갈 준비나 해."

"혀, 형님, 드릴 말씀이 있습니다."

"뭔데?"

태웅의 싸늘한 반응에도 그는 간절한 얼굴로 입을 열었다.

"형님 밑에서 일하고 싶습니다. 그게 안 된다면 적어도 저 저주 받은 엘리온 보나파르트의 집에서 나오고 싶어요."

"맞다. 너 엘리온 밑에서 일하고 있지 않았냐? 내가 시킨 임무도 수행 안 하고 사로잡혔다느니 최면에 걸렸다느니 어쩌니 했잖아. 그래놓고 이제 와서 도와달라고?"

지금 와서 생각해 보니 그의 말이 사실일 확률이 높았다.

엘리온의 마수에 걸려 자아를 잃고 하인 노릇을 했을 수도 있었다.

하지만 어떤 사정이든 딱히 봐주고 싶은 생각은 없었다.

"정말 죄송합니다. 하지만 모두 사실입니다. 그 남자는 악마예요. 도저히 벗어날 수 없었는데 간신히 도망쳐 나왔습니다."

"이 사람 말을 믿어서는 안 됩니다."

고서윤이 끼어들어 고개를 저었다.

"엘리온이 보낸 첩자일 수도 있습니다. 이미 최면에 걸려 있는 것 같은데 뒤에서 이상한 짓을 할 수도 있고요. 너무 위험합니다."

"그건 나도 알고 있거든."

태웅은 갑자기 말을 끊은 매니저에게 못마땅한 눈빛을 보낸 후 다시 김샛별을 추궁했다.

"좋아. 일단 넌 한국으로 돌아가라. 비자도 만류됐을 것 같은데 불법 체류자 신세겠네. 얼른 한국으로 돌아가서 귀농해서 농사나 지어."

"저, 저기… 그전에 드릴 말씀이……."

"에이 씨, 한 번에 말하지. 뭐 이렇게 드릴 말씀이 많아?"

태웅은 짜증이 났다.

하지만 불쌍하기도 했다.

자기 명령에 따라 엘런의 뒤를 캐려다가 엘리온의 마수에 걸려들어 노예 노릇을 했다고 하니…….

"차기작을 찍으신다고 들었습니다. 그것도 직접 감독도 하신다고……."

"너, 그 얘기 어디서 들었어?"

"엘리온이 하는 얘기를 엿들었습니다."

"이런 망할……."

절로 욕이 나왔다.

어떤 수작을 부렸는지 모르지만 이미 엘리온은 모든 것을 알고 있다는 소리였다.

꼭 자기를 손바닥 위에 올려놓고 있는 것 같아서 태웅은 기분이 좋지 않았다.

"그런데? 그게 왜?"

"저도 출연하고 싶습니다. 단역이라도 좋습니다."

"…뭐?"

그 말에 같이 듣고 있던 태선이 품 하고 웃음을 터뜨렸다.

고서윤마저도 멍청한 얼굴이 되었다.

"아주 개나 소나 다 배우 하겠다고… 됐다. 말도 안 되는 소리 말고 빨리 니 별로 돌아가."

"형님, 제 소원입니다!"

"갑자기 웬 소원?"

그는 이제 눈물을 질질 흘리고 있었다.

"전 이제 할 것도 없습니다. 형님에게 박살 나고 엘리온 밑에서 굴욕적인 생활을 한 이상 고개를 들고 협객 노릇을 어떻게 하겠습니까?"

'협객 좋아하네. 깡패 주제에……'

태웅은 어이가 없었지만 그의 말을 계속 듣고 있었다.

"한국으로 돌아간다고 해도 기껏해야 막노동이나 해결사 짓을 하겠죠. 하지만 이제 더 이상 그렇게 살고 싶지 않습니다. 고개를 들고 떳떳하게 살고 싶어요."

그가 손을 씻고 싶어 하는 건 알고 있었다.

그래서 태웅의 매니저를 하겠다며 귀찮게 굴기도 한 것이리라.

"그래서 배우를 하겠다?"

"뭘 할까 생각하니 제일 먼저 형님이 연기하던 모습이 떠오르더군요. 한국을 접수하고 할리우드까지 진출해서 세계적인 스타가 된 형님을 보니 저도 꿈이 생겼습니다. 바로 할리우드에서 잘나가는 배우가 되는 겁니다."

태웅은 어처구니가 없어서 김샛별의 이마에 꿀밤을 날렸다.

"으악!"

이마를 움켜쥐고 괴로워하는 그를 보며 태웅이 성질을 냈다.

"그래, 그거야 그렇다 치고, 내가 왜 네 미래를 챙겨줘야 하는데? 니가 알아서 오디션 보고 출연해."

"물론 저도 날로 먹는 걸 좋아하는 성격은 아닙니다. 이렇게 출연을 구걸하는 것이 한심한 짓이란 것도 알고 있고요. 다만 전 형님과 함께 출연하고 싶습니다. 제가 남자로서 인정하는 형님과 첫 영화에 나온다면 이보다 더한 영광은 없을 거예요. 개런티는 필요 없습니다."

진짜 막무가내인 새끼다.

"그니까 니가 인정하든 말든 상관없다니까? 네까짓 게 인정한다고 내가 어이쿠 영광입니다 해야 하냐?"

"그냥 해줘. 어차피 아무 배역이나 주면 되잖아?"

태선이 불쑥 한마디를 꺼냈다.

그 말에 김샛별의 표정이 환해졌다.

마치 사막에서 오아시스를 발견한 듯했다.

"전 반대입니다. 이 남자는 너무 위험합니다. 전적도 있고요."

고서윤이 팔짱을 낀 채 말했다.

그의 말에 태웅은 문득 김샛별이 예전에 태선을 미행한 일을 떠올렸다.

갑자기 화가 벌컥 치솟은 그는 다시 한번 김샛별의 이마에 꿀밤을 날렸다.

"으악!"

맞은 부위를 또 맞은 김샛별이 비명을 질렀다.

어찌나 파워가 강했는지 꿀밤을 맞은 부위가 시퍼렇게 부어올랐다.

"이 새끼 생각하니 열받네. 네가 한 짓을 생각해, 이 자식아. 이제 와서 뭐가 어째? 나랑 같이 영화에 출연하고 싶다고?"

그는 벌떡 일어나 즉시 고서윤에게 말했다.

"경찰에 전화해서 애 데리고 가라 해. 불법 침입죄에 불법 체류자이니 그냥 추방시켜 달라고."

"네, 알겠습니다."

고서윤이 즉시 핸드폰을 꺼내 전화를 걸었다.

"혀, 형님, 제발 기회를……."

"시끄러"

"저, 저는 엘리온에 대해 많은 걸 알고 있습니다. 궁금하시다면 정보를 남김없이 드리겠습니다."

"뒷북 치고 있네. 내가 너보다 훨씬 많이 알 거다."

하지만 그의 말은 그냥 넘길 수 없었다.

확실히 엘리온의 하인으로 꽤 많은 시간을 보냈으니 뭔가 쓸 만한 정보를 알고 있을지도 모른다.

"그럼 지금 말해봐. 어떤 내용이냐에 따라 네 말을 들어줄 수도 있으니까."

태웅의 말에 그가 다급히 입을 열었다.

"그, 그 집에는 엘런이란 사람이 없었습니다. 아무리 생각해도 엘리온이 그 엘런이란 사람을 해친 게 아닌가 의심됩니다."

"됐고, 다음."

"네?"

"알고 있으니 다음!"

역시나 뻔한 얘기에 태웅은 한숨이 나왔다.

눈알을 열심히 굴리던 김샛별이 다시 입을 열었다.

"그의 최면술은 대단히 강력합니다. 그리고 그걸로 수많은 할리우드 여배우들과 난잡한……."

"다음!"

"그, 그는 최근에 아주 대단한 미녀를 만나고 있습니다. 그 여자의 이름은 데이라 엔젤인데 엄청난 권력자의 아내라고 합니다."

"…잠깐만. 누구라고?"

태웅의 귀가 번쩍 틔었다.

이게 무슨 소리인가?

전생에서 자신을 완전히 망가뜨린 악녀의 이름이 김샛별의 입에서 튀어나온 것이다.

"데이라 엔젤입니다. 엘리온의 집에 최근 자주 드나들고 있는데 정말 태어나서 그런 미인은 본 적이 없습니다. 처음에는 할리우드 배우인 줄 알았는데 들리는 바로는 중동인지 러시아인지에 살고 있는 권력자의 아내라고 합니다."

"…자세히 말해봐. 그 여자에 대해서."

태웅은 숨이 가빠왔다.

잊고 싶은 기억이 다시금 그의 뇌리에 떠올랐다.

*　　　*　　　*

김샛별에게서 모든 이야기를 들은 태웅은 일단 그에게 숙소 하나를 잡아 머물게 했다.

약속한 대로 자신의 영화에 출연시켜 줄지에 대해선 생각해 봐야 했지만, 일단 그에게서 뽑아낼 정보가 더 있었기에 경찰에 넘기는 것은 보류해 두었다.

'믿을 수가 없다. 그 여자가 다시 나타나다니……'

잘나가는 슈퍼스타이던 자신을 완전히 망가뜨린 그녀가 다시 나타났다.

그것도 친구 엘런의 또 다른 인격인 엘리온에게…….

엘리온이 그녀를 만나고 있다는 사실도 놀랍기 그지없었다.

어찌 됐든 그는 데이라 엔젤이 어떤 여자인지 알고 있을 것이기 때문이다.

엘런은 라이더 베스를 망가뜨린 그녀를 증오했다.

'하지만 그건 엘런이니까⋯⋯.'

친구 엘런의 인격은 소멸했고 그의 몸은 엘리온이 차지하고 있었다.

성형수술로 외모까지 달라졌으니 이제 완전히 다른 사람으로 봐야 했다.

라이더에게 열등감을 가지고 있고 이기고 싶어 하는 엘리온으로서는 그의 여자라고 해서 마다할 리 없다.

도리어 그녀와 사귀고 싶어 할 것이다.

가장 의문인 것은 바로 그녀의 의도였다.

도대체 그 여자는 왜 다시 엘리온에게 접근했을까?

'중동, 러시아 권력자의 아내라고? 뭘 몰라도 한참 모르는군.'

아직 엘리온은 그 여자의 실체를 모르고 있었다.

누군가의 소유일 수 없는 여자.

데이라 엔젤은 중동과 러시아뿐 아니라 미국과 유럽, 중국, 아프리카 등 전 세계에 정부(情夫)를 두고 있다.

자신 역시 그중 하나였을 뿐이다.

그녀에게 있어 그는 액세서리일 뿐이었다.

신상 구두를 모으듯 그녀는 다양한 남자를 수집했다.

할리우드 최고의 배우인 자신 역시 컬렉션 중 하나에 불과했다.

발롱도르를 수상한 스페인 명문 축구 팀 레알 마드리드의 스타 선수, 수십조의 재산을 가진 중동의 석유 부호, 차기 대선 후보인 미국 상원의 국회의원, 오뜨꾸뛰르의 유명 디자이너, 그래미상을 수상한 힙합 뮤지션, 노벨평화상 후보에 오른 아프리카의 인권운동가, 교황청 소속 신부, 티베트의 고승······.

"무슨 생각하고 계십니까?"

서재에 들어온 고서윤이 그의 상념을 깼다.

혼자만의 시간을 갖고 싶어 하는 태웅의 의도를 읽고 한동안 조용히 있던 그지만 호기심을 참을 수 없었다.

"고 매니저, 연애해 본 적 있어?"

갑작스러운 질문에 고서윤은 멍청한 표정을 지었다.

의표를 찔린 것 같았다.

"갑자기 그건 왜 물으십니까?"

"그냥 궁금해서. 못 하는 게 없는 당신이니 연애도 잘했으려나?"

그는 잠시 뜸을 들인 후 고개를 저었다.

"한 번 있습니다만 딱히 잘했다고는 못 하겠네요. 차였습니다."

"그래?"

뜻밖이었다.

훈훈한 외모에 학벌 좋고 몸 좋고 능력까지 출중한 그다.

매너에 있어서도 나무랄 데 없었다.

물론 남녀 간의 일은 모르는 거지만 그런 그가 차였다는 게 언뜻 상상이 가지 않았다.

"제대 후 복학하고 스물다섯 살 때 처음 만났죠. CC였습니다. 1년 정도 만나고 헤어졌죠. 너무 완벽해서 싫다더군요. 진심이 느껴지지 않았답니다. 제가 하는 모든 게 형식적으로 여겨졌다는 게 이유였죠."

담담한 말투였지만 씁쓸한 감정이 묻어났다.

그의 말을 들으니 언뜻 어떤 과정이었을지 이해가 됐다.

"연애란 건 참 알 수 없는 거지. 그래서 그 이후 다시는 여자를 만나지 않겠다고 다짐했다, 뭐 이런 거야?"

"그건 아닙니다. 그냥 인연이 안 생기더군요. 워낙 바쁘게 살기도 했고요."

믿기진 않았지만 태웅은 그냥 납득하기로 했다.

세상에는 믿기지 않아도 일어나는 일들이 많으니까.

"아까 그 여자, 아시는 분입니까?"

역시나 눈치는 귀신이다.

김샛별의 말에 태웅이 흔들린 것을 보고 예삿일이 아님을 짐작한 그였다.

"고 매니저, 만약 네가 어떤 여자 때문에 완전히 멘탈이 나갔다고 치자. 심지어 거의 죽을 뻔했고. 그런데 그 여자를 다시 만나게 됐어. 그러면 어떻게 할 거야?"

고서윤은 한참 동안 말이 없다가 의미심장한 표정으로 대답했다.

"복수할 겁니다."

"엥?"

"이번에는 그 여자가 나로 인해 죽을 뻔하도록. 하지만 아무리 매달려도 절대 받아주지는 않는 거죠. 그래야 속이 후련하지 않겠습니까?"

"푸하하하하!"

태웅은 마음 깊은 곳에서부터 나오는 웃음을 터뜨렸다.

전혀 예상 못 한 대답이었다.

                    *   *   *

태웅의 차기작 제작을 위해 강지나가 대표로 있는 G나인 프로덕션에서 미팅이 있었다.

G나인 프로덕션 사무실에 그리운 얼굴들이 모였다.

"이번 영화는 여기 태웅 씨가 직접 대본을 쓰셨어요. 그리고 연출까지 맡으실 거예요."

강지나의 소개에 모여든 배우들이 놀란 표정을 지었다.

"그게 정말이에요? 정말 태웅 오빠가 그걸 다 했단 말이에요?"

나진영이 호들갑을 떨며 말했다.

강지나를 따라 미국으로 건너온 그녀는 G나인 에이전시와 전속 계약을 체결했다.

ROD 시절 받은 강지나의 따뜻함을 잊지 못했기 때문이다.

"완전 능력자네요. 그런데 잘할 수 있겠어요? 배우하고 감독까지 다 해야 하는데."

유지니가 감탄하는 한편으로 걱정스러움을 가득 담아 말했다.

그녀 역시 나진영과 같은 경우로, 불미스러운 일에 휘말린 삼원 그룹의 계열사 ROD에서 나와 강지나를 따라온 것이다.

"감독이나 시나리오 작업이 쉬운 건 아닌데 너무 얕보는 거 아닌가요?"

처음부터 못마땅한 표정으로 팔짱을 끼고 있던 강창구가 부정적인 말을 내뱉었다.

그는 태웅의 번뜩이는 눈빛과 마주치자 움찔하고는 팔짱을 낀 손을 풀었다.

그래도 마지막 자존심은 지키고 싶었는지 주머니에 찔러 넣고 거만한 포즈를 취하긴 했지만 말이다.

"많이들 걱정하시는 것 같은데, 저는 예전에 독립 영화도 직접 대본을 쓰고 연출을 한 경험이 있어요. 그러니까 딱히 어렵진 않을 거라고 생각합니다. 물론 주연도 잘 해낼 자신이 있고요."

태웅의 호언장담에 어느 정도 신뢰가 생겼는지 나진영이 말했다.

"난 오빠를 믿어요. 잘할 수 있을 거예요."

"그래요. 태웅 씨는 못 하는 게 없으니까 감독도 잘할 거예요."

유지니를 포함한 다른 배우들도 기대가 된다는 반응으로 바뀌었다.

"이 영화의 캐스팅을 진행할까 하는데요, 일단 여기 계신 분들은 모두 출연 의향이 있으신 거죠?"

태웅의 말에 배우들은 잠시 서로의 얼굴을 쳐다보며 웅성거렸다.

'뭐야? 합의가 된 게 아닌가?'

일말의 불안감이 태웅의 가슴속에 피어올랐다.

하지만 잠시 후 환호 섞인 반응이 되돌아왔다.

"우와! 정말 우리가 출연해도 돼요?"

"우리도 드디어 할리우드 배우 되는 거야? 진짜?"

"태웅 씨 영화라면 무조건 흥행일 텐데, 대박이다!"

G나인 소속 배우들은 아직 할리우드에서 별다른 필모그래피를 쌓지 못하고 있었다.

그런데 할리우드에서 화제의 주인공인 태웅의 영화에 출연할 수 있게 된다는 사실을 알고 기뻐하는 것 같았다.

단 한 사람, 강창구만 빼고.

그는 말도 안 된다는 얼굴로 사무실 한편에서 이 모습을 지켜보고 있는 강지나에게 시선을 돌렸다.

이게 도대체 무슨 짓이냐는 듯한 눈빛 발사에도 그녀는 전혀 아랑곳하지 않았다.

"나, 난 그런 얘긴……."

강창구가 금붕어처럼 입을 뻐끔거렸지만 태웅은 그의 말을 무시하고는 말을 이어갔다.

"좋습니다. 그럼 모두 출연하시는 것으로 알고 추가 캐스팅을 진행할 거예요. 일단 대본부터 숙지하시고 그에 맞는 배역을 드리겠습니다."

나진영과 유지니, 강창구는 제법 비중 있는 역할이었고 나머지 배우들은 연기력이나 스타성을 확인한 후 그에 맞는 배역을 맡길 생각이다.

그리고 외부에서 두세 명 정도의 무게감 있는 배우를 영입하면 세팅 끝.

자전적인 영화라는 사실은 줄거리만 봐도 모르는 사람이 없을 것이므로 외부에 대놓고 얘기하진 않을 생각이다.

대본을 쓴 자신이 구체적인 답변을 피한다면 영화에 대한 궁금증과 화제성은 높아질 것이다.

더욱이 세계적인 주목을 받고 있는 스타 배우인 태웅이 직접 모든 것을 지휘하는 영화이다.

예로부터 감독과 작가, 주연을 겸하는 배우는 많았다.

장점은 영화를 완전히 장악하여 자신이 하고 싶은 이야기를 할 수 있다는 것.

단점은 자칫하면 대중의 취향을 완전히 비껴나는 작품이 나올 수 있다는 것이다.

'뭐, 그래도 상관없어.'

태웅은 단지 아카데미상을 위해 새 영화를 찍는 것이 아니었다.

그냥 자기 얘기를 하고 싶을 뿐이었다.

말로는 하지 못하는 자신의 이야기를.

"캐스팅이 완료되면 크랭크인 들어갈게요. 아마 한국과 미국을 오가며 찍게 될 테니까 다들 미리 알고 계세요."

한국에서도 찍는다는 말에 배우들의 눈빛이 반짝였다.

대부분 타국 생활을 하거나 교포 생활을 하는 배우들이라 한국에서 촬영을 할 수 있다는 사실에 기쁘고 설레 하는 것 같았다.

배우들과의 미팅이 끝난 후 강지나와 태웅은 사무실 옥상을 산책했다.

갓 출범한 에이전시였지만 전망만큼은 대형 기획사의 건물 못지않게 훌륭했다.

"아버님이 차린 곳이라고 들었는데 지금은 어디 계시죠?"

"아빠는 여행 갔어요. 세계 일주 다니는 걸 좋아하셔요."

"아아……."

"원래 그런 분이세요. 자유로운 걸 좋아해서 예전에도 회사를 차려놓고 프리하게 회사를 이끌어갔죠. 그래서 결국 제가 혼자서 거의 다 운영했고요."

어린 동양인 여자 혼자서 기획사를 운영했다니…….

아무리 삼원 가문의 후손이라고 해도 그 고생은 이루 짐작할 수 없을 정도였다.

사실 삼원 가문에선 내놓은 자식들인 셈이니 딱히 지원이라고 할 것도 없었겠지만.

"지금도 많이 힘들죠?"

"익숙해요. 이제는 예전에 비해 경험도 있고 도와주는 사람도 많으니까요."

"제 영화가 성공해서 지나 씨 회사가 잘됐으면 좋겠네요."

"그럼 저뿐만 아니라 둘 다 잘되겠죠? 생각만 해도 즐겁네요."

그녀가 선뜻 태웅의 영화 제작을 맡아주어 기쁘기 그지없었다.

사실 투자자를 구하거나 제작사를 찾는 과정은 번거롭고 지루한 일이었다.

그 과정을 일거에 줄여주고 태웅의 말을 척척 알아듣고 움직여 주는 그녀가 있어 다행이 아닐 수 없었다.

"이 영화 말고도 계속 함께해요. 저 연예인 에이전시 말고 영화나 드라마 제작 같은 거 정말 해보고 싶었거든요."

실제로 ROD 시절 예능 PD와 드라마 PD 및 시나리오 작가를 영입하고 제작을 준비한 적이 있었다.

삼원 그룹이 쑥대밭이 되는 바람에 다 어그러지고 말았지만, 그녀는 스타를 키우는 일 외에도 좋은 작품을 만드는 제작자로서의 꿈도 가지고 있었다.

"그거 멋지네요. G나인 프로덕션 전문 배우가 되어도 나쁘지 않겠어요."

"정말이요? 정말 그래주실 거예요?"

강지나의 얼굴이 환해졌다.

할리우드에서 떠오르는 배우인 태웅에게 그런 얘기를 들었으니 그녀가 그의 팬이 아니라고 해도 좋아할 만했다.

"친구 역할과 매니저 역할 같은 건 누굴 써야 할지 모르겠어요. 외부에서 캐스팅하거나 오디션을 봐야 할 것 같은데 혹시 태웅 씨 쪽에서도 괜찮은 배우가 있거든 추천해 주세요."

어차피 태웅이 감독이니 캐스팅도 그의 맘이었다.

태웅은 머릿속에 후보를 몇 명 생각해 두었다.

'우상'에 함께 출연하고 할리우드에 진출한 한국 배우 오영홍.

또는 최근작 '삼총사: 더 웨스턴'에 같이 나오고 친해진 베니아 라조프.

그리고 전생에서 더할 나위 없이 친했고 칸 영화제에서 다시 만났난 베테랑 배우 섬 피어스.

이들과 함께 다시 영화를 찍을 수 있다면 참으로 멋질 것이
다.

*   *   *

G나인 프로덕션 사무실을 나와 고서윤과 함께 주차장으로
향하던 태웅은 한 남자가 자신을 기다리고 있는 것을 보았다.

"…엘리온."

또다시 나타난 그를 보며 태웅은 미간을 찌푸렸다.

"날 스토킹하기로 한 거야? 참 부지런도 하시네."

"그것도 나쁘지 않겠네요. 어차피 쉴 때 할 게 없어서 무척
심심했거든요. 바로 당신이 약을 다 없애 버리는 바람에 장난
감도 못 만들고요."

"…뻔뻔한 새끼."

약물과 최면으로 또다시 자신의 노리개를 만들겠다는 말이
다.

역시 세상에 있어서는 안 될 놈이었다.

"당신의 다음 영화에 대한 얘기를 들었어요. 자전적 영화라
고 하던데, 마침 대본도 입수했거든요. 아주 기대가 돼요."

"도대체 누가 팔아먹은 거야?"

태웅은 어처구니가 없었다.

불과 몇 시간 전에, 그것도 몇몇 사람에게 대본을 뿌렸는데 그사이에 엘리온의 손에 넘어가다니.

G나인 쪽에도 엘리온의 노예가 있는가 싶어 경계심이 들었다.

"어떻게 얻었는지 궁금하죠? 그건 나한테 식은 죽 먹기예요."

"안 궁금해. 용건이나 빨리 말해라."

"정말 안 궁금해요?"

그는 약간 당황한 것 같았다.

"그래, 뭐 매수를 하던 최면을 걸던 이젠 놀랍지도 궁금하지도 않으니 어서 용건이나 말하라고. 난 바빠."

"김새네. 그럼 용건을 말하죠. 이 차기작에 날 캐스팅하면 좋겠어요."

"내가 미쳤어?"

황당한 소리였다.

하지만 그는 아무렇지도 않게 말을 이었다.

"요즘 할리우드에서 나만 한 배우는 없어요. 스타성으로 보나 연기력으로 보나 다른 배우를 쓰느니 날 쓰는 게 최고일 겁니다."

"미친 소리."

"잘 생각해 봐요. 당신의 영화를 흥행시키고 싶다면 말이에요."

"필요 없거든? 네가 아니어도 충분히 흥행할 영화야. 괜히 재 끼얹지 마라."

"…자신이 없는 건가?"

"…뭐라고?"

"나와 같은 영화에 출연하면 압도당할까 봐 두려운 거죠? 세상에서 제일 잘난 배우인 줄 알고 살아왔는데 같이 출연한 배우에게 밀리면 얼마나 쪽팔리겠어? 그렇죠?"

정말 유치한 도발이다.

태웅은 피식 웃었다.

"어이, 초짜 배우. 아무리 발버둥 쳐도 넌 내 상대가 못 돼."

"글쎄… 당신도 내 영화를 봤다면 알 텐데요. 스크린에서 내가 얼마나 압도적인지."

엘리온은 계속해서 이죽거렸다.

"왜 자신을 속이죠? 당신은 스스로 흡입력이 엄청나다고 생각하겠지만 내가 있는 한 언제나 2등일 수밖에 없어요. 억울하다면 승부를 가리면 됩니다. 두 배우가 한 화면에 등장하면 관객들은 즉시 알게 돼요. 누구에게 더 시선이 꽂히는지, 누구에게 더 빠져드는지."

"재밌구먼. 그러니까 이 영화에 출연해서 승부를 보자 이거냐?"

태웅은 그의 도발에 조금도 발끈하지 않았다.

머릿속에서 다른 생각이 떠올랐기 때문이다.

"좋아, 그럼 이 영화 한 편으로 끝을 보자. 대본을 수정해 주지. 넌 네 애기를 하고 난 내 애기를 한다. 누가 이기고 졌 는지는 자신이 더 잘 알겠지?"

"과연 당신답네요. 멋진 결정입니다."

"대신 조건을 하나 더 걸어. 네가 나에게 진다면 넌 그냥 사라져라."

그 말에 엘리온이 묘한 표정으로 태웅을 바라봤다.

"원래 조건은 우리에게 건 암시를 풀어준다는 거였지. 하지 만 이렇게 된 이상 그 정도로는 안 돼. 그냥 세상에서 사라져 버려. 죽든 잠적을 하든 두 번 다시 내 눈앞에 나타나지 마."

"내가 정말 꼴 보기 싫은가 보군요."

"당연하지. 엘런을 통째로 집어삼켜 버린 놈을 계속 보는 게 얼마나 고역인 줄 알아? 몸을 훔친 도둑놈 주제에 으스대 는 꼴을 보면 아주 역겹거든."

"알겠습니다. 그렇게 하죠. 당신이 날 얼마나 믿을 수 있을 지는 모르겠지만 약속하겠어요."

태웅은 씨익 웃었다.

이번에야말로 복수를 할 수 있을 것이다.

친구를 집어삼킨 저 괴물에 대한 복수를.

"대본은 다시 보내줄게. 오늘 약속은 잊지 마."

엘리온이 유령처럼 사라지자 고서윤이 한숨을 쉬었다.

"결국 또 저지르셨군요. 저런 위험한 남자와 같이 촬영을 하시겠다니……."

"더 위험할 것도 없어. 원래 연기는 위험한 거야. 나한테 있어 연기는 늘 전쟁이었거든."

고서윤은 그 말을 듣고는 더 이상 아무 말도 하지 않았다.

이동하는 차 안에서 태웅은 대본 초고와 볼펜을 꺼내 들고 즉석에서 수정을 시작했다.

엘리온의 가세로 인해 영화가 달라졌다.

세계 최고의 슈퍼스타이자 대배우이던 남자와 평생을 그의 그늘에 있던 절친한 친구의 이야기로.

'어디 한번 붙어보자. 가자의 이야기로 말이야.'

*　　　*　　　*

〈할리우드 라이징 스타 태웅 김, 시나리오와 연출, 주연, 1인 3역에 도전하다!〉

태웅의 차기작이 발표되었다.

제작 발표회를 통해 그의 새 영화 '배우, 미친 흡입력'에 캐스팅된 배우들 또한 알려졌다.

베니아 라조프, 섬 피어스, 아리아 데니스, 유지니, 메이린, 오영홍, 강창구 등의 호화 캐스팅이었다.

이 중에서도 가장 화제가 된 것은 엘리온 보나파르트로 차

마성의 여자 151

세대 슈퍼스타로 각광받고 있는 그가 태웅의 영화에 출연을 결정했다는 점이 이슈가 되었다.

고작 세 편의 영화에 출연했는데 상당한 인기와 화제를 불러일으킨 그는 이미 압도적인 카리스마를 가진 배우로 곳곳에서 캐스팅 제의를 받고 있었다.

하지만 그는 모든 차기작 출연 제안을 마다하고 태웅의 영화에 출연하기로 했다.

구름처럼 몰려든 기자들을 향해 엘리온은 워낙 시나리오가 훌륭할 뿐만 아니라 태웅의 상대역이라는 점에 흥미를 느껴 출연하게 되었다고 밝혔다.

"다시 말하지만 출연료는 없다. 싫으면 하지 마."

"너무하시네요. 뭐, 그쪽이 갑이니까 마음대로 하시죠."

"나중에 노동 착취로 고소한다거나 언플한다거나 할 거면 미리 말하고. 널 믿을 수 없으니 녹음해 둘 거야."

"돈은 넘쳐날 정도로 있으니 그런 짓 안 합니다. 라이더 베스 재단과 엘런의 돈이 다 제 거니까요."

"…빌어먹을."

태웅은 자기도 모르게 욕이 나왔다.

그러고 보니 죽 써서 개 준 꼴이었다.

자선 재단의 돈도 이놈이 마음껏 휘두를 수 있다는 건데, 그렇게 생각하니 진심으로 살의가 일었다.

"인간적으로 재단 돈은 건들지 마라."

"하하하, 당연하죠. 전 돈 따위에 구애받지 않습니다. 세상 사람들이 다 저에게 열광할 텐데 그까짓 돈, 눈 깜빡할 새에 벌 수 있어요. 그것보다 더 중요한 게 있죠."

"그게 뭔데?"

"누가 세계 최고의 배우인가를 가리는 겁니다."

그 말에 태웅은 놀랐다.

그가 자신을 최고의 호적수로 생각하고 있다는 것이 의외였기 때문이다.

"당신은 나와 같은 마력이 있어요. 내가 본 그 어떤 사람도 당신 같은 연기를 펼치진 못했으니까요. 단순히 연기를 잘하는 수준이 아닌, 사람을 완전히 홀리는 연기. 그건 세상에서 우리 둘만 할 수 있는 겁니다."

'다크 나이트'에서 조커로 분한 히스 레저가 펼친, 스크린을 완전히 압도하는 연기.

엘리온이 전작에서 보여준 연기는 마치 그것과 흡사했다.

태웅은 그의 연기를 처음 보았을 때 일시적으로 정신을 잃을 정도였다.

인간보다 후각이 백만 배 뛰어난 개가 냄새에 민감하듯 연기의 대가인 그는 엘리온의 진가를 알아본 것이다.

"당연히 나지. 겨뤄볼 가치도 없는 일 아닌가?"

"그거야 관객들이 판단할 겁니다. 길고 짧은 건 무조건 대봐야 아는 거죠. 그럼 촬영장에서 뵙겠습니다, 감독님."

언제나처럼 그는 훌쩍 떠나갔다.

고서윤이 멍하니 서 있는 태웅의 어깨를 두드렸다.

"가시죠, 형님. 기자들이 또 따라붙기 전에요."

제작 발표회에는 영화와 관련된 거의 모든 매체가 몰렸다고 할 정도로 인산인해였다.

신규 제작사인 데다 감독 또한 아직 연출 경험이 없는 배우라는 사실 때문에 영화의 완성도와 재미에 의심을 갖는 이들이 많았다.

하지만 태웅은 영화 그 자체로 말하겠다고 대답했다.

배우는 작품으로 말하는 법이기에 굳이 이런저런 얘기를 떠벌릴 이유가 없었다.

"그런데 김샛별은 어떻게 하지?"

태웅의 말에 고서윤이 냉담하게 말했다.

"그러길래 받아들이지 말고 그냥 추방하자고 했잖습니까. 그 남자가 엘리온도 출연한다는 말을 들으면 과연 형님 영화에 나올까요?"

"…일단은 물어나 보자."

김샛별에게는 단역이나 보조 스태프로 일해보자고 말했다.

단, 엘리온이 캐스팅됐다는 사실은 알리지 않았다.

아마 그도 지금쯤은 언론 기사를 통해 그 사실을 알게 되었을 것이다.

과연 어떤 반응을 보일 것인가?

                    *   *   *

"정말 의외군요."

현장에서 열심히 허드렛일을 하고 있는 김샛별을 보며 고서
윤이 감탄했다.

설마 저렇게 쉽게 결정을 내리리라고는 예상하지 못했다.

"형님, 이건 어디로 옮길까요?"

촬영 세트를 설치하는 현장에서 팔을 걷어붙이고 일당백으
로 일하고 있던 김샛별이 태웅에게 다가와 물었다.

그의 팔에는 커다란 의자 두 개가 바지랑대의 수건처럼 걸
려 있었다.

"참 열심이네."

"그럼요. 이렇게 제대로 된 일을 하게 되니 얼마나 기쁘고
보람 있는지 모릅니다. 하하하!"

"그래, 계속 수고해."

태웅은 진땀을 흘리면서도 열심히 일하고 있는 그를 격려했
다.

'카윈이랑 좋은 경쟁이 되겠어.'

비슷한 역할을 맡고 있는 카윈 존슨 역시 촬영장에서 분주
하게 움직이고 있었다.

그는 새로운 노예나 다름없는 김샛별을 은근히 견제하는

눈치였다.

"형님도 참 대단하십니다. 이런 위험인물들을 죄다 한 영화
에 갈아 넣으시다니⋯⋯."

"그런가?"

생각해 보니 과연 이번 영화에는 그의 목숨을 노리는 위험
인물이 총집결한 것이나 다를 바 없었다.

엘리온은 말할 것도 없고 실제로 태웅을 죽이려 한 카윈
이나 가족을 노린 김샛별, 그리고 그를 사주한 강창구 등
등⋯⋯.

언제 뒤통수를 칠지 모르는 이들이 지척에 있는 것이다.

"괜찮아. 내 등 뒤를 노리는 작자들이 너무 많아서 오히려
서로 견제하느라 바쁠걸? 날 칠 틈이나 있으려고."

태웅은 씨익 웃으며 걱정 많은 매니저를 안심시켰다.

첫날의 촬영은 극중 슈퍼스타인 카이저가 어느 뒷골목에서
쓸쓸한 죽음을 맞는 신이었다.

영화의 오프닝으로, 그가 원래 죽은 상황과는 장소만 다를
뿐 모든 게 똑같았다.

사실상 혼자 찍는 장면이었기에 현장에는 다른 배우들은
나와 있지 않았다.

"자, 촬영 시작합니다! 다들 준비하세요!"

태웅의 외침 후 촬영이 시작되었다.

뒷골목에 한 남자가 쓰러져 있다.

그는 힘겹게 일어나려고 하지만 이내 기력이 다한 듯 휘청거리며 쓰러진다.

"컷!"

자신의 연기를 모니터한 태웅은 흡족해했다.

느긋하게 큐 사인을 날린 후 할리우드에서 찍어야 할 신 위주로 찍었다.

"이 정도 속도면 한두 달이면 영화 한두 개 뽑는 건 일도 아니겠네."

시작이 순조로웠기에 그의 마음은 여유로웠다.

'그런데 왜 저렇게들 몰려든 거야?'

예상대로 기자들이 모여들어 인산인해를 이루고 있었다.

스태프들이 적당히 그들을 막아서며 통제하는 중이었고, 특히 김샛별이 거대한 덩치를 내세워 활약했다.

물론 그의 험악한 인상 때문에 갱을 고용했다는 오해를 받지 않도록 최대한 부드럽게 행동하라고 당부했다.

"역시 명불허전이에요. 멋진 연기였어요, 태웅 씨."

마치 소녀 팬처럼 촬영장 한구석에서 조용히 연기를 지켜본 강지나가 촬영이 끝나자마자 달려와 감탄을 늘어놓았다.

"고마워요. 이렇게 직접 와서 봐주시고."

"그럼요. 저희 G나인 프로덕션 최초의 작품인데. 게다가 태웅 씨가 나오는 작품이니 매일 출석 도장 찍으려고요."

"그렇게까지……."

말은 그렇게 했지만 강지나의 말에 태웅은 적잖이 기뻤다.

단지 계약 때문이 아니라 그녀가 정말로 자신의 연기를 좋아한다는 사실은 알고 있었다.

"그런데 궁금한 게 있어요. 엘리온 씨에 대해서요."

"네."

그녀의 입에서 기분 나쁜 이름이 흘러나오자 태웅의 안색이 저절로 굳었다.

그것을 느꼈는지 강지나는 잠시 머뭇했다.

"그분이 갑자기 노 개런티로 출연한다는 사실이 아무리 생각해도 이상해서요. 정말 그쪽 말대로 순수한 팬심이라고 믿어야 하는 거예요?"

출연료를 받지 않고 영화의 주요 배역에 출연하게 된 엘리온 보나파르트.

외부에 알려진 상황이 아니지만 자신은 알고 있는 만큼 강지나는 이상한 생각이 든 것이다.

"그대로 믿으시면 됩니다. 자세한 이야기는 나중에 해드릴게요."

"알겠어요. 태웅 씨가 그렇게 말하신다면……."

그녀는 더 캐묻고 싶었지만 태웅의 안색을 보고는 말끝을 흐렸다.

하지만 마음속으로는 자기 나름대로 엘리온의 뒤를 캐야겠 다고 다짐했다.

'너무 의혹이 많은 남자야. 대비 차원에서 알아놓아야겠어.'

*   *   *

한국에서는 삼원 그룹 강부식 회장의 공판이 열렸다.

구속 상태로 구치소에서 수의를 입고 등장한 그의 행색은 초라하기 그지없었다.

얼굴은 반쪽이 되어 있고 나이에 맞지 않게 반들반들하던 피부도 푸석하게 쭈그러들어 있었다.

아들의 뺑소니 사고를 덮기 위해 그가 한 모든 행동이 범죄 사건에 연루되면서 호된 마음고생을 한 것 같았다.

재벌 가문의 범죄 행각에 국민들이 분노하고 있었고, 엄벌 에 처해야 한다는 의견이 빗발쳤다.

모든 이들이 지켜보는 가운데 판사의 선고가 내려졌다.

징역 25년!

판사 봉이 두드려지자 금세 법정이 소란스러워졌다.

─사람 죽이라고 시켰는데 고작 25년? 장난함?

─말이 25년이지 사실 죽을 때까지 아님? 강부식 회장 나이 를 생각해 봐!

마성의 여자 159

—가석방 안 되게 해라! 재벌이라고 봐주면 안 된다!

국민적인 분노가 대단했다,

25년의 형량에도 만족을 못 한다는 소리였다.

하지만 강부식 회장의 경우 본인이 최동렬 검사에 대한 살인 교사를 부인하고 있는 데다 딱히 증거도 없어서 사실 25년이나 나온 게 기적이었다.

이 사건을 둘러싼 주범인 칠상파 보스 공진수와 강부식 회장의 둘째 아들 강삼수 사장이 모두 무기징역을 받으면서 나름 국민들의 마음을 달래주었다.

삼원 그룹 또한 강력한 세무조사가 들어오면서 사실상 그룹 해체 수순을 밟아나가고 있었다.

한국 경제에 큰 위기가 닥칠 거라는 예상과 달리 아무 일도 없었다.

도리어 불확실한 요소를 제거한 덕분인지 주가는 상승했다.

회장 측은 즉시 항소했지만 과연 형량이 줄어들지는 미지수였다.

조만간 부회장인 강준수가 거동할 수 없는 강부식이 뒤를 이어 회장에 취임할 거란 소문이 돌고 있었다.

"한국은 꽤 시끄러운 거 같은데, 자넨 괜찮아?"

007시리즈의 히어로이자 라이더 베스의 오랜 친구 섬 피어스가 휴식을 취하며 물었다.

태웅의 섭외로 캐스팅이 성사된 그는 매일 SNS에 자기 일상을 올렸는데, 덕분에 영화 홍보에 상당한 도움이 되었다.

"그럼요. 정의가 이루어지고 있는 과정이에요."

머지않아 한국 로케를 가면 달라졌다는 것을 느낄 수 있을까?

태웅은 진심으로 그럴 수 있기를 빌었다.

"브루투스 신 찍겠습니다."

조연출의 말에 태웅은 정신이 들었다.

'올 것이 왔군.'

이야기를 훌쩍 건너뛰어 후반부 할리우드를 배경으로 한 장면을 미리 촬영하고 있었다.

화려하게 할리우드에 등장한 옛 매니저이자 숙적 브루투스 역할을 맡은 엘리온의 첫 촬영이었다.

드디어 이 무시무시한 배우의 연기를 눈앞에서 볼 수 있게 된 것이다.

일찌감치 촬영장에 도착하여 한쪽 구석에서 마인드 컨트롤을 하고 있던 엘리온은 자리에서 일어나 촬영 지점을 향해 천천히 다가왔다.

매니저인 듯한 두 명의 잘빠진 미남이 양옆에서 그를 호위하듯 뒤따랐다.

"그 떨거지들은 좀 두고 와. 넌 배우이지 정치인이 아니니까."

그 말에 엘리온이 어깨를 으쓱했다.

"떨거지라니 말이 심하시군요. 제 보디가드 겸 매니저 친구들입니다."

말은 그렇게 하면서도 그는 두 남자에게 물러가 있으라는 듯 손짓했다.

"준비는 충분히 했나?"

"말이 필요합니까?"

두 사람의 눈빛이 허공에서 충돌했다.

엘리온의 기운은 벌써부터 그의 몸 주변을 일그러뜨릴 정도로 무시무시하게 뿜어져 나오고 있었다.

이미 몰입 단계에 들어간 것 같았다.

"좋아, 네 뜻대로 해주지."

태웅은 메가폰을 잡고 촬영을 준비하고 있는 배우와 스태프들을 둘러보았다.

그리고 외쳤다.

"신 159. 테이크 1. 쓰리, 투, 원… 레디 액션!"

S# 4
배우, 미친 흡입력 I

주인공의 친구이자 매니저, 그리고 나중에는 라이벌 배우가
되는 '브루투스'를 엘리온은 시작부터 완벽하게 소화해 냈다.

그의 연기력과 흡입력은 역시 괴물이었다.

잠깐 촬영장에서 실력을 보여준 것만으로도 술렁였다.

'역시 대단한 놈이야.'

태웅은 그의 연기를 보며 아찔한 기분을 느꼈다.

아마 스크린으로 보면 더 대단할 것이다.

하지만 태웅은 이길 자신이 있었다.

연기는 쇼가 아니었다.

뭐든 지나치면 좋지 않았다.

엘리온의 연기는 어떻게 보면 단지 사술(邪術)에 지나지 않았다.

제대로 배역에 몰입하여 관객들에게 캐릭터의 인생을 전달하는 것이 아니라 그냥 자기 과시를 하는 것에 불과했다.

슈퍼스타 카이저는 비참하고 쓸쓸한 죽음 후 신에게 인생을 다시 살 기회를 얻는다.

한국의 무명 배우로 환생하여 다시 밑바닥부터 한 단계 한 단계 밟아나가며 마침내 세계적인 영화제 칸의 남우주연상을 수상한다.

그 후 자신을 노리는 연예계의 흑막들을 때려잡고 할리우드에 진출한 그는 옛 친구 브루투스를 다시 만나게 된다.

슈퍼스타이자 배우가 된 브루투스는 이제 그의 라이벌로서 치열한 연기 대결을 벌인다.

태웅은 직접 쓴 대본을 다시 한번 읽어보았다.

실제 자신의 삶과 같은 부분도 있고 적당히 가감하기도 했다.

엘리온이 캐스팅됨으로써 브루투스 역의 비중이 크게 늘어났다.

과연 스크린에서 대결을 벌이는 두 배우의 모습을 보며 관객들은 어떤 평가를 내릴 것인가?

사실 관객들의 평가가 없다고 해도 촬영된 장면을 보기만 해도 알 수 있을 것이다.

누가 더 상대방을 연기로 압도했는지…….

'이젠 내 차례구나.'

자신의 신 촬영을 앞두고 태웅은 자연스럽게 이야기에 몰입했다.

자신의 이야기이기도 했지만 모든 배우의 이야기이기도 했다.

밑바닥에서 시작했는데도 그는 어느새 잊고 있었다.

연기하는 것이 얼마나 행복한지, 자신의 연기를 봐줄 사람이 있다는 것이 어떤 의미인지.

"준비됐어요, 감독님?"

"네, 바로 가시면 됩니다."

"알겠습니다. 이거 떨리네요. 하하!"

조감독 헨리가 머뭇거리며 메가폰을 잡고 외쳤다.

"쓰리, 투, 원… 레디, 액션!"

여러 대의 카메라가 돌아가는 가운데 태웅은 다시 할리우드에 복귀하여 첫 영화를 찍는 신을 촬영했다.

비버리힐스 앞에서 양손을 벌리고 감격에 젖는 모습에서 그는 진심으로 행복한 표정을 지었다.

고향에 돌아온 느낌, 세계 최고의 무대에서 다시 연기할 수 있다는 환희에 가득 찬 모습을 완벽하게 표현해 냈다.

"컷! 수고하셨습니다."

깔끔한 연기에 지켜보던 사람들이 박수를 쳤다.

"역시 태웅 씨야! 멋져요!"

"너무 자연스러워서 연기가 아닌 줄 알았습니다."

엘리온의 촬영 때와는 다른 훈훈한 분위기였다.

강렬한 연기를 펼친 엘리온은 자신의 촬영이 끝났음에도 촬영장 한구석에서 태웅의 연기를 뚫어져라 지켜보고 있었다.

평소였다면 발끈할 수도 있으련만 이상하게 아무렇지도 않은 기분이었다.

촬영을 마무리한 후 그는 자신의 촬영분을 들여다봤다.

몇 가지 만족스럽지 못한 부분이 있었지만 그는 그대로 가기로 했다.

솔직하게 모든 이야기를 했기에 더 이상의 연기는 필요 없었다.

"다음 신으로 가시죠."

* * *

"정말 멋진 연기였어요."

"그래요? 오늘 너무 힘을 빼고 한 것 같은데."

촬영을 마친 후 강지나가 감탄했다.

"아니요. 오히려 평소에 너무 힘을 준 것처럼 느껴졌달까? 근데 이번에는 엄청 자연스러웠어요. 담백하고 깔끔해서 딱 좋은 느낌?"

마치 어린아이처럼 설명하는 그녀의 모습을 본 태웅은 절로 웃음이 났다.

한참 신이 나서 떠들던 그녀가 태웅의 시선을 보더니 부끄러운지 입을 다물었다.

"이런 팬이 있다는 건 정말 큰 행운이에요. 고마워요."

태웅의 말에 그녀는 수줍게 웃었다.

"팬질은 익숙한 걸요. 그렇게 항상 누군가를 좋아하고 멀리서 바라보며 살지 않으면 안 되는 것 같아요, 난."

그녀의 말에 섞인 쓸쓸함이 느껴져 태웅은 마음이 좋지 않았다.

그녀가 자신에게 품은 감정은 알고 있었다.

하지만 그것을 받아줄 수 있을지 자신이 없었다.

스타라는 것은 언제나 무수히 쏟아지는 세상의 시선과 싸워야 한다.

자신은 몰라도 그녀가 그것을 견뎌낼 수 있을 것 같지 않았다.

아직도 그에게 있어 그녀는 처음 만났을 때처럼 작고 힘없는 소녀였으니까.

"할리우드 촬영분은 이제 얼마 안 남았네요. 다시 한국에

가면 난리가 나겠죠?"

그녀 역시도 한국행에 감회가 새로울 듯했다.

"엄청 시끄럽겠죠. 관심도 쏟아질 거고요."

"태웅 씨는 또 열심히 뛰어다니시겠죠?"

"별로 열심히 안 뜁니다. 저는 그냥 뛰는데 다들 못 따라오는 거죠. 하하하!"

이미 한국 언론에서는 태웅의 귀국을 대비해 부지런히 달리기 연습을 하고 있다고 했다.

연예계 전문 매체에서는 아예 신입 사원을 받을 때 달리기 실력을 본다는 얘기까지 나오고 있었다.

우스갯소리일 수도 있지만 그런 얘기가 떠돌 만큼 태웅은 이미 한국의 국민 배우가 되어 있었다.

태웅은 강지나의 표정에 다소 우울함이 섞여 있는 것을 보았다.

쑥대밭이 된 삼원 그룹 때문에 그녀가 돌아간다면 다소 시끄러워질 수 있었고, 그래서 그녀는 비밀리에 따로 귀국하거나 아니면 아예 한국으로 들어가지 않을 생각이었다.

아무리 쉬쉬한다고 해도 태웅의 새 영화 제작사 대표가 그녀라는 사실을 완전히 숨길 수는 없을 것이다.

그렇게 되면 누구보다 입장이 난처해지는 것은 그녀였기 때문이다.

시간이 지나고 세상 사람들의 관심이 뜸해진다면 그제야

돌아갈 수 있을지도 몰랐다.

　집으로 돌아가는 길에 태웅은 노트북을 켜고 시나리오를 수정했다.

　강지나와 라이더 베스가 처음 만났을 때의 이야기를 추가했다.

　영화의 마지막으로 촬영할 신이었다.

　이것을 본다면 그녀가 자신의 뜻을 조금쯤 알 수 있을까?

　"이제 한국 로케인가요?"

　운전대를 잡은 고서윤이 물었다.

　"응. 이제 일주일 정도 더 찍고 한국으로 가야지."

　"오랜만이네요, 한국은."

　"왜? 그리워?"

　"딱히 그렇진 않습니다. 제게 있어 한국은 그리 좋은 기억을 안겨준 곳이 아니어서요."

　"그럼 앞으로 계속 미국에서 살면 되겠네."

　"미국도 마찬가집니다. 하지만 형님이 가는 곳이라면 계속 따라가도 될 것 같네요."

　"그게 무슨 스토커 같은 소리야? 나도 언젠가는 한국에 정착할 거야."

　"정말입니까?"

　"그래, 제주도 같은 데다 거대한 성을 짓고 살 거야. 농사도 짓고 소도 키우고 과수원도 차리고."

"천하의 김태웅이 귀농을 하시겠다는 겁니까? 아무래도 예능을 너무 많이 보셨나 보네요."

최근 제주도에 살고 있는 연예인이 출연하여 자신의 전원생활을 보여주는 예능이 큰 인기를 끌고 있었다.

태웅도 수시로 볼 만큼 좋아하는 프로그램이었다.

"왜 하필 제주도죠? 역시 예능 때문인가요?"

"안 가봤거든."

"제주도를… 안 가보셨다고요?"

고서윤이 황당해했다.

"응. 정말 가본 적이 없어."

평범한 사람들도 가본 제주도를 그는 직접 가본 적이 없었다.

전생에서 세계 각지에 안 가본 곳이 없건만 이상하게 제주도만은 가보지 못했다.

'그러고 보니 전생에 한국에 온 적이 있던가?'

생각해 보니 세 번 정도 한국에 왔었다.

성인이 된 후 한국계 미국인이던 어머니의 나라가 어떤 곳인지 궁금해서였다.

딱히 큰 감흥은 없었다.

그냥 사람 많고, 밤에도 시끄럽고, 생각보다 발전했다는 것 정도?

그때만 해도 이 나라의 스턴트맨으로 환생할 줄은 몰랐다.

'시스템… 시스템이라… 이 정도면 꿈을 이룬 것 아닌가?'

배우의 꿈 시스템.

무명 스턴트맨이던 김태웅의 꿈을 이뤄줘야 한다고 했다.

곧 있으면 월드 스타 지수는 100퍼센트에 다다를 것이다.

시스템에서 해방된다면 어떤 일이 일어나게 될까?

"꽤나 아쉽겠지. 안 그래, 세계적인 스타님?"

태웅은 눈을 비볐다.

밴 뒷자리에 앉은 그의 맞은편에 시스템의 요정 오한수가 앉아 있었다.

태웅은 한숨을 쉬고 뒤를 돌아보았다.

운전석의 고서윤은 아무것도 듣지 못한 듯 운전을 하고 있었다.

"마음 편히 얘기해. 어차피 우리 대화를 저 녀석은 못 들으니까."

오한수는 예전에 비해 한층 피곤해 보였다.

태웅은 가만히 그를 바라보다가 입을 열었다.

"내 월드 스타 지수는 68.5퍼센트야. 100퍼센트가 되면 약속대로 시스템에서 해방이고. 그럼 이제 네 못난 면상도 볼 일이 없겠지."

"못나다니? 나 정도면 꽃중년이지."

"헛소리 말고, 가급적 용무가 없으면 모든 게 끝날 때까지 안 봤으면 좋겠는데."

그 말에 오한수는 뒤통수를 긁적이며 말했다.

"이거 참 섭섭하구먼. 그래도 그간의 정이 있는데 말이야."

"정은 얼어 죽을. 이 빌어먹을 시스템 때문에 내가 얼마나 피곤했는지 알아? 하루라도 빨리 자유의 몸이 되고 싶어서 얼마나 노력했는지 모르냐고."

"그래, 솔직히 네가 이렇게 수월하게 월드 스타를 향해 갈 줄은 몰랐다. 적어도 몸이 바뀌고 국적도 바뀌고… 암튼 다 바뀐 이상 쉽지 않을 줄 알았거든. 그런데 불과 몇 년 만에 할리우드에 진출하고 잘나가게 되리라곤 예상 못 했어."

"그래서? 억울하기라도 한 거야?"

"아니, 기쁘다. 네가 이렇게 되살아나고 성공을 향해 가고 있어서 말이야. 그리고 도움을 줄 수 있었다는 것도."

왠지 모르게 태웅을 바라보는 오한수의 표정에 약간의 기쁨과 슬픔이 엇갈려 있었다.

"네 말대로 월드 스타 지수가 100퍼센트가 되면 넌 시스템에서 해방될 거야. 하지만 그 이후부터는 네 힘으로 모든 걸 헤쳐 나가야 한다는 걸 명심해."

"그딴 건 말 안 해도 알고 있어."

"그리고 다시는 절망과 고통 속에서 죽음을 맞지 않길 바란다. 옛정을 생각해서 충고하는 거니 고깝게 듣지 말고."

잔소리를 늘어놓는 오한수의 모습이 점차 흐려졌다.

마치 연기가 바람에 흩어지듯 그는 서서히 소멸되어 가는 것처럼 보였다.

"엘리온이라는 놈을 조심해. 그리고 그 여자 데이라 엔젤도. 죽음의 그림자는 널 끝까지 따라다닐 거다. 그러니까…
그때마다 넌 최선을 다해 살아남아야 해."

그의 말은 점점 잦아들더니 중간중간 끊겼다.

하지만 그럼에도 계속해서 뭔가를 말하고 있었다.

아무것도 들려오지 않을 때, 태웅은 문득 정신이 들었다.

방금 전의 대화가 존재하지 않은 것처럼 그는 여전히 차 뒷좌석에 앉아 창밖을 보고 있었다.

"주무셨습니까, 형님?"

고서윤의 말에 그는 한숨을 내쉬었다.

"아니, 그냥 멍 때리고 있었어."

"한숨 주무시죠. 아직 꽤 남았습니다."

그 말에 대답하지 않고 태웅은 방금 전 오한수와의 대화를 떠올렸다.

시스템은 자신을 속박하고 죽이기 위해서가 아니라 도와주기 위해 존재했다는 말인가?

곰곰이 생각해 보니 그럴 수도 있겠다는 생각이 들었다.

사실 지금까지 그가 시스템으로 인해 얻은 것이 많았다.

그렇다면 오한수는 도대체 누구일까?

환생하면서 일부 사라진 기억.

그 속에 있던 누군가일까?

아무리 생각해도 이미 사라진 기억이 떠오르진 않았다.

'일단 시스템에서 벗어날 수밖에. 이후의 일은 그때 생각하자.'

앞으로 수많은 위협이 그를 덮쳐올 테지만, 뭔가에 의지하거나 보호를 받고 싶은 생각은 없었다.

어차피 지금껏 혼자서 모든 것을 헤쳐 나왔으니까 말이다.

일주일 후, 태웅은 할리우드 촬영분을 마치고 한국으로 향했다.

'배우, 미친 흡입력'의 촬영 팀과 배우들 역시 동행했다.

*   *   *

태웅의 귀국은 엄청난 화제가 되었다.

국빈 못지않은 환영 인파가 공항에 몰려들었다.

취재진 또한 만반의 준비를 하고 아예 공항에서 진을 치고 있었다.

공항 내 구조도를 미리 머릿속에 달달 외우고 있는 기자도 있었다.

"웃긴다. 내가 무슨 범죄자야? 지들이 경찰이야?"

지나친 취재 열기를 전해 들은 태웅은 어이가 없었다.

비행기에서 내리기 전부터 시끌벅적한 소리가 들려오는 것 같았다.

"다 스타가 겪어야 할 필수 과정이죠."

"누가 그걸 몰라? 아무리 겪어도 나아지지 않으니까 그렇지."

이제는 전 국민이 다 아는 스타!

무명 스턴트맨이던 자신이 마치 올림픽에서 금메달을 따고 귀국하는 스포츠 스타처럼 융숭한 대접과 환호를 받는 것이 감회가 새로웠다.

하지만 그는 놀러 온 것도, 인기를 즐기기 위해 온 것도 아니었다.

그 자신의 이야기를 담은 영화를 완성하기 위해 온 것이다.

"이렇게까지 안 해도 되는데."

태웅은 자신을 진 치듯 둘러싸고 있는 보디가드를 보며 뒤통수를 긁적였다.

데뷔 이후 이렇게 많은 인원의 경호를 받는 것은 처음이었다.

"어차피 곳곳에 기자들이 진을 치고 있을 겁니다. 이렇게 의표를 찌르는 것도 나쁘지 않죠."

"너 은근히 즐기는 것 같다?"

태웅의 질주 쇼를 따라잡기 위해 운동화를 갈아 신고 오래 달리기 연습을 하며 만반의 준비를 한 기자들은 검은 벽에 둘러싸인 것처럼 경호원을 두르고 나오는 태웅을 보며 어안이 벙벙해졌다.

곳곳에서 킥보드와 스케이트보드, 미니벨로까지 보였지만 다 소용없게 되어버린 것이다.

"김태웅 씨! 한국에 돌아오신 소감이 어떠세요?"

"비버리힐스에서 아예 눌러살 생각이신가요?"

"돌아오는 길에 위협은 안 당하셨나요? 이제는 피습의 대명사가 되셨는데요!"

기자들의 쏟아지는 질문에 태웅은 은은한 미소를 지으며 노코멘트로 일관했다.

"한 말씀 해주세요! 오늘은 왜 안 달리시나요?"

그 말에 태웅은 오늘 처음으로 자리에 멈춰 선 후 대답했다.

"오랜만의 귀국이라 여유 있게 모국의 공항을 즐기고 싶습니다. 하하하!"

기자들 외에도 구름 같은 인파가 몰려 여기저기에서 핸드폰과 카메라로 태웅을 찍어댔다.

"퍼니셔! 여기 좀 봐줘요!"

"김태웅 멋있다! 할리우드 정복해라!"

그의 별명인 퍼니셔(징벌자) 역시 여기저기에서 울려 퍼졌다.

한국에서 거대 폭력 조직과 대기업 총수를 때려잡고 미국에서도 여러 차례 사고를 당했지만 건재한 그는 이제 불사신같이 취급받고 있었다.

환영 인파를 헤치고 느긋하게 지상 출구에서 대기하고 있는 밴에 올랐다.

이미 그리운 얼굴인 정윤철 대표와 홍구, 마가린 등등이 나와 있었다.

"이 자식! 이게 얼마만이야!"

"할리우드에 아주 눌러앉은 줄 알았다!"

두 남자가 호들갑을 떨며 태웅을 반겼다.

오랜만에 친구들을 봐서인지 태웅은 절로 웃음이 났다.

"잠깐 못 본 사이에 왜 이렇게 살이 뒤룩뒤룩 쪘어? 완전 아저씨 다 됐구먼."

"야, 내가 요즘 미팅이랑 술자리가 얼마나 많은지 아냐?"

윤철이 산처럼 솟아오른 자신의 배를 두들겼다.

"그럼. 이제 잘나가는 엔터테인먼트 회사 대표시니까."

홍구의 말에 윤철이 어깨를 으쓱했다.

"차라리 태웅이랑 오붓하게 둘이 할 때가 좋았지. 이건 뭐, 너무 정신이 없어서 요 며칠 집에 들어간 기억이 없다."

"빨리 결혼이라도 해라."

"결혼은 무슨… 이렇게 바쁜데 무슨 결혼을 해?"

이제 여러 명의 스타 아이돌과 배우들을 거느린 윤철은 실버문 엔터테인먼트의 수장으로서 케이블 TV에도 자주 나오고 있었다.

오디션 프로그램에 심사 위원으로도 출연한다는 말에 태웅이 비웃었다.

"나 같으면 너 같은 놈이 심사 위원으로 있으면 가수고 나발이고 때려치운다."

"이거 왜 이래? 거기 나오는 기획사 대표 중 요즘 나보다 핫한 사람 없어."

"많이 컸네."

"그럼. 아, 그리고 그 누구냐, 불낙이도 같이 나온다."

마가린의 앨범 타이틀곡을 준 프로듀서 불낙을 떠올리며 그는 피식했다.

또 얼마나 거드름을 피울지 상상이 됐다.

"아예 마가린 다음 앨범은 불낙이 전곡 프로듀싱해 주기로 했어."

"그래? 웬일로?"

"얘가 엄청 떴잖아. 그러니까 숟가락 얹으려는 거지, 뭐."

마가린이 그 말을 듣곤 고개를 저었다.

"애당초 제가 불낙 이름에 업혀 간 거죠. 태웅 오빠가 준 노래 덕도 봤고요."

그녀는 이제는 꽤 잘나가는 가수로 대학 축제 행사에서 특히 인기가 많다고 했다.

"다들 잘되는데 나만 궁상맞구나. 에효!"

홍구가 한숨을 내쉬었다.

지난번 칸에 간 후 이상하게 다음 작품에 대한 제의가 없었다.

아무래도 퀴어 영화 전문 배우로 이미지가 박힌 것 같다며 그는 안타까워했다.

"연기 변신을 해. 너도 태웅이 뒤를 이어 액션 배우 하면 되잖아."

윤철의 말에 홍구가 버럭 했다.

"이번 영화에서도 코믹한 배역인데 언제 액션 배우를 하냐?"

"코믹하게 액션을 하면 되지."

홍구 역시 태웅의 신작에 배역을 맡았다.

현실과 비슷하게 개그 캐릭터였다.

"그러고 보니 태선이는 더 예뻐졌네. 너 할리우드에서 배우 하려고 그래?"

홍구의 말에 태선이 입을 삐쭉거렸다.

"배우는 무슨… 거기 연예인들이 얼마나 예쁜데. 말도 못해."

"맞다, 삼총사에 나온 그 배우 누구냐. 아리아 데니스. 걔가 그렇게 예쁘다면서?"

"장난 아니지. 나 촬영장 가서 자주 봤는데 완전 엘프야."

태선과 홍구는 마치 자매처럼 수다를 떨어댔다.

아리아 데니스 역시 이번 영화에 단역으로 출연했는데 이미 촬영을 마쳤다.

"청와대에서 또 초청한다는 말이 있는데요. 국위 선양 했다고요."

"에이 씨, 진짜. 뻑하면 불러대고 있어. 안 간다고 그래."

"얘 좀 봐? 국뽕들한테 욕을 얼마나 처먹을라고? 너 이번에 열리는 동계 올림픽 홍보 대사로 위촉된대. 명예 훈장도 받고. 그런데 안 갈 거야?"

"까짓 거 안 하고 말지, 뭐. 내가 왜 그런 걸 해야 하냐?"

윤철이 한숨을 쉬며 다시 설득에 들어갔지만 태웅은 코웃음만 쳤다.

*   *   *

한국에서의 촬영은 미국보다 더 까다로운 부분이 있었다.

태웅이 워낙 유명 인사이다 보니 촬영장에 많은 사람이 몰려들어 발 디딜 틈조차 없었기 때문이다.

여기저기에서 비명을 질러대고 사진을 찍는 통에 어수선하기 짝이 없었다.

안전 요원을 배치해 놓았지만 막무가내로 들어오려는 사람들 때문에 곳곳에서 시비가 일어났다.

영화에서 한국의 스턴트맨으로 환생한 주인공이 조직폭력배에게 쫓겨 도심에서 차량 추격전을 벌이는 시퀀스가 있었다.

상당히 큰 규모의 촬영이었기 때문에 로케이션 매니저가 장소를 섭외하는 데 애를 먹었다.

다행히 태웅의 명성 때문인지 서울시에서 흔쾌히 협조를 해주었고, 오전 11시부터 서울 광화문 부근의 교통이 통제되었다.

"예전에 어벤져스 촬영으로 교통 통제하더니 벌써 두 번째네. 우리나라도 많이 발전했다."

윤철은 수많은 촬영 스태프들과 구름같이 모여든 군중, 기자, 그리고 교통정리를 하고 있는 경찰들을 보며 연신 감탄사를 터뜨렸다.

자신의 배우가 감독하고 출연하는 영화가 이렇게 한국을 들었다 놨다 한다는 사실에 감개무량한 것 같았다.

태웅 역시 어깨가 으쓱해졌다.

탁 트인 이순신 동상 아래 서서 그는 주위를 둘러보았다.

헤아릴 수 없이 많은 사람들이 자신을 바라보고 있었다.

교통 통제로 인해 불편을 겪으며 욕을 퍼붓는 사람들조차 촬영장 주변을 지나갈 때면 태웅을 한 번이라도 보고자 창밖으로 고개를 내밀었다.

"정말 기대되는구먼."

곧 펼쳐질 차량 추격전을 위해 대기하고 있는 줄줄이 늘어선 고급 차량들을 보며 액션 감독 쿠만 레이놀즈가 입을 열었다.

'삼총사: 더 웨스턴'에서의 인연으로 이번 영화에 태웅과 함께 작업하게 된 그는 한국이 처음이라고 했다.

"한국이 이렇게 멋진 나라인 줄 몰랐어. 자네 아니었으면 올 기회도 없었을 텐데 말이야."

"그런가요?"

태웅은 한국이라고 해서 딱히 감회가 새롭지는 않았다.

늘 봐오던 풍경이었다.

어디를 가도 많은 사람들, 끊임없는 교통 체증, 여기저기에 스마트폰을 쥔 사람들이 돌아다니고 거리에는 24시간 불이 꺼지지 않았다.

"일단 서울에서 이런 차량 추격전을 찍는 건 거의 불가능해요. 늘 도로가 꽉 차 있거든요. 서울시에서 협조 안 해줬으면 못 찍는 거죠."

"그만큼 자네의 위상이 대단하다는 거지. 이참에 정치라도 해봐."

"정치?"

태웅은 귀가 솔깃했다.

미국에서는 레이건이나 아놀드 슈월츠제네거처럼 배우 출신의 정치인이 많았다.

한국에서도 연예인 출신 정치인이 없는 것은 아니지만 아직 최정상의 자리에 오른 사람은 없었다.

'하긴 크럼트 같은 인간도 대통령을 하는데 나라고 못할 이유가 없지.'

경박한 언행으로 끊임없이 구설수를 몰고 다니는 미국 대통령을 떠올리며 태웅은 자신감이 생겼다.

'그나저나 지나 씨는 안 오는 건가?'

강지나 대표는 언론의 시선을 피해 조용히 귀국했다고 알고 있다.

아직 그녀가 G나인 프로덕션의 대표라는 사실이 알려지진 않았지만, 사실 퍼지는 것은 시간문제일 것이다.

혹시나 시끄러워질 우려가 있어 강지나는 더더욱 운신을 조심해야 하는 입장이었다.

그래도 태웅은 그녀가 왠지 어딘가에서 촬영을 지켜보고 있을 것 같은 생각이 들었다.

만약 그렇다면 그녀 역시 감회가 남다를 것이다.

"저기, 그 소식 들었어?"

멀리서 헐레벌떡 달려온 홍구가 숨을 가쁘게 몰아쉬며 물었다.

"뭔데?"

태웅의 반문에 그가 대답했다.

"멜리사가 여기 구경 온대! 너 촬영하는 거 보려고!"

"멜리사가 누군데?"

"뭔 소리야? 좋은 기억력 다 어디 갔어? 크럼트 딸이잖아."

"으잉?"

그 말에 태웅은 물론 주변에 있던 스태프들까지 웅성거렸다.

"멜리사 크럼트? 미국 대통령 딸이 여기 온다고?"

"헐, 우리나라엔 언제 왔대?"

태웅은 얼떨떨해졌다.

그도 그럴 것이, 크럼트 대통령이 한국에 왔다거나 올 예정이라는 비슷한 소식도 없었다.

그런데 갑자기 그 딸이 한국에 나타난 것이다.

그것도 바로 태웅의 영화 촬영장에.

"그 여자, 내가 동양인이라고 별로 관심이 없는 것 같던데……"

청와대에 초청받아 갔을 때 자신을 향해 멸시 어린 시선을 보내던 금발의 여인을 기억하고 있는 그로서는 의아하지 않을 수 없었다.

"인터뷰 못 봤나 보네? 멜리사가 삼총사 보고 너한테 홀딱 빠졌다던데."

쿠만이 몰랐냐는 듯 태웅의 어깨를 두드리며 말했다.

"그래요?"

"그래, 워싱턴 쪽에서는 유명하다던데. 그 여자애가 김태웅 빠라고 말이야."

"…그런 말은 어디서 배웠어요?"

쿠만의 말을 듣고 나니 왠지 인터넷 기사에서 그런 글을 본 것 같기도 했다.

'미국 대통령 딸도 별수 없군.'

태웅에게 있어서는 흔한 일이었다.

서양 여자들은 동양 남자를 이성으로 잘 보지 않지만, 그만 큼은 언제나 예외였으니까.

흐뭇해하는 그와는 달리 촬영장 사람들은 안절부절못했다.

"미국 대통령 딸이면 우리가 대접해야 하는 건가?"

"그래야 하지 않을까? 실수라도 했다가는 주한 미군 철수하고 뭐 그런 거 아냐?"

호들갑을 떠는 스태프들을 보며 태웅이 소리쳤다.

"자자, 모두 그냥 하던 대로 하세요! 미국 대통령 딸이든 할애비든 여기는 촬영장이에요! 촬영장에서는 감독이 왕입니다! 알겠죠?"

태웅의 말에 스태프들은 어느 정도 진정이 된 듯했지만 그래도 여전히 불안한 기색이었다.

"오! 저기 온다! 정말 멜리사 크럼트야!"

사람들의 외침이 터져 나오자 태웅은 시선을 돌렸다.

검정색 리무진 한 대가 교통 통제를 뚫고 광화문 동상 근처로 와 멈춰 섰다.

차에서 내린 멜리사 크럼트가 주위를 둘러보며 오만한 시선을 보냈다.

그녀는 태웅이 있는 쪽을 보더니 수행원들을 대동하고 천천히 걸어오기 시작했다.

모든 사람의 시선이 집중되는 가운데 태웅은 늘어져라 하품을 했다.

*　　　*　　　*

　태웅의 눈앞까지 다가온 멜리사 크럼트가 머리 위에 걸쳐
둔 선글라스를 내려 썼다.

　"오랜만이네요, 태웅."

　그녀의 말에 태웅은 고개를 끄덕했다.

　"반갑습니다. 여긴 무슨 일로 오셨나요?"

　데면데면한 그의 말투에 그녀는 대놓고 기분 나쁜 듯 인상
을 썼다.

　언제나 자신을 보면 굽실거리거나 깜짝 놀라 어버버 하던
사람들만 보았기에 태웅과 같은 반응이 낯설지 않을 수 없었
다.

　"지나가다 들렀어요. 마침 한국에 용무가 있었거든요. 그런
데 서울 도로 한복판을 막고 떠들썩하게 촬영을 하길래 궁금
해서요."

　"그러시군요. 그럼 구경 잘 하고 가십시오."

　태웅은 그냥 한마디를 내뱉고는 스태프들을 향해 말했다.

　"이제 촬영 들어갑니다! 모두 자기 역할 확인해 주세요!"

　그 말에 현장의 모두가 얼떨떨해했다.

　미국 대통령의 딸인 멜리사를 앞에 두고 본체만체하며 바

로 촬영에 들어가려 하다니…….

멜리사의 안색이 붉으락푸르락해졌다.

그녀의 경호원인 듯한 검은 정장의 대머리 남자가 앞으로 나서며 말했다.

"헤이, 미스터 김. 여기 이분이 혹시 누구인지 모르는 건 아니죠?"

"아주 잘 압니다만, 왜요?"

"누구인지 아는 사람이 그래요?"

"구경 오셨다길래 구경 잘 하시라고 했는데 뭐가 문제죠?"

"허어."

그를 비롯한 멜리사 주변의 모두가 어처구니없어했다.

"혹시 구경할 자리가 필요하시면 저기 이순신 동상 옆 벤치에 앉으시면 됩니다. 다른 사람이 앉기 전에 서두르셔야 할 거예요."

무덤덤하게 말하는 그를 보며 멜리사 수행원들의 인상이 험악해졌다.

"알겠어요. 여기서 보고 있을 테니까 멋진 촬영 기대할게요."

그녀는 예상외로 쿨하게 말하고는 수행원들에게 눈짓했다.

그러자 그들은 어디선가 의자를 구해와 촬영 스태프와 배우들이 있는 대기 장소 근처에 자리를 잡았다.

쿠만이 그 모습을 보곤 가슴을 쓸어내렸다.

"저 여자, 의외인데? 난리 칠 줄 알았더니 그냥 군말 없이 가서 앉잖아?"

"보는 눈이 이렇게 많은데 아무리 미국 대통령 딸이라도 난리 칠 수 있겠어요?"

"그래도 그렇지. 우리나라 같았어 봐. '내가 누구인지 알아?' 같은 소리 하며 갑질하려 들었을 텐데."

"그러든 말든 우리는 그냥 촬영만 하면 되죠."

모두 멜리사의 눈치를 슬금슬금 보는 것이 느껴졌다.

몰려든 기자들과 시민들 역시 모든 시선이 그녀에게 가 있었다.

태웅은 그 모습이 영 불편했다.

'저 여자 때문에 영화에 집중이 안 되네. 쯧쯧.'

모든 시선이 멜리사에게 가 있는 이상 영화 촬영 자체는 큰 이슈가 되겠지만, 그는 별로 만족스럽지 않았다.

혼신의 연기를 펼칠 배우들과 열정을 불사르며 일하는 스태프들의 땀과 눈물에 집중이 되어야 할 시선이 분산되니 기분이 썩 좋지 않았다.

"어차피 영화가 잘되어야 저희들도 잘되는 거니까 괜찮아요."

그의 마음을 읽었는지 유지니가 시원스럽게 말했다.

"그래요. 미국 대통령 딸이 와서 비비고 있으니 영화 흥행도 되고 얼마나 좋아요?"

나진영 역시 분위기를 북돋는 데 한몫했다.

G나인 소속 여배우들은 누구보다도 긍정적이고 건강한 정신력을 가지고 있었다.

태웅은 이들이 언젠가 반드시 성공하리라 믿어 의심치 않았다.

"빨리 액션 신이나 찍죠? 서울시가 천년만년 여기 쓸 수 있게 해주는 것도 아닌데."

강창구가 산통을 깼다.

"좋아, 가봅시다. 이번 신은 대단히 위험하고 까다로우니까 모두 정신 바짝 차려요."

물론 태웅이 직접 스턴트맨도 없이 뛰어드는 촬영인 만큼 가장 위험한 건 그 자신이었다.

하지만 물론 주인공이 다치는 일은 없을 터였다.

그는 워낙 뛰어난 신체 능력을 보유한 데다 스턴트 연기에 있어서는 가히 세계 최고라고 해도 과언이 아니었다.

"멋지게 해보자구! 우상 때 생각도 나고 좋네!"

태웅의 영화에 가세한 명품 배우 오영홍이 차에 탄 채 파이팅을 외쳤다.

촬영장의 분위기가 더할 나위 없이 좋아졌다.

모두가 큐 사인을 기다리는 가운데 태웅은 주변을 둘러보았다.

강지나는 과연 어디에 있을까?

어디선가 바라보고 있을 그녀를 위해 뭔가 한마디 해주고 싶었지만 도무지 찾을 수가 없었다.

그와 눈이 마주친 멜리사가 태웅을 향해 윙크를 날렸다.

그는 황당해서 손에 들고 있던 대본 뭉치를 떨어뜨릴 뻔했다.

"뭐야? 쟤가 왜 너한테 윙크하는 거야?"

근처에 있던 홍구가 호들갑을 떨었다.

"몰라. 눈에 미세 먼지라도 들어갔나 보지, 뭐."

"에이, 아닌데? 내가 보기엔 완전 진심이 듬뿍 담긴 윙크였는데?"

삼총사를 보고 나서 스스로 높은 코를 꺾어버린 듯 멜리사는 도도한 태도로, 노골적으로 태웅에게 자신의 관심을 표현하고 있었다.

'크럼트가 알면 뭐라고 할까?'

하지만 미국 대통령이라고 해서 자신의 딸을 마음대로 할 수 있는 권한은 없었다.

그러므로 이쪽은 그냥 조용히 입 다물고 있으면 될 것이다.

"넌 저 여자한테 관심 없어?"

"아, 관심 없다니까!"

"왜? 국위 선양 한번 해라. 미국 대통령 딸의 마음을 정복한 한국 배우 김태웅! 미국을 향해 힘차게 나아가다!"

"뭐냐, 그 구린 카피는?"

멜리사의 난입에도 불구하고 태웅의 자연스러운 대처로 인해 촬영은 순조롭게 흘러갔다.

"자, 갑니다! 고난도 카 체이싱이니 모두 철저하게 합에 따라 행동해요! 그리고 이상 생기면 바로바로 말하고요!"

조금의 사고 가능성이라도 없애기 위해 태웅은 수많은 사전 연습을 거쳤다.

그리고 현장에서 일하는 스턴트맨들이 보험 적용을 받을 수 있도록 처리했다.

헐값에 일하던 스태프들의 급여 또한 두 배 이상 인상하며 정당한 대우를 해주었다.

그는 영화 촬영장에도 합리적이고 공정한 규칙을 세우고 싶었다.

영화인들이 단지 열정으로 먹고사는 게 아니라 안정된 생활을 할 수 있도록 시스템을 마련할 생각이다.

"그럼 갑니다. 신 74, 테이크 1, 쓰리, 투, 원⋯ 레디, 액션!"

이젠 태웅의 분신이나 다름없는 조감독이 신호하자 대기하고 있던 배우들이 일제히 액셀을 밟았다.

탁 트인 광화문 도로 한복판에서 서커스에 가까운 차량 액션이 펼쳐졌다.

"우와! 우리나라에서 이런 걸 찍어? 쩐다!"

"역시 할리우드는 스케일이 다르다니까!"

멀리서 이 광경을 지켜보던 사람들이 감탄한 듯 경쟁적으로 동영상을 찍어댔다.

원래 영화 촬영 현장을 찍고 인터넷에 올릴 경우 지적재산권법으로 고소를 당하는 등 문제가 되지만, 태웅은 G나인 측과 합의하여 시민들이 자유롭게 촬영하고 즐길 수 있도록 조치했다.

거침없이 대로를 가로지르는 주인공의 차와 그를 추격하는 조직폭력배 일당의 차들까지 합쳐 무려 총 120대의 차량이 투입된 명장면이었다.

중간중간 격투 신까지 가미되어 화려한 볼거리를 제공했으며, 약 10분 이상의 러닝타임을 소모하는 비중 있는 시퀀스였다.

대접을 받지 못해 화가 나 있던 멜리사조차도, 지켜보던 시민들조차도 모두 넋을 잃고 빨려들 수밖에 없는 웅장하고 치열한 광경이었다.

총 열두 시간의 촬영 끝에 서울 한복판에서의 차량 액션 신은 성공적으로 마무리되었다.

"오늘 촬영 끝났습니다! 모두 수고하셨습니다!"

촬영 종료 멘트가 나가자 지켜보던 시민들이 모두 박수갈채를 보냈다.

태웅과 배우들, 스태프들은 손을 들어 환호에 답했다.

멜리사 역시 자리에서 일어나 박수를 쳤다.

못마땅한 표정으로 지켜보고 있던 수행원들조차도 따라 찬사를 보낼 수밖에 없을 만큼 촬영 현장은 전쟁터와 같았다.

"이제 큰 고비는 넘겼네요."

태웅은 쿠만을 포함한 촬영 팀의 어깨를 두드리며 격려했다.

남은 액션 신 촬영이 있긴 하지만 가장 큰 규모의 촬영을 마친 만큼 홀가분한 기분이 되었다.

주위를 둘러보던 태웅의 시선이 한 지점에서 멈췄다.

검은 모자를 눌러쓰고 선글라스를 쓴 여자 하나가 보였다.

틀림없는 강지나였다.

'왔구나. 역시……'

태웅은 자기도 모르게 미소가 흘러나왔다.

역시 예감이 맞았다.

그녀 역시 태웅을 보곤 조심스럽게 엄지손가락을 들어 보였다.

'고생 많았어요.'

그녀가 인파 속으로 조용히 사라지는 모습을 태웅은 잠시 멍하니 바라보았다.

"정말 멋졌네요. 솔직히 이렇게 다들 열심히 찍는 줄은 몰랐어요. 아깐 방해해서 미안해요."

어느새 다가온 멜리사가 이전과는 다른 태도로 말했다.

"좋은 구경 하셨다니 다행이군요."

"스태프나 배우들이나 이렇게 정신없고 힘들게 찍는 데 괜히 철없이 굴었네요. 정말 멋진 영화가 나올 것 같아요. 기대할게요."

한층 누그러진 목소리로 보아 그녀도 인성이 그리 나쁜 것 같지는 않았다.

태웅 역시 처음과는 달리 진지한 태도로 말했다.

"다음번에는 미리 말씀하시면 좋은 자리를 마련해 드리죠. 여기까지 와주셔서 감사합니다."

"다음엔 아빠랑 같이 와야겠다. 후후."

묘한 미소를 흘리고 사라지는 그녀의 말에 태웅은 뒤통수를 한 대 맞은 듯한 느낌을 받았다.

"…뭐라고? 쟤 지금 뭐라는 거야? 미국 대통령을 데려오겠다고?"

"이거… 이거… 오늘 제대로 대접 안 해줬다고 아주 협박을 하는구나."

곁에서 그 말을 들은 홍구와 윤철이 호들갑을 떨었다.

"뭐 어때? 올 테면 오라고 해. 그냥 의자나 두 개 마련해 두고. 나머진 알아서 하겠지."

"그게 말이 되냐? 이러다 국정원에서 우리 끌고 가면 어떻게 해?"

시끄럽게 떠드는 두 사람을 보며 태웅은 고개를 저었다.

*　　　　*　　　　*

한국에서의 일정은 촬영과 인터뷰, 그리고 그리운 얼굴들과의 만남으로 인해 눈코 뜰 새 없이 흘러갔다.

최예린과 송하나 감독, 배준화 감독 등과도 오랜만에 만나 회포를 풀었다.

최예린은 제2의 전성기를 누리며 승승장구하고 있었고, 감독들 역시 차기작이 좋은 성적을 거두며 순항 중이었다.

하지만 강지나는 촬영 팀이 묵고 있는 호텔 근처에도 나타나지 않았다.

행여나 언론에게 노출될까 봐 무척이나 경계하고 있는 것 같았다.

'이러다가 얘기 한번 못 해보고 한국을 뜨겠군.'

촬영이 끝나고 호텔 방에서 휴식을 취하고 있는데 누군가 방문을 두드렸다.

"누구시죠?"

"엘리온입니다."

태웅의 신경이 곤두섰다.

한국 촬영에 동행한 엘리온 역시 같은 호텔에서 묵고 있었다.

하지만 늦은 밤 방 안에서 도란도란 얘기를 나눌 만한 사이는 아니었다.

"뭐 하는 짓이야?"

"이렇게 밖에 세워두고 나눌 만한 얘기는 아닙니다만……."

"그냥 해. 너랑 미쳤다고 단둘이 한 방에 있냐?"

"그래요? 강지나 씨에 대한 얘깁니다만."

태웅은 한숨을 쉬며 치솟는 분노를 애써 눌렀다.

그는 문을 열고 뻔뻔하게 서 있는 엘리온의 멱살을 잡고 방 한복판으로 내던졌다.

문을 쾅 닫은 후 그는 엘리온의 목을 무릎으로 누르고 나지막하게 읊조렸다.

"말해봐. 도대체 무슨 얘길 하려고?"

이번에도 자신의 소중한 사람을 건드린다면 내기고 뭐고 상관없이 없애 버리겠다는 생각에 그는 눈을 부라렸다.

"그렇게… 목을… 누르면 말을 못 하잖아요."

엘리온이 캑캑거리자 태웅은 슬쩍 무릎의 힘을 뺐다.

"성질 참 급하시군요. 얘기를 듣지도 않고."

"네가 할 말이 뻔하니까. 이번엔 또 무슨 장난질을 치려는 거야?"

"유감이지만 이번 신의 주인공은 제가 아닙니다."

"뭐?"

엘리온은 주머니에서 봉투를 꺼내 내밀었다.

태웅은 미심쩍은 표정으로 그것을 받아 열어보았다.

순간 그의 눈이 부릅떠졌다.

경애하는 대배우이자 슈퍼스타 김태웅 씨, 당신의 소중한 사람은 내가 데리고 있습니다. 이제부터 당신은 내가 연출한 영화의 주인공이 되어야 해요. 당신의 메일로 내가 지정한 미션이 전달될 겁니다. 대본이죠. 그러니까 당신은 충실히 연기를 해주세요. 그렇지 않으면 강지나 씨의 목숨은 장담할 수 없습니다. 참, 경찰에 알려도 마찬가지로 강지나 씨는 이 세상 사람이 아니게 될 테니 명심하시길.

봉투에는 편지와 함께 창고 같은 공간에 정신을 잃고 결박되어 있는 강지나의 사진이 동봉되어 있었다.

당혹감과 절망, 분노를 흠뻑 뒤집어쓴 태웅이 몸을 부르르 떨었다.

"아까 호텔 앞에서 한 남자가 건네주더군요. 당신에게 전달해 달라면서요."

"네 짓이냐?"

노려보는 태웅의 시선을 피하지 않으며 그는 고개를 저었다.

"다시 말하지만 이번 신의 주인공은 제가 아닙니다. 캐스팅된 건 당신과 강지나 씨예요. 그러니까……."

그는 굳은 얼굴로 말을 이었다.

"최고의 연기를 보여주세요."

　　　　*　　　　*　　　　*

　태웅은 실버문 엔터테인먼트 정윤철 대표를 통해 촬영 팀
에게 일주일간 촬영을 중지하겠다고 공지했다.

　갑작스러운 소식에 모두 당황했지만 그에게서 직접 이유를
들을 수는 없었다.

　묵고 있던 호텔에서 사라진 그를 볼 수 있는 사람은 아무도
없었다.

　촬영 팀이 숙소로 삼고 있는 서울의 한 호텔 방.

　윤철과 홍구, 고서윤과 태선은 갑작스러운 태웅의 잠적에
서로 머리를 맞대고 고민했다.

　"도대체 무슨 일일까?"

　윤철이 심각한 얼굴로 말문을 열었다.

　"모르겠습니다. 그런 메시지를 남긴 걸 보면 확실히 보통 일
은 아닐 것 같습니다."

　"한동안 촬영 중지야. 아무것도 묻지 말고 날 찾지도 마. 절대
로 내가 사라진 사실을 경찰이나 언론 등에 알리지 마. 때가 되
면 연락하거나 돌아올게. 그럼 잘 부탁해."

　태웅은 고서윤에게 전화를 걸어 단 한 마디만 남기고 그대
로 사라져 버렸다.

원래 쓰던 핸드폰은 인근 지하철역의 한 코인 로커에서 찾을 수 있었다.

"아마 다른 핸드폰을 쓰는 것 같습니다만, 본인 명의는 아닌 것 같습니다. 그럴 만한 이유가 있을 텐데 도무지 짐작이 가질 않네요."

"혹시 칠상파나 삼원 그룹 쪽에서 납치라도 한 거 아닐까? 기왕 조직도 와해되고 윗대가리가 감방 가게 된 거 아주 작정을 하고 일을 저질렀다면……."

홍구가 윤철의 노려보는 눈빛에 말끝을 흐렸다.

태선이 곁에 있는데 별소릴 다 한다는 메시지를 읽은 것 같았다.

하지만 태선은 홍구의 말에도 아무렇지도 않다는 듯 태연했다.

"오빠가 납치를 당했을 것 같진 않아. 하지만 평소와 좀 다른 것 같기는 해. 굳이 통화로 경찰 얘기를 꺼냈다면 아마 절대로 경찰에 알릴 수 없는 사정이 있을 거야."

그녀의 추측이 맞는다면 그는 지금쯤 복잡한 상황에 빠진 게 틀림없었다.

"천하의 김태웅이 납치나 잠적이라… 별로 상상이 안 되는데."

"그러게 말이야. 만약 정말 납치를 당하거나 해라도 입었다면 그 자식은 절대 살려두지 않겠어. 아주 그냥 요절을 내버리고 말 테다."

홍구가 주먹을 불끈 쥐며 말했다.

하지만 태웅의 행방에 대해 아무것도 알 수 없는 지금으로서는 공허한 염불에 불과했다.

"경찰에 신고하지 말라는 말은 지키는 것이 좋겠습니다. 일단 제 정보원들을 풀었으니 곧 소식이 들어올 겁니다."

"그것만으로는 부족할 수도 있어. 나도 입 무거운 친구 몇몇에게 부탁했으니까 도움이 될 거야. 아 참, 메이린한테도 도움을 청해볼까?"

"삼합회 힘을 빌리자고?"

홍구가 못마땅해했지만 윤철은 무슨 소리냐는 듯 눈을 부릅떴다.

"뭐 어때서? 지금 우리 태웅이가 사라졌는데 누구랑 손을 잡는 게 대수야? 우린 지금 악마하고도 한패가 되어야 한다고."

태선도 그 말에 천천히 고개를 끄덕였다.

모두가 같은 마음이라는 것을 안 고서윤이 무덤덤한 목소리로 말했다.

"그럼 메이린 씨에게 연락하겠습니다. 삼합회의 정보력은 어마어마하니 아마 큰 도움이 될 겁니다."

연락을 듣고 방으로 달려온 메이린은 태웅이 사라졌다는 소식에 깜짝 놀랐다.

"정말 태웅 오빠가 그렇게 말했어요? 오빠답지 않은데?"

"그러니까 저희도 도움을 요청드리는 겁니다. 뭔가 이상했거든요."

그녀는 아무렇지도 않게 호언장담했다.

"걱정 마요! 우리 아빠의 조직은 사람 찾는 데 도가 텄거든요. 아빠 말 한마디면 다들 무슨 심부름센터 직원이나 사설탐정처럼 일한다니까요."

"그리고 비밀은 꼭 지켜주셔야 합니다."

"물론이죠. 입단속 확실히 해둘게요. 태웅 오빠는 절대 큰일을 당할 사람이 아니에요. 그 험한 산속에 고립되었을 때도 얼마나 듬직했는데요."

그녀는 반드시 태웅을 자신의 손으로 찾겠다며 주변을 탐색하러 떠났다.

서두르거나 당황해하는 것 같지도 않고 도리어 즐거워 보였다.

무심하다기보다는 태웅에 대해 별다른 걱정을 안 하는 것 같았다.

"일단은 우리도 돌아다녀 볼까? 이대로 남들한테 도움만 요청해 놓고 앉아만 있는 것도 못 할 짓이니까."

윤철은 따라 나서려는 듯 벌떡 일어서는 태선을 향해 말했다.

"넌 여기 있어야지 어딜 따라 일어나?"

"여기서 혼자 가만히 시간이나 죽이고 있으라고? 싫어! 나도 찾을 거야!"

"애가 왜 안 하던 떼를 쓰고 그래? 하나라도 여길 지켜야 누가 태웅이 행방을 알아내거나 하면 연락을 받지."

"쳇."

태선은 의기소침해져 있었지만 그래도 아직 이성을 잃지는 않았다.

애당초 워낙 사건 사고가 끊이지 않는 오빠를 두다 보니 일찌감치 해탈한 것 같았다.

"만약 범죄의 표적이 된 거라면 일을 벌일 만한 사람들의 리스트를 작성하는 게 좋겠습니다."

고서윤의 말에 윤철이 한숨을 쉬었다.

"적들이 너무 많아서 누군지 알 수가 있어야지."

태웅이 지금까지 적대적으로 대해온 이들은 한둘이 아니었다.

그들을 모두 찾아 탐문한다면 상당한 시일이 걸릴 것이다.

"일단 일주일의 말미를 얻었으니 열심히 찾아보자. 태웅이는 워낙 눈에 잘 띄는 인간이니 어떻게든 발견할 수 있겠지. 사지 멀쩡하면 또 어딘가에서 사고나 칠 테니까."

"그럼. 사건 사고를 몰고 다니는 김태웅 아니겠어?"

농담으로 마음의 위안을 얻으려 했지만, 그럴수록 모두의 마음속에는 태웅에 대한 걱정이 싹틀 뿐이었다.

똑똑.

갑자기 누군가 문을 두드리는 소리에 윤철이 소리쳤다.

"누구세요?"

"엘리온 보나파르트입니다."

능숙한 한국어였다.

순간 정적이 흘렀다.

고서윤이 벌떡 일어나 태선의 앞을 막아섰고, 홍구와 윤철은 긴장한 얼굴이 되었다.

태선만 태연하게 방 안의 남자들을 둘러보며 말했다.

"왜 그래? 죄다 겁쟁이들처럼."

그의 말에 발끈했는데 고서윤이 뒤를 돌아보며 말했다.

"위험한 사람이니 적절한 대비를 하는 겁니다."

"쳇, 아무리 봐도 겁쟁이인데? 문 한번 두드렸다고 덩치도 산만 한 남자들이……."

그 모습을 보고 윤철이 머쓱한 표정을 지었다.

"하긴 너무 오버한 것 같기도 하다. 무슨 테러리스트도 아닌데."

문을 열자 엘리온이 묘한 표정으로 방 안의 사람들을 바라보았다.

사람을 머리부터 발끝까지 후벼 파는 듯 날카로운 눈빛이었다.

고서윤이 싸늘한 목소리로 말했다.

"저 남자와 눈을 오래 마주치면 안 됩니다. 무슨 술수를 쓸지 몰라요."

"내가 무슨 메두삽니까? 오늘만큼은 아무 짓 안 할 테니 긴장 푸시죠."

조금의 위화감도 없이 완벽한 한국말을 구사하는 엘리온을 보며 고서윤의 표정이 일그러졌다.

"당신 말을 믿느니 고양이에게 생선을 맡기겠습니다만."

"그거 괜찮네요. 고양이가 포식하겠는데요."

"…형님이 왜 당신을 싫어하는지 알겠군요."

고서윤과 입씨름을 하던 엘리온이 자신에게 집중된 시선을 느끼고는 헛기침을 했다.

"이거 실례했습니다. 이런 쓸데없는 말을 하려던 게 아닌데 이분이 자꾸 물고 늘어지셔서."

"내가 언제?"

발끈하는 고서윤의 반응이 신선한지 실버문 식구들은 흥미진진하게 이들의 대립을 지켜보았다.

"그런데 도대체 무슨 일로 온 겁니까? 용건부터 밝혀요."

윤철의 말에 엘리온이 고개를 끄덕였다.

"저는 태웅 씨의 행방을 알고 있습니다. 그리고 그가 왜 갑자기 잠적했는지도."

"…뭐라고요?"

윤철과 홍구의 목소리가 급격히 높아졌다.

태선과 고서윤 역시 서로 시선을 교환했다.

"당신 짓인가?"

고서윤이 노려보자 엘리온은 피식 웃었다.

"이것 참, 배우와 매니저가 일심동체네요. 어떻게 자기 배우랑 똑같은 얘기를 하지?"

"…뭐?"

"아니, 잡설이 길었네요. 그럼 여러분이 듣고 싶은 얘기를 들려주죠."

그는 뜸을 들이더니 천천히 입을 열었다.

"태웅 씨는 누군가에게 메시지를 받았어요. 그분의 소중한 사람이 납치되어 있으며 그녀의 목숨을 구하려면 자신의 미션을 클리어해야 한다고 말이죠."

실버문 식구들은 아연실색했다.

"소중한 사람? 그게 누군데?"

홍구가 어리둥절해하는 동안 윤철이 혀를 찼다.

태선과 고서윤의 얼굴 역시 흙빛이 되었다.

"강지나 대표입니까?"

고서윤의 질문에 엘리온이 고개를 끄덕였다.

"역시 두뇌 회전이 빠르시군요. 바로 그녀죠. 어쨌든 상대방은 그녀를 납치한 채 태웅 씨에게 자신의 대본에 따라 행동하라고 했어요. 태웅 씨가 잠적한 이유, 그리고 지금 어디 있는가에 대한 해답인 거죠. 그는 지금 첫 번째 미션을 수행하고 있습니다."

"첫 번째 미션?"

그렇다면 태웅은 지금 대체 어디서 뭘 하고 있단 말인가?

"일단 상대방은 태웅 씨의 지인을 완전히 차단했습니다. 그는 더 이상 가까운 사람과 만나지 말고 대화도 나누지 말며 눈도 마주치지 말아야 하는 것이죠."

"왜 그런 짓을 해요?"

"그건 알 수 없습니다. 그 사람의 마음이나 계획은 제가 알지 못하니까요."

홍구가 순간 엘리온에게 다가가 으름장을 놓았다.

"너 이 자식, 우리가 바본 줄 알지? 허튼소리 조금이라도 지껄였다간 가만두지 않겠다! 알겠어?"

엘리온은 홍구를 빤히 바라보더니 고개를 갸웃했다.

"짐승이 사람 말을 할 줄은 몰랐네."

"이 자식……."

결국 홍구와 윤철마저도 이 괴이한 타입의 배우한테 열받고 말았다.

달려들어 흠씬 두들겨 패주고 싶었으나 용케 참고 있는 것이다.

"엘리온 씨, 나도 더 이상 못 참아요. 도대체 태웅이를 어떻게 한 겁니까?"

"다시 말했지만 저는 그냥 옆에서 보고 들었을 뿐입니다.

그 메시지를 받은 태웅 씨가 즉시 저와의 접촉도 차단하고 어딘가로 향했으니까요."

"어디로 갔는지는 모릅니까?"

"그를 뒤따라갔지만 택시를 타고 가버렸죠. 저에게 따라오지 말라고 하면서요. 그래서 정확한 목적지는 모릅니다."

모두 실망하는 찰나, 그가 눈을 번쩍였다.

"하지만 제가 태웅 씨 신발 바닥에 붙여둔 위치 추적기가 있죠."

"뭐?"

고서윤이 눈을 부라렸다.

아무래도 자신의 옛 상사보다 더한 스토커를 만난 것 같았다.

"상대가 주도면밀한 사람이라면 위치 추적기의 유효기간도 얼마 안 남았을 겁니다. 그러니까 가려면 서두르시죠."

기이한 미소를 짓는 그에게 방 안의 사람들은 잠시 압도당하고 말았다.

*　　　*　　　*

태웅은 잠시 숨을 고르며 주위를 둘러보았다.

쌀쌀한 밤공기가 살갗을 두들겼지만 전혀 추위를 느낄 수 없었다.

미션의 목적지는 바로 이곳이었다.

칠상파의 본거지, 강남 한복판에 위치한 고층 빌딩.

보스가 구속되고 대대적인 경찰 수사로 인해 붕괴되다시피 했지만 아직도 건재하다면 건재하다고 할 수 있는 곳.

수십에서 수백 명의 조직원이 상주하고 있는 기업형 조직의 본사.

태웅에게 내려진 첫 번째 미션은 바로 이것이었다.

칠상파의 회장실에 있는 비밀 금고를 열어라. 그 안에 다음 미션이 적힌 종이가 있다.

'에효……'

태웅은 자기도 모르게 한숨을 내쉬었다.

도대체 누가 이런 장난질을 하는지 모르지만 나중에 반드시 백배 천배로 보복해 줄 생각이다.

시간은 오후 5시 반.

직장인이라면 퇴근을 앞두고 있을 시간이다.

와장창!

"뭐, 뭐야?"

갑작스럽게 빌딩 정문 유리창이 박살 나는 소리가 로비에 울려 퍼졌다.

검은 정장을 입은 조직원들이 우르르 몰려왔다.

"저 새끼… 돌았나? 여기가 어디라고!"

"야! 애들 죄다 불러와! 오늘 경찰이고 뭐고 상관없이 이 새끼 죽인다!"

수십 명의 조직원이 로비에 들어선 한 남자를 보며 험악한 욕설을 퍼부었다.

자신들의 조직을 박살 낸 주인공 김태웅이 따분한 표정을 지은 채 서 있었다.

"내가 여기에 볼일이 좀 있어서 그런데, 회장실 좀 들어가게 해주라."

"조까!"

"오늘 네 창자를 꺼내서 줄넘기를 해버릴 테다!"

조직원들이 연장을 꺼내 들곤 태웅을 빙 둘러 포위했다.

'이거 좀 빡세겠는데…….'

태웅은 목을 한 바퀴 돌려 몸을 풀었다.

예상은 했지만 쉽지는 않을 것 같았다.

"내가 시간이 많이 없어. 그러니까 덤비려면 빨리빨리 해. 안 그러면 너네 야근해야 될 거야."

"죽여!"

태웅은 눈을 부릅떴다.

수십 명의 남자가 자신을 향해 육박해 오는 모습이 마치 슬로모션처럼 보였다.

*　　　*　　　*

제아무리 태웅이라고 하더라도 수십 명, 수백 명이나 되는 건장한 장정들을 혼자서 때려눕히는 것은 불가능했다.

하지만 그가 이렇게 무모한 짓을 하게 된 데는 몇 가지 이유가 있었다.

'서둘러야 해. 한시가 급하다.'

미션에 시간제한이 있는 것은 아니지만, 강지나가 납치된 지 벌써 꽤 오랜 시간이 흐른 것이다.

그녀가 어떤 사이코에게 무슨 일을 당할지 모르기에 태웅은 조금이라도 서두를 수밖에 없었다.

"으아아아!"

육중한 덩치의 조직원들이 고함을 지르며 차례로 덤벼드는 것을 태웅은 귀신같은 몸놀림으로 피했다.

누구보다 빠르고 정확하게 한 방 한 방 급소에 주먹과 발길질을 꽂아 넣으며 그는 전력으로 질주했다.

최상층에 위치한 회장실로 가는 수단은 엘리베이터, 에스컬레이터, 비상계단이 있었다.

엘리베이터가 가장 빠르지만 칠상파 측에서 손을 써버리면 꼼짝없이 갇히게 되기에 일단 패스.

비상계단의 경우 다른 빌딩에 비해 폭이 꽤 넓은 편이다 보니 양쪽으로 둘러싸이게 되면 자칫 위험한 상황이 벌어질 수 있었다.

그래서 태웅은 빌딩 중앙을 관통하는 에스컬레이터를 이용하기로 했다.

20층까지 에스컬레이터가 연결되어 있고, 최상층인 29층까지는 비상계단을 통해 올라가면 된다.

폭이 좁기에 다수의 적을 상대하기에도 효과적이었다.

하지만 태웅은 곧 생각을 바꾸어야 했다.

그의 생각을 눈치챘는지 칠상파에서 에스컬레이터의 가동을 중단시켰기 때문이다.

망연자실한 기분이었지만 묘한 고양감도 들었다.

"정말 피곤한 건물이구먼."

"이제 그만 포기해라!"

어디서 많이 본 듯한 얼굴의 조직원이 숨을 헐떡이며 소리쳤다.

태웅은 그를 가만히 지켜보다가 물었다.

"그런데 너 누구냐? 왜 얼굴이 낯이 익지?"

"난 행동 대장이다! 벌써 잊은 거냐?"

"행동 대장이 한둘이어야지."

이번에도 태웅은 기동력과 체력을 이용해 치고 빠지기 전략을 구사 중이었다.

무한 체력과 폭발적인 주력으로 조직원들의 체력을 소모시킨 후 각개격파하는 작전으로 이미 스무 명이 넘는 조직원이

녹다운이 되었다.

하지만 그 역시도 적지 않은 부상을 입었다.

사방에서 날아드는 각목과 쇠 파이프에 한두 대씩 맞다 보니 꽤 시간이 흐른 지금 피해가 누적이 된 것이다.

"계속 토낄 수 있을 것 같아? 넌 뒤졌어. 제 발로 호랑이 아가리에 들어오다니, 건방진 새끼."

그렇게 두들겨 패고 달리기로 따돌렸는데도 어느새 다시 주변에 서너 명이 붙었다.

"그냥 덤비기나 해. 길막하지 말고."

"죽어!"

동시에 덤벼드는 조직원들을 사이드 스텝과 위빙으로 피하며 태웅은 연달아 턱에 주먹을 꽂아 넣었다.

한 방 한 방이 면도날처럼 정확하고 빠르게 들어가서인지 맞는 족족 덩치들이 고꾸라지자 행동 대장의 얼굴이 굳었다.

"무슨 이런 말도 안 되는… 도대체 저딴 주먹에 왜 쓰러지는 거야?"

"그래? 너도 한번 맞아볼래?"

"하하하! 어디 할 수 있으면 해봐라!"

"그렇다면 사양 않고!"

도발에 응하지 않을 태웅이 아니었다.

행동 대장이란 남자도 나름 한가락 하는 듯 즉시 복싱 자세를 취하며 스텝을 밟았다.

"왕년에 복싱 미들급 아마추어 전국 대회에서 우승한 몸이다. 맞다이 뜨면 너 같은 건 한주먹거리야!"

그는 자신의 주먹에 자신이 있는 듯 맞대결을 하게 된 것에 기쁘다는 투였다.

"호오, 꽤 하네?"

태웅은 머릿속으로 계산기를 두드렸다.

아마추어 전국대회 우승자와 자신의 전투력을 빠르게 계산해 본 것이다.

"그래도 싸우면 내가 이길 가능성이 80퍼센트쯤 되는 것 같은데?"

태웅의 말에 행동 대장이 어이없어하며 전진 스텝을 밟았다.

"되도 않는 소리!"

채찍처럼 날카로운 잽을 연달아 날리는 그의 주먹을 피하며 태웅은 곧장 상대의 정강이를 향해 로우킥을 날렸다.

퍽!

제대로 정타를 맞은 듯 행동 대장의 얼굴이 일그러졌다.

"뭐, 뭐야, 이 자식! 치사하게……."

"웬 치사? 난 복싱으로 한다고 안 했거든?"

그가 이를 갈며 덤벼왔지만 태웅은 다시 사이드로 빠지며 로우킥을 반복했다.

대략 대여섯 번 만에 행동 대장의 발이 눈에 띄게 느려졌다.

"복싱에선 발을 느려지게 하려면 바디를 때려서 충격을 쌓게 하지. 하지만 그럴 필요 뭐 있어? 발을 직접 때리면 되는데."

태웅은 더 이상 자신에게 덤벼들지 못하는 행동 대장을 향해 펀치를 날렸다.

"기다렸다! 이 자식!"

그가 마치 먹잇감을 노리는 뱀처럼 카운터펀치를 날렸다.

하지만 태웅은 날린 주먹을 잽싸게 거둬들이고 왼쪽으로 빠짐과 동시에 불꽃같은 하이킥을 날렸다.

퍼억!

둔탁한 소리와 함께 행동 대장의 경동맥 부근에 태웅의 하이킥이 적중했다.

동시에 그는 눈이 풀리며 그대로 실신하여 쓰러지고 말았다.

'아주 제대로 들어갔는데?'

동공에 흰자가 보일 정도로 정신을 놓은 행동 대장에게 조의를 표한 후 태웅은 다시 움직였다.

수많은 조직원들이 계속해서 덤벼들었지만, 그는 힘겹게 헤치며 나아갔다.

어느새 그를 따라붙는 조직원의 수는 현저하게 줄어들어 있었고, 길을 만들고 나아가기 쉬워졌다.

'대충 정리가 됐나 보군.'

태웅은 어느덧 목적지인 칠상파의 회장실에 도착했다.

옷이 여기저기 찢어지고 이마와 손등에는 피가 흐르고 있었지만, 그는 자신을 돌볼 새가 없었다.

방 안에는 아무도 없었고, 가구 중 구석에 눈에 띄는 세로로 긴 모양의 은색 금고가 보였다.

태웅은 저거구나 싶어서 즉시 금고를 꺼냈다.

금속의 차가운 감촉이 기분 나쁘게 느껴졌다.

"가만있자. 비번이 뭐였더라?"

태웅은 핸드폰으로 전송된 금고의 비밀번호를 확인했다.

처음 강지나가 납치됐다는 사실을 접한 후 미션에 따라 그는 인근 전철역 코인 로커로 향하게 되었다.

코인 로커를 열자 새 핸드폰이 있었고, 그곳에는 다음 미션에 대한 문자 메시지가 들어 있었다.

태웅은 명령에 따라 원래 쓰고 있던 핸드폰을 그곳에 두고 칠상파의 근거지인 이 빌딩으로 향하게 되었다.

비밀번호를 누르자 딸각 하는 소리와 함께 금고가 열렸다.

그곳에는 현금 다발과 함께 큼직한 다이아몬드 반지, 그리고 메시지가 들어 있는 편지 봉투 하나가 있었다.

다음 메시지를 확인한 그는 한숨을 쉬었다.

'도대체 이게 뭐 하는 짓거리야?'

태웅은 어처구니가 없었다.

교도소에 갇혀 있는 강부식 회장을 면회해라. 그리고 그에게 재벌 해체에 대한 당신의 의견을 밝혀라.

두 번째 미션은 그가 자신의 손으로 잡아넣다시피 한 강부식 회장.

그를 만나서 재벌 해체에 대한 뜻을 전달하라는, 도무지 영문을 알 수 없는 내용이었다.

'이럴 때 고 매니저라도 옆에 있었으면 상담을 해볼 텐데 아쉽네.'

모든 지인과의 연락 및 접촉 차단이라는 족쇄까지 걸었으니 아무래도 운신의 폭이 좁을 수밖에 없었다.

도대체 이 사이코패스가 무슨 생각으로 자신한테 이러한 미션을 주는 것인지 알 수가 없었기에 걱정도 되었다.

'지나 씨를 돌려주지 않으면 어떻게 하지? 해치기라도 한다면……'

만약 단순히 가지고 놀기 위해서거나 다른 목적이 있을 경우, 계속 이렇게 끌려가기만 하다가는 최악의 결말을 맞게 될 수도 있었다.

'아무래도 다른 방법을 생각해 봐야겠다. 이 미친놈이 어디 있는지만 알아낼 수 있다면……'

어떻게 하면 납치범의 정체에 대해 알아낼까 골똘히 생각에 잠겨 있는데 바깥이 소란스러웠다.

또다시 조직원들이 몰려든 것 같았다.

"문 열어! 이 새끼야!"

"넌 이번에야말로 뒈졌어! 스스로 독 안에 든 쥐 신세가 되다니!"

"확 산 채로 불태워서 바비큐로 만들어 버린다!"

문을 걸어 잠그고 소파로 앞을 막아두긴 했지만, 여기서 나가지 못한다면 갇힌 상태로 굶어 죽을 뿐이다.

일단 여기를 빠져나가는 게 먼저였다.

하지만 어떻게?

'결국 저놈들을 모조리 때려눕혀야 하는 건가?'

바깥에서 들려오는 소리가 신상치 않은 것으로 보아 인원 보강까지 하고 단단히 덫을 치고 기다리고 있는 것 같았다.

'역부족인데, 저걸 뚫고 나가려면.'

뚜뚜뚜뚜.

난감해하는 찰나 핸드폰이 울렸다.

마치 그가 처해 있는 위기를 알기라도 하듯 태웅에게 전화가 온 것이다.

"여보세요."

─납치범입니다. 상당히 위기에 처해 있는 듯하군요.

전화 너머로 음성변조가 된 목소리가 들려왔다.

"여기에 CCTV라도 달아놓은 건가?"

─내가 누군지 안 묻습니까?

그의 말에 태웅은 피식했다.

"납치범이라며?"

―그거 말고 진정한 정체 말입니다.

"말해 봐야 가르쳐 주지도 않을 텐데 뭐 하러 그러냐."

―이거 서운하군요. 도전 정신이 투철한 김태웅 씨인 줄 알았는데. 어쨌든 무사히 살아서 회장실까지 올라온 것만으로 경의를 표할 만합니다. 당신은 정말 대단한 파이터예요.

"알아줘서 고맙구먼."

엄연히 배우라는 직업이 있건만 졸지에 파이터가 되고 말았다.

액션 연기의 대가라는 평을 듣고 있었지만 아직 국민 배우까지는 아니었다.

"하지만 여기서 죽게 생겼어. 내가 죽으면 강지나 대표를 풀어줘라. 어차피 목적은 나잖아?"

―왜 그렇게 생각하죠?

납치범의 질문에 태웅은 담담하게 말했다.

"미션이니 나발이니 하는 것도 나를 겨냥한 거겠지. 감방에 처넣거나, 아니면 명예를 실추시키거나, 흠씬 패고 죽이거나… 뭐 방법이야 많지."

―대단한 상상력이군요.

"웃기지 마. 네놈은 처음부터 나를 가지고 놀기 위해 그 여자를 납치한 거야. 아닌가?"

정곡을 찌른 걸까?

잠시 말이 없던 납치범이 쿡쿡 웃기 시작했다.

─일단은 오해라고 말씀드리죠. 말했다시피 저희는 그냥 게임을 하고 있는 것뿐입니다. 왜 많은 영화에서 이런 상황이 벌어졌잖아요? 바로 그거 같은 거죠.

"여기서 빨리 나가게나 해줄래?"

진퇴양난에 빠진 태웅이 그나마 지금 도움을 청할 수 있는 곳은 바로 그였다.

─좋습니다. 이제부터 내가 하는 말을 잘 듣고 행동하세요.

전화 속 목소리는 태웅에게 다섯 군데의 위치를 확인하라고 시켰다.

태웅은 그곳들을 보고 나서 의아해져 물었다.

"이건 왜 체크하라고 한 거야?"

─그곳을 완벽하고 안전하게 빠져나갈 수 있는 비상 출구의 스위치니까요.

"...엥?"

다섯 군데에서 그가 지정한 곳을 누르자 쿠궁 하는 소리와 함께 방구석에서 작은 통로의 입구 하나가 열렸다.

그곳으로 향한 태웅은 정신이 멍해지고 말았다.

고무 튜브인 듯 아래로 슬라이딩하는 놀이 기구 같은 구조.

보기만 해도 재밌을 것 같은 기운이 물씬 풍겼다.

─빨리 다이빙해서 빠져나가요. 뭐, 옷이 다 젖을 우려는 있지만 말입니다.

태웅은 그의 말에 코웃음을 쳤다.

이곳으로 슬라이딩하면 오직 통로만이 나올 뿐, 물 같은 건 구경할 수도 없는 곳이다.

"사양 않고 즐겨주지."

태웅은 비밀 금고 안에 있는 돈다발과 다이아몬드를 챙겼다. 그러고는 문 두드리며 밖에서 으름장을 놓고 있는 칠상과 조직원들에게 마지막 인사를 남기고 신나게 구멍 안으로 뛰어들었다.

슈우웅!

엄청난 소리와 함께 그는 창가로 비치는 도심을 구경하며 빠른 속도로 최하층까지 단번에 내려갔다.

체감상 1분으로도 느껴지지 않을 만큼 짧은 시간이었다.

'1층의 구석이군. 다용도실 같은 곳인가?'

사람의 기척마저 느껴지지 않는 그곳은 무척 좁고 밀폐된 곳이었다.

슬쩍 문을 열고 걸어 나온 그는 다른 곳을 바라보고 있는 조직원들을 피해 조심스럽게 건물을 빠져나왔다.

한숨 돌리고 있는데 멀리서 사이렌 소리가 들려왔다.

'경찰? 아니면 소방서? 어느 쪽이든 딱히 좋을 일은 없겠네.'

그는 엉망이 된 옷매무새를 다듬은 후 즉시 택시를 타고 강부식 회장이 수감되어 있는 교도소로 향했다.

                    *   *   *

"면회입니다."

교도소 감방에서 눈을 감고 명상을 하고 있던 강부식 회장
은 면회 왔다는 소리에 어리둥절했다.

"누군데?"

그의 물음에 교도관이 대답했다.

"김태웅 씨입니다. 아시죠? 유명한 배우."

"뭐, 뭐라고?"

막강한 부와 권력을 가진 터라 교도소에서도 편안한 생활
을 누리고 있던 그는 순간 혈압이 치솟았다.

자신을 이 꼴로 만든 녀석이 면회를 오다니?

기가 막히고 코가 막힐 일이었지만 그는 면회를 거부하지
않았다.

씩씩거리며 앞장서서 면회실로 향하는 그를 교도관은 의아
해져 바라보았다.

유리창 건너편에서 태연한 얼굴로 앉아 있던 태웅이 빙긋
웃었다.

"잘 지내셨어요, 강 회장님?"

"너, 너 이 자식……."

강부식은 순간 유리창을 깨고 태웅의 멱살을 잡고 싶은 충
동을 느꼈지만 간신히 기분을 가라앉혔다.

"뭐 하는 짓이야? 날 조롱하려는 게냐?"

조용한 분노가 깔린 회장의 목소리에도 태웅은 전혀 동요하지 않았다.

"전 그렇게 한가한 사람이 아닙니다. 듣자 하니 최고의 변호인단을 꾸려 항소심을 준비한다던데 그전에 제안드릴 게 있어서 왔어요."

"…제안? 무슨 제안?"

다짜고짜 제안을 하러 왔다니 강부식은 어처구니없는 가운데에도 호기심이 일었다.

"어차피 아드님의 범죄에 회장님이 관여하지 않았다고 발뺌하실 거고, 증거 불충분 같은 걸로 집행유예 받아서 나오시지 않겠습니까? 하지만 그래서는 나라가 이전과 달라진 게 없잖아요? 그래서 제안 하나 드리는 겁니다. 이 나라의 앞날을 위해 삼원 그룹을 해체하는 것이 어떠신가 하고요."

뜬금없는 말이었다.

"그게 무슨 개풀 뜯어먹는 소리야?"

"회장님 그룹이 한국에서 제일 유명하고 크긴 한데, 그렇다고 쳐도 너무 많은 돈을 쌓아두고 있지 않습니까? 사내 유보금이라고 하죠, 그거?"

강부식의 두뇌가 어지럽게 회전했다.

이 괴이한 녀석이 도대체 무슨 소릴 하려는 걸까?

"그렇다고 그걸 국민한테 쓰는 것도 아니고요. 그러니까 이

참에 깨끗이 그룹을 해체하는 겁니다. 계열사를 분리하고 회장님 일가는 경영에서 물러나는 거죠. 세금도 밥 먹듯 탈세하시니 그런 것도 이제 그만하시고요."

"미친놈……."

'예상한 반응이군.'

당연히 이렇게 나올 줄 알았다.

재계의 거두 삼원 그룹의 강부식 회장이 그룹을 해체하도록 설득시키라니, 이런 말도 안 되는 미션이 어디 있을까?

고양이에게 생선을 끊으라고 하는 것과 마찬가지 말이었다.

"쓰잘머리 없는 설교나 늘어놓을 생각이면 난 가련다."

"다 회장님의 편안한 말년을 위해 쓸모가 있는 방법일 텐데 받아들이질 않으니 아쉽네요."

태웅은 나지막이 말했다.

"제가 얼마 전에 재밌는 메일을 한 통 받았어요. 거기에 뭐라고 적혀 있었는지, 어떤 파일이 첨부되어 있었는지 아십니까?"

그의 말에 강부식이 코웃음을 쳤다.

대답할 가치도 없는 허튼소리에 불과하다고 생각했다.

"삼원 그룹이 불법 정치자금을 이전 대통령과 현 야당 대통령 후보에게 줬다는 결정적인 증거가 있던데 말입니다."

"…뭐라?"

강부식 회장의 눈썹이 꿈틀거렸다.

아무리 화가 나도 조용하던 그의 목소리가 높아졌다.

"여기까지 찾아온 게 협박질을 하려는 게냐? 그렇다면 번지수를 잘못 찾았어."

그 말에 태웅은 조용히 핸드폰을 들어 그의 눈앞에서 흔들어 보였다.

화면을 본 회장은 표정의 변화가 전혀 없었다.

하지만 태웅은 알 수 있었다.

그가 자신도 모르게 진땀을 흘리고 있다는 것을 말이다.

"이게 끝이 아닙니다. 회장님 아들들의 면면이 아주 화려하더군요. 죄다 굵직굵직한 비리들을 안고 있어요. 마약 복용에 뇌물에 탈세… 가뜩이나 요즘 국민들에게 이미지가 바닥인 삼원인데 이게 다 터지면 아주 끝장나겠더군요. 부자는 망해도 삼대는 간다던데 삼원에는 해당이 안 될 것 같습니다."

"웃기는군. 어디서 그런 헛소리를 주워들었는지는 몰라도 다 틀렸어."

"이 증거가 안 보이십니까?"

"다 조작된 거야. 그딴 걸 증거라고 내밀다니 한심하군. 쯧쯧."

강부식의 말과는 달리 납치범이 핸드폰 메시지로 전송한 증거자료는 완벽에 가까울 정도였다.

언론에 뿌린다면 대서특필되고, 현재 삼원 그룹의 계열사를 맡고 있는 회장의 자제들도 줄줄이 검찰에 소환될 것이다.

"계열 분리를 진행하세요. 삼원이 쪼개져도 대한민국 안 망합니다. 쌓아둔 사내 유보금도 사회에 투자하시고요. 만약 제 말을 무시하시겠다면 저는 주저 없이 이 자료를 언론사 기자들에게 뿌릴 겁니다."

강부식 회장은 말문이 막혔는지, 아니면 말을 하고 싶지 않은 건지 그저 입을 다문 채 태웅을 노려볼 뿐이었다.

받아들이든 받아들이지 않든 볼일은 끝났다.

미션을 달성한 이상 태웅은 더는 이 자리에 있고 싶지 않았다.

하지만 문득 그를 보자 한 가지 물어보고 싶은 게 있었다.

"회장님 손녀에게 부끄럽지 않으십니까?"

"뭐……?"

"강지나 씨 말입니다. 누구보다 착하고 능력 있는 한 여자가 회장님과 회장님 가문으로 인해 오명을 뒤집어쓰게 됐어요. 미래가 창창한데 말입니다."

"…네까짓 게 감히 내 손녀를 입에 올려?"

김빠진 강부식의 목소리에서는 어떠한 위협도 느낄 수 없었다.

한때 대한민국을 호령하던 황제가 지금은 그저 초라한 노인처럼 보였다.

"그러니까 당신 손녀한테 왜 그랬냐고요. 당신과 당신 가문의 사람들이 똑바로 살았다면 이런 일은 없지 않겠어요? 뭐,

좋습니다. 어쨌든 내 말을 듣지 않겠다면 언론에다 터뜨릴 테니 회장님은 거기서 구경이나 하세요."

강부식의 표정이 급격히 굳어졌다.

한 치의 물러섬도 없이 태웅을 마주 보던 그의 눈빛이 마침내 꺾였다.

*　　　*　　　*

'도대체 이런 자료들은 어떻게 구한 걸까?'

강부식 회장을 몰아붙인 증거들은 전문적인 기자들도 모으기 어려운 것이었다.

강지나를 납치한 범인은 태웅에게 그것을 전달하며 강부식 회장을 설득할 무기로 쓰라고 했다.

태웅은 그의 말대로 능숙하게 증거자료들을 이용해 노회한 회장을 몰아붙였다.

하지만 썩 좋은 기분은 아니었다.

―훌륭하게 미션을 달성하셨군요.

통화 녹음 파일을 듣고 만족해하는 납치범의 목소리에 태웅은 빈정이 상했다.

"이제 그만 여자를 돌려주는 게 어때? 이제 내 인내심도 한계거든."

―성질이 급하시네요. 아직 미션은 많이 남아 있어요.

"얼마나 더 나를 장기짝으로 이용하려는지 모르겠지만, 사람 우습게 보면 곤란하지. 미션이고 나발이고 여자를 풀어주지 않겠다면 내가 널 찾아갈 거야."

―호오, 사람 찾는 재주라도 있는 모양이네요. 내가 어디 있는 줄 알고 그런 얘기를 하죠?

전화 너머로 들리는 빈정거리는 말투가 눈앞에 있다면 즉시 때려눕히고 싶을 정도였다.

하지만 태웅은 조용히 손목을 돌리며 허공의 어딘가를 바라보았다.

"대충 알 것도 같은데 말이야. 이제 나도 슬슬 눈치를 쟀거든."

―그래요? 그럼 어디 한번 해보시죠. 오늘 안에 나를 찾으면 인정하겠습니다. 그리고 아무런 조건 없이 강지나 씨를 풀어드리죠.

그의 말에 태웅은 주저 없이 성큼성큼 걸어가기 시작했다.

그가 향하는 곳은 한 여인이 머물고 있는 강북의 어느 저택이었다.

*　　　*　　　*

"강부식 회장과의 면회를 끝으로 행방이 끊겼군."

교도소 밖에서 고서윤과 윤철, 홍구는 막막한 듯 서로를 바라보았다.

엘리온의 위치 추적 장비를 이용해 태웅의 행방을 추적했지만 어느 순간 기척이 사라져 버린 것이다.

태웅이거나 혹은 알 수 없는 누군가가 그것을 제거한 게 아닌가 하는 생각이 들었지만, 다행히 잠시 후 다시 위치 추적 장비가 가동되었다.

"여긴 강북이잖아? 성북동이네."

"그러게. 엄청 가까운데? 이렇게 가까운 곳에 있는데 그동안 몰랐단 말이야?"

셋은 어이가 없었다.

물론 등잔 밑이 어둡다는 말도 있지만, 기껏 잠적한 태웅이 이런 곳에 있을 줄은 상상도 못 한 것이다.

"꽤 오래 움직이지 않고 있는 걸 보니 아마 이곳에 감금이라도 당한 것 같네요."

엘리온이 위치 추적 장비를 한동안 들여다보며 말했다.

결국 그를 동행시킨 것에 아직까지도 못마땅해하는 듯 고서윤의 미간이 꿈틀거렸다.

"위치 추적 장비가 영 신통치 않은데요. 정말 믿을 수 있는 거요?"

"아무 대책도 없이 멀뚱히 벽만 보고 있던 여러분보다는 신통할 겁니다."

그 말에 다시 세 남자가 발끈했다.

얼굴이 붉으락푸르락해진 홍구가 주먹을 불끈 쥐며 말했다.

"태웅이만 찾고 나면 넌 나랑 한판 뜨자."

"잡담은 그만하고 어떻게 안전하게 형님을 구할지 생각해 보죠."

고서윤의 말에 일촉즉발이던 분위기가 다행히 가라앉았다.

지금으로서는 모두 중요한 목적을 공유하고 있었다.

"그런데 이 집, 왠지 엄청난 보안 시스템 같은 게 있지 않을 까?"

대궐같이 높은 담장과 두꺼운 철문을 바라보며 윤철이 한 숨을 쉬었다.

"이 동네가 진짜 부자들이 사는 데라던데, 그중에서도 이만 한 크기면 정말 어마어마한 부자일 거야."

홍구가 엉뚱한 소리를 했지만, 그 얘기엔 모두가 공감하고 있었다.

"그런 부자라면 당연히 집에 엄청난 대비를 해놨겠지. 곰만 한 사냥개가 있다거나 아니면 함정 같은 걸 배치했다거나."

게다가 제대로 된 증거도 없이 이렇게 남의 집에 쳐들어간 다는 것은 자칫하면 감방으로 갈 수 있는 위험한 행동이었다.

그렇기에 셋은 한층 더 조심할 수밖에 없었다.

"CCTV가 찍히지 않는 곳이 바로 여깁니다. 이쪽은 별도 잘 안 들고 워낙 험한 곳이라 설치를 안 한 듯싶네요."

고서윤의 말에 모두가 그곳을 유심히 살폈다.

확실히 이쪽은 인적이 드물 수밖에 없는 곳으로, 담장 자체가 깎아지른 절벽처럼 높고 표면이 울퉁불퉁한 곳이었다.

"여기로 가자."

윤철의 말에 홍구가 비장한 얼굴로 고개를 끄덕였다.

넷은 누가 먼저랄 것도 없이 담장을 오르기 시작했다.

오랜 스턴트맨 생활로 뛰어난 파쿠르 실력을 가진 윤철과 홍구는 물론이고 다른 두 남자 역시 놀랄 만큼 날렵한 운동 신경을 가지고 있어서인지 능숙하게 담장을 올랐다.

"그런데 당신은 왜 이 일을 돕는 거지?"

담장을 넘은 후 고서윤의 말에 엘리온이 희미하게 미소 지었다.

"저는 지금까지 태웅 씨가 하던 일을 할 뿐입니다."

"형님이 하던 일?"

"꼭 출연하고 싶은 영화에 출연했는데 그 영화 촬영이 중단될 위기에 처했다면? 그렇다면 모든 것을 정상으로 돌려놓기 위해 최선을 다해야겠죠. 감독이든 배우든 대본이든."

그의 말은 도무지 믿을 수가 없었지만 고서윤은 조금 묘한 기분이 들었다.

자신에게 최면을 걸고 바보로 만든 일을 생각하면 당장에라도 요절을 내고 싶은 상대였다.

하지만 지금은 단순한 사이코 배우가 아니라 조금 다르게 보였다.

물론 언제 또 뒤통수를 칠지 모르기에 마음을 놓고 있을 수는 없었지만……

그는 넓은 마당 안의 음산한 분위기의 저택을 보며 생각에 잠겼다.

'그런데 왜 하필 여기일까?'

이곳은 그로서는 낯설지 않은 곳이었다.

*　　　　*　　　　*

"으윽……."

뒷골이 당기는 기분에 태웅은 눈을 떴다.

정신을 차리니 주변의 풍경이 눈에 들어왔다.

'이곳은……'

더 이상의 미션을 거부하고 그가 곧장 향한 곳은 바로 최수빈의 누나 최현서의 집이었다.

짚이는 것이 있기에 혹시나 하는 심정으로 한국에 머물고 있다는 그녀의 집을 찾아왔다.

그런데 초인종을 눌러 안으로 들어서자마자 갑작스레 뒤통수에 한 방을 맞고 쓰러진 것이다.

"정신이 좀 드십니까?"

고개를 든 태웅의 눈에 믿기지 않는 광경이 들어왔다.

"내가 헛것을 보고 있나? 아무래도 습격을 당해서 뇌 손상이 온 거 같은데……."

"다행히도 아닙니다. 오랜만입니다, 태웅 씨."

예전보다 훨씬 수척해진 외모이긴 했지만 태웅은 한눈에 그를 알아볼 수 있었다.

최수빈.

지병으로 사망했다고 알려진 그가 지금 눈앞에 서 있었다.

"젠장, 어쩐지 이상했어. 시체도 못 봤고 죽는 순간도 못 봤으니 가짜 죽음이었다고 해도 이상할 게 없지."

"속인 건 미안하게 됐습니다."

최수빈이 씨익 웃었다.

능글맞은 미소에 짜증이 난 태웅은 그의 멱살이라도 잡기 위해 몸을 일으켰지만 다리가 풀려 그대로 주저앉고 말았다.

"그대로 있어요. 아직 충격이 가시지 않았을 테니까."

"정말로 머리를 다쳤으면 당신이 책임져요."

"물론입니다. 최고의 의료진을 동원하죠. 하긴 제 도움 없어도 이젠 태웅 씨 스스로 부를 수도 있겠군요. 세계적인 슈퍼스타가 되셨으니까."

아직 한참 멀었다는 말을 하려다 태웅은 입을 다물었다. 그러고는 다른 질문을 했다.

"자, 이젠 설명을 좀 해봐요. 어쩌다가 우리가 여기에서 다시 만나게 됐는지."

정말 궁금했다.

강지나의 납치 후 납치범 당사자와 통화를 하면서 태웅은 예전에 최수빈과 대화할 때의 느낌을 강하게 받았다.

그래서였을까?

설마 하는 심정으로 온 것인데 정말 귀신이 된 줄 알았던 최수빈을 다시 보게 될 줄이야.

"그때 전 죽을 정도는 아니지만 정말 몸이 안 좋았고, 게다가 칠상파에서 제게 가해오는 위협은 상상을 초월했습니다. 아마 죽음을 위장하지 않았다면 정말로 죽었을 정도로요. 다행히 누나의 집은 무척이나 안전한 곳이었기에 완벽한 은둔 생활을 할 수 있었죠. 아마 태웅 씨가 만났을 때 누나 역시 노제가 죽은 줄 알고 있었을 겁니다. 나중에 알고 기절초풍했습니다만……."

"가까운 사람까지 다 속인 거요?"

"어쩔 수 없었어요. 제가 살아 있다는 사실을 완벽하게 숨기기 위해서는 유일한 가족에게도 연기를 해야 했죠. 어릴 때부터 연기에는 재능이 없었는데 이렇게 많은 사람을 속이고 나니 기분이 나쁘지는 않네요. 하하하!"

이 사이코…….

욕을 내뱉으려다가 참은 태웅은 그에게 분노를 터뜨렸다.

"그건 그렇다 치고, 도대체 나한테 왜 그런 거요? 강지나 씨는 왜 납치했고?"

"바로 그게 문젭니다."

최수빈은 심각한 표정을 지으며 팔짱을 꼈다.

"제가 운신을 할 수 있게 된 후 태웅 씨의 행동을 지켜봤죠. 사실 칠상파는 보스인 공진수가 구속됐다고 하지만 아직 궤멸된 상태는 아니었어요. 그리고 강부식 회장도 말도 안 되는 형량을 받았고, 게다가 항소심까지 준비하고 있었죠. 이대로는 안 되겠다 싶었던 겁니다."

"그래서?"

"솔직히 태웅 씨에게 많이 실망했어요. 끝맺음을 확실히 할 줄 알았는데 돌연 할리우드로 날아가 버렸지 뭡니까? 그래서 내가 시작한 일, 내가 마무리를 짓자 했죠. 물론 태웅 씨를 이용해서지만요."

"오랜만에 봐서 반갑긴 한데, 욕 좀 해도 될까요?"

그 말에 최수빈이 껄껄 웃었다.

"얼마든지 해도 됩니다만, 지금은 더 중요한 이야기를 해야 할 것 같습니다."

"얘기는 됐고 강지나 씨나 내놔요. 설마 위해를 가한 건 아니겠죠? 만약 털끝 하나 손을 댔다면 그땐 당신을 정말로 죽여 버릴 거요."

"어이쿠, 정말 무섭군요. 다시 살아난 사람을 죽여 버리겠다니."

그는 잠시 뜸을 들이곤 말을 이었다.

"물론 레이디에게는 전혀 손을 대지 않았습니다. 하지만 그녀는 엄연히 강부식 회장의 손녀이자 삼원 가문의 일원이죠. 그런 그녀와 태웅 씨가 손을 잡다니 정말 어처구니가 없더군요."

"그것 때문에 그녀를 납치한 건가? 정말 미쳤군. 아무래도 차라리 그때 진짜 죽는 게 나을 뻔했어."

"살아 있어 미안합니다. 하지만 어쨌든 그녀는 몸 건강히 잘 있어요."

그가 벽에 있는 빨간색 버튼을 누르자 위잉 소리와 함께 벽 한 부분이 열리며 숨겨진 공간이 모습을 드러냈다.

그곳에는 주황색 조명 아래 의자에 묶여 있는 강지나의 모습이 보였다.

"지나 씨!"

그의 목소리에 그녀가 고개를 들었다.

놀라움이 얼굴 가득 퍼졌다.

"태, 태웅 씨!"

여기저기 긁히고 헝클어진 머리.

그동안의 고생이 짐작되는 외관이었다.

"이 빌어먹을 자식!"

태웅은 이를 갈며 힘겹게 몸을 일으켰지만 또다시 주저앉고 말았다.

"무리하지 마세요. 한동안은 푹 쉬어야 후유증이 없을 겁니다."

"닥쳐!"

이성적으로 대화를 이어가려고 했지만 도저히 그럴 기분이 나지 않았다.

"강지나 씨는 강부식 씨의 친손녀죠. 그리고 삼원 그룹 계열사인 엔터테인먼트 회사의 대표이기도 했습니다. 아무리 자리에서 물러났다고 해도 태웅 씨가 그런 사람과 손을 잡았으니 제 심정이 어떻겠습니까?"

최수빈은 천장을 올려다보며 한숨을 쉬었다.

태웅은 어처구니가 없는 한편으로 화가 치솟았다.

"당신 동생 최동률 검사를 해치고 사건을 은폐하려 한 건 그녀의 할아버지와 삼촌이 저지른 일이야! 저 여자도 피해자라고!"

"피해자? 글쎄요. 재벌 집안에서 태어나 부족함 없이 자라고 지금까지 살아온 그녀가 정말 온전히 피해자이기만 할까요?"

그의 말을 듣는 내내 침울하던 강지나의 얼굴이 붉게 달아올랐다.

잠자코 듣고만 있던 그녀가 입을 열었다.

"그래요. 난 피해자가 아니에요. 피해자인 척하거나 그런 취급을 받고 싶은 적도 없고요. 하지만 당신은 범죄자가 확실해요, 최수빈 씨."

"큰 범죄자가 작은 범죄자를 나무라는군. 강지나 씨, 당신은 당신 집안의 업보를 지고 가야 해요. 그것에서 결코 자유로울 순 없습니다. 앞으로 평생."

그의 말에 태웅이 소리쳤다.

"웃기지 마! 단지 한 핏줄일 뿐이라는 이유로 한 사람에게 낙인을 찍으려 하다니, 그건 내가 용서 못 해!"

최수빈의 얼굴이 싸늘해졌다.

"이건 태웅 씨가 개입할 일이 아닙니다. 삼원 가문의 칼이 제 이복동생을 죽였고, 저를 죽은 사람으로 위장하도록 만들었습니다. 그리고 그들의 수장이라고 할 수 있는 강부식 회장은 솜사탕 같은 처벌을 받았죠. 그 밖에 아무것도 달라진 것은 없습니다. 저희는 피해자, 삼원 가문은 가해자. 간단한 원리가 이해가 안 가십니까?"

"당연하지."

단호한 태웅의 말에 강지나가 놀란 듯 고개를 들었다.

"누구도 그녀에게 주홍글씨를 적을 순 없습니다, 최수빈 씨. 당신의 원한과 정의감은 잘 알고 있습니다만 이건 또 다른 피해자를 만드는 일이에요. 지나 씨는 삼원 가문에서 천대받던 막내아들의 딸이었고, 모국이 아닌 미국 땅에서 외롭게 자라야 했습니다. 부모는 책임감이 없었고, 동생 역시 철이 없었죠. 어떨 때는 생활비 없이 배고픔과 두려움에 떨기도 했고, 동양인이라며 차별과 무시를 당하기도 했어요. 재벌가의 손녀라는 겉만 번지르르한 타이틀을 달고 있었을 뿐이죠."

강지나의 눈빛이 흔들렸다.

청아한 눈망울이 그렁그렁한 것을 보며 태웅은 안심하라는 듯 천천히 고개를 끄덕였다.

"강지나 씨에 대해서 매우 잘 알고 있으신가 보군요."

"그러니까 이렇게 구하러 온 거 아니겠어요? 그리고 당신도 나와 그녀의 관계를 알고 납치한 것 아닙니까?"

최수빈은 깜짝 놀란 듯했다.

"아하, 그렇군요. 그래서 태웅 씨가 그렇게 목숨을 던져가며 미션을 수행한 것이로군요. 난 설마 진짜로 할까 했는데… 하하하!"

"이 자식이 진짜……."

마침내 태웅의 분노가 터졌다.

뻔히 모든 것을 알고 있으면서도 모른 척 시치미를 떼는 모습에서 예전 그에게 느낀 불쾌한 기분까지 되살아났다.

"어쨌든 오랜만에 다시 만나서 이런 말을 하게 된 것은 대단히 유감입니다. 하지만 확실히 해두고 싶은 게 있었어요. 태웅 씨 당신이 칠상파와 삼원 그룹을 박살 낸 것은 사실입니다. 그리고 대중에게도 그렇게 각인되어 있고요. 그런데 당신이 삼원 가문의 여자와 같이 있다? 과연 사람들은 이걸 어떻게 받아들일까요? 그리고 그렇게 되면 지금까지의 우리의 싸움은 뭐가 되죠?"

최수빈의 얼굴이 일그러지고 있었다.

'복수심이 지나쳐서인가? 브레이크를 못 걸고 있군.'

태웅 역시 그의 취지에 공감했고, 위험하기 짝이 없는 미션이었지만 모두 수행했다.

결과적으로 교도소까지 찾아가 강부식 회장에게 날린 경고 역시 사회 정의에 부합하는 것이었다.

하지만 아무 죄 없는 한 여자를 납치하고 불행의 구렁텅이로 몰아넣는 것만은 절대 해서는 안 되는 일이었다.

"그래서 뭘 어떻게 하겠다는 거요?"

"딱히 별거 없습니다. 그냥 두 번 다시 두 사람이 못 만나게 할 뿐이죠. 강지나 씨는 이제부터 내가 데리고 있겠습니다. 당신이 찾을 수 없는 어딘가에 두고 그녀의 기억을 지워 버릴 거예요. 그러면 모든 게 완벽하겠죠."

"이런 미치광이 같은……."

태웅은 나지막한 목소리로 말했다.

"최수빈 씨, 당신 뭔가 착각하고 있어. 지금 이 행동은 당신의 정의를 도리어 해칠 겁니다. 그러니까 난 우리 모두를 위해서 당신을 제지해야겠어요."

그 말에 최수빈이 피식 웃었다.

"태웅 씨, 당신은 지금 뒤통수를 맞아서 그렇게 못 일어나는 게 아닙니다. 강력한 마취제를 투여했어요. 아마 멧돼지도 한동안 고개를 들지 못할 정도의 양이죠. 물론 사람에게 맞게 변형된 것이고 후유증도 없으니 안심하셔도 됩니다만, 어쨌든 적어도 반나절은 제대로 걷지도 못할 거란 얘깁니다."

"과연 그럴까?"

태웅은 핏발 선 눈으로 한쪽 다리를 꿇고 앉았다.

그리고 팔에 힘을 주고 땅을 있는 힘껏 밀며 그 반동으로 벌떡 일어났다.

힘이 들어가지 않는 다리가 흔들거리며 다시 그를 주저앉히려 했다.

하지만 이를 악물고 버텨냈다.

"하……."

최수빈이 기가 막힌 듯 한숨을 내쉬었다.

하지만 아직 두 사람의 거리는 대략 오 미터가량 되었고, 서 있기도 어려운 태웅의 상태로 볼 때 충분히 안전거리라고 할 수 있었다.

"역시 불굴의 정신력! 세계 최고의 대배우답네요. 하지만 저를 막기에는 역부족인 듯한데요?"

"과연 그럴까?"

태웅은 한 발짝씩 전진했다.

여유 있던 최수빈의 얼굴이 차츰 굳어졌다.

"이거 무리하시는 거 같은데……."

"왜? 쫄았냐?"

놀랍게도 태웅은 마취된 와중에도 쓰러지지 않고 똑바로 걸어가고 있었다.

마침내 상대의 눈앞에 선 태웅은 주먹을 말아 쥐었다.

"일단 좀 맞자, 최수빈."

퍼억!

마취제를 맞았음에도 번개같이 날아간 태웅의 주먹이 최수빈의 턱을 강타했다.

"끄억……!"

단말마의 비명과 함께 최수빈이 그대로 땅바닥에 쓰러졌다. 그러고는 일어나지 못했다.

"휴……."

태웅은 안도의 한숨을 내쉬었다.

진력을 다해 날린 일격이었기에 만약 제대로 맞췄더라면 다시는 일어나지 못했으리라.

"태웅 씨, 괜찮아요?"

주저앉은 그는 자신을 내려다보는 강지나를 향해 미소를 지었다.

"감각이 없어서인지 힘껏 때렸는데도 손이 안 아프네요. 지나 씨는 좀 어때요?"

태웅의 말에 그녀 역시 미소를 지었다.

"저도 괜찮아요. 그런데 저 아직 묶여 있는데… 어떻게 하죠?"

"그러게요. 누가 좀 와주면 좋겠는데."

태웅의 말이 끝나기 무섭게 거짓말처럼 웅성거리는 소리가 들렸다.

"태웅아!"

"형님!"

무척이나 익숙하고도 그리운 소리.

실버문 식구들의 목소리가 지척에서 들려오는 것을 느끼며 태웅은 서서히 눈을 감았다.

급격하게 쏟아지는 잠을 주체하기 어려웠다.

"잠에서 깨면… 그땐 맑은 정신으로 봐요… 지나 씨…….."

"태웅 씨!"

놀란 그녀의 외침과 함께 태웅은 정신을 잃었다.

S# 5
배우, 미친 흡입력Ⅱ

정신을 차린 후 태웅은 최수빈의 처리에 대해 고심했다.

강지나를 납치한 데다 자신에게 위험한 미션을 시킨 놈이
다.

게다가 죽은 사람으로 처리되어 있었으니 공식적으로는 세
상에 없는 인간이다.

경찰에 넘긴다고 해도 골치 아파질 것이다.

자칫 그에 대한 사실이 언론에 알려진다면 태웅과 어떤 관
계인지에 대해 궁금해할 것이고, 그렇게 되면 두 사람이 그동
안 손을 잡고 추구하던 정의 구현이라는 목적은 퇴색될지도
모른다.

"지금 최수빈은 어디에 있어?"

"사마리아인베스트먼트 소유의 창고 건물에 임시로 감금해 두었습니다."

병실 침대 옆에 서 있던 고서윤이 무뚝뚝한 목소리로 말했다.

자신의 옛 주인이긴 하지만 딱히 안타까움의 감정은 느껴지지 않았다.

그도 최수빈이 살아 있다는 사실에 적지 않은 충격과 배신감을 느낀 것 같았다.

병실에서 하루 치료를 받은 후 퇴원한 태웅은 즉시 고서윤과 함께 창고 건물로 향했다.

헝클어진 머리에 반쯤 미치광이 같은 모습의 최수빈이 태웅을 보고 피식 웃었다.

"오랜만입니다, 태웅 씨."

"뭔 헛소립니까. 며칠 되지도 않았구먼."

"그래요? 꽤 오래된 것처럼 느껴집니다만, 내 착각이군요."

"됐고, 앞으로 어떻게 할 생각입니까?"

"그걸 저한테 물으시는 겁니까? 그건 태웅 씨가 결정할 일 아닌가요?"

"당신의 계획을 들어보고 결정할 생각입니다."

"대답 여하에 따라 죽일 수도 있나요?"

"일단 당신은 세상에 없는 사람이니 죽여도 딱히 문제될 것 같진 않네요. 하지만 죽은 사람을 또 죽이는 것도 못 할 짓이니 가급적 그러진 않을 생각입니다. 물론 앞으로 내 소중한 사람들에게 위해를 끼치겠다면 얘기는 달라지겠지만요."

그 말에 최수빈이 킬킬거렸다.

"그건 관둡시다. 이번에 태웅 씨 협박을 하면서 도저히 적성에 안 맞아서 말이죠."

"천직 같아 보이던데요."

"그건 오햅니다. 남의 약점 잡아 협박하고 괴롭히는 거야 전공입니다만, 그것도 상대 나름이죠. 같은 편이던 사람에게 그런 짓은 참 하기 힘들더군요."

"그럼 왜 했습니까?"

"피를 나눈 형제보다 더 한 팀이라고 생각한 동지가 잘못된 길로 가는 건 막아야 했으니까요. 그래서 한 일이지만 태웅 씨한테 한 방 맞고 나니 정리가 되네요. 머리도 개운해졌고요."

태웅은 울컥했다.

"아직도 내가 강지나 씨와 함께하는 게 잘못된 길로 가는 거라고 생각합니까?"

"그분에 대한 건 미안합니다. 하지만 제겐 꽤 절박한 문제였어요. 삼원 가문의 여자와 태웅 씨의 만남이라니. 이건 뭐 로미오와 줄리엣도 아니고… 우리가 한 일이 다 물거품이 될 수도 있었으니까요."

"이런 짓을 한 당신이 오히려 모든 일을 물거품으로 만들었다고는 생각 안 합니까?"

그 말에 최수빈은 한동안 말이 없었다.

분명 결과적으로 사회 정의를 바로 세우는 일에 반하는 행동을 한 것은 그였다.

"당신은 말은 동지라고 하면서 내게 죽을 수도 있는 위험한 미션을 시켰죠. 그리고 단지 삼원 가문의 핏줄이라는 이유만으로 죄 없는 여자를 납치하고 구금했으니 당신 역시 결국 범죄자에 불과합니다."

"대를 위해서는 소를 희생해야 할 때도 있는 법 아니겠습니까?"

"그런 말을 한다는 것 자체가 당신 역시 삼원 그룹이나 칠상파와 다를 게 하나도 없다는 걸 증명하는 겁니다."

"난 그렇게 생각하지 않습니다만."

최수빈의 눈빛은 여전히 번뜩이고 있었다.

태웅은 더 이상 그를 설득한다는 게 불가능하다는 것을 깨달았다.

"좋습니다. 당신은 당신의 정의에 따라 사세요. 난 내가 할 일을 할 겁니다."

"날 죽일 겁니까?"

일말의 두려움도 없는 질문이었다.

태웅은 고개를 저었다.

"그럴 필요가 없죠. 난 당신을 경찰에 넘길 거고, 모든 걸 사실대로 말할 겁니다."

"하하하……."

최수빈은 한숨 같은 웃음을 터뜨렸다.

"당신은 못 할 겁니다, 태웅 씨. 강지나 씨가 상처받는 걸 두려워하고 있잖아요? 언론의 관심을 받고 세상 사람들의 비난이 쏟아지고… 그런 일련의 일들을 견딜 수 있겠습니까?"

"당신 같은 미치광이에게 언제 납치당할까 평생 두려워하는 것보다는 낫습니다."

"…뭐라고요?"

최수빈이 당황한 듯했다.

감방 가는 게 두렵지는 않다.

하지만 이 일로 인해 불의와 싸워온 투사인 태웅의 이미지가 망가지고 그로 인해 강부식과 강삼수, 공진수 등의 판결에 영향을 끼친다면 그야말로 다 된 밥에 코 빠뜨리는 일이다.

"태웅 씨, 진정하고 나랑 얘기 좀 합시다."

"필요 없습니다. 이미 늦었기도 하고요."

태웅은 빙긋 웃으며 일어났다.

"나는 모든 것을 감당할 준비가 되어 있습니다. 당신은 나만큼 각오가 돼 있습니까? 있다면 증명해 보세요. 앞으로의 행동으로 말이죠."

"태웅 씨."

"이제부턴 당신도 무대 위로 올라오는 겁니다. 더 이상 시나리오 작가나 감독이 아닌 배우가 되는 거죠. 멋진 연기 부탁합니다."

태웅은 계속 자신을 부르는 최수빈의 목소리를 뒤로한 채 창고를 나왔다.

*   *   *

〈적과의 동침? 김태웅과 강지나, 한배에 오르다!〉

〈영화계 최고의 미스터리, 원수와 손을 잡은 강지나 대표!〉

〈배우 김태웅, 삼원 그룹 회장 손녀딸과 열애? 21세기 로미오와 줄리엣!〉

언론에서는 날마다 태웅과 강지나에 대한 기사를 터뜨렸다.

태웅이 자신의 최대 적이나 다름없는 삼원 그룹 강부식 회장의 딸과 함께 영화를 제작하고 있다는 사실.

그리고 그녀와 보통 관계가 아니라는 설이 증권가 지라시로 퍼져 나갔다.

덕분에 '배우, 미친 흡입력' 촬영 현장에는 수많은 기자들이 몰려들어 인산인해를 이루었다.

스태프들이 통제하려고 해도 막무가내로 밀고 들어오는 통에 난리도 아니었다.

"후회하지 않아요?"

태웅의 말에 강지나는 아우성치는 사람들에게서 시선을 거
둬 그를 바라보았다.

"괜찮아요. 사실 그동안 많이 부끄러웠어요."

"뭐가요?"

"내 선택에 떳떳하지 못했던 거, 그리고 한국에 몰래 들어
오고 촬영장에도 안 나타났던 것 모두요."

태웅이 섣불리 모든 사실을 공개하기로 결정한 것은 아니었
다.

강지나는 더 이상 진실을 숨기지 않기로 마음먹었고, 태웅
에게 앞으로 생길 어려움을 헤쳐 나갈 수 있다고 단언했다.

태웅 역시 두 사람의 앞에 놓인 가시밭길을 정면 돌파하기
로 마음먹었기에 그녀의 결정을 받아들였다.

그동안 자신을 숨겨온 강지나는 이제 고개를 들고 가슴을
활짝 편 채 쏟아지는 플래시 세례를 받으며 미소 짓고 있었다.

"강지나 씨, 김태웅 씨의 영화를 제작하시는 이유가 뭡니
까?"

"그룹 차원에서 반대가 있진 않았습니까? 세간에서는 삼원
그룹 내 집안 다툼이라는 말도 있는데, 그러한 소문과 관련이
있습니까?"

때론 무례하게, 때론 영양가 없는 질문을 던져대는 기자들

을 향해 강지나는 그저 빙긋 웃기만 할 뿐이었다.

"그런데 무슨 기획사 대표가 저렇게 얼굴에서 빛이 나냐? 연예인 뺨치는데?"

"그러게 말이다. 옆에 서 있는 여배우들을 오징어로 만드네."

기자들이 강지나의 빼어난 미모를 보고 수군댔다.

그들 입장에서는 그녀의 아름다움 또한 좋은 기삿거리였다.

"두 분 사귀신다는 데, 사실입니까?"

기자들은 가십으로 흘러나오고 있는 김태웅과 강지나의 열애설에 대해 집요하게 물고 늘어졌다.

이러한 의문에 두 사람은 노코멘트로 일관했다.

사실 대부분의 언론이나 대중들은 원수 지간이라고도 할 수 있는 두 남녀가 함께 영화를 제작하는 이유에 대해 궁금해했다.

―둘이 사귀니까 그런 거지. 안 그러면 말이 되냐?

―진짜면 장난 아니네. 그 여자는 자기 할아버지를 잡아넣은 사람을 만나는 거 아냐.

―그런데 강지나 미모 쩐다. 역시 금수저는 다르구먼.

―보나마나 성형 엄청 했을걸. 옷도 죄다 명품으로만 걸쳤네. ㅉㅉ

―그런데 김태웅도 대단하다. 어떻게 자기가 죽을 뻔했는데

삼원 쪽 여자를 만날 생각을 하지?

온갖 소문이 꼬리에 꼬리를 물고 이어지면서 대한민국 곳곳
으로 퍼져 나갔다.

한세일보 황병준 기자가 촬영장까지 태웅을 찾아와 대화를
요청했다.

"오랜만입니다, 기자님."

"많이 건강해 보이시네요. 이제 정말 완연한 국민 배우 같
습니다."

"기자님이 질 스토킹 안 하시니 잘된 것 같네요."

"하하하, 스토킹이라니요. 제가 요즘 보는 사람마다 '김태웅
을 키운 건 팔 할이 황병준이다'라고 말하고 다닙니다. 제 심
층 보도 때문에 태웅 씨가 이렇게 떴다는 사실, 부인하시면
섭섭하죠."

예전 같았으면 화가 치밀었을 테지만 지금은 그냥 피식 웃
어넘길 말이었다.

"그런데 하실 말씀이 뭔가요?"

태웅의 질문에 황병준이 정색을 하고 입을 열었다.

"태웅 씨와 강지나 씨에 대한 루머가 도를 넘고 있어요. 처
음에는 그냥 무시하고 넘어갈 수준이었지만 이제는 별의별 말
이 다 나오고 있습니다. 그중에는 삼원 그룹의 실권을 차지하
기 위해 태웅 씨와 강지나 씨가 처음부터 손을 잡고 칠상파

건을 터뜨렸다는 음모론까지 있어요."

"정말 말도 안 되는 소리군요."

태웅은 어처구니가 없었다.

하지만 그 역시 언론과 대중의 생리를 잘 알고 있었기에 사안의 중대성을 무시할 수는 없었다.

"이대로 그냥 두면 안 됩니다. 저도 언론인이지만 언론의 속성이라는 게 아주 지독하거든요. 확실한 입장 표명이 없다면 어느새 진실은 사라지고 자극적인 가십만 남게 되죠."

"무슨 말인지 알겠습니다. 조만간 기자회견을 하도록 하죠."

황병준이 돌아간 후 태웅은 강지나와 단둘이 이야기를 나눴다.

"이런 소문들이 돌고 있어서 그냥 입 다물고 있을 수만은 없을 것 같아요."

강지나는 그를 보며 천천히 고개를 끄덕였다.

"알겠어요. 하긴 우리가 조용히 한다고 해서 사람들이 그냥 잊어버리지는 않겠죠. 온갖 소설들을 써댈 테니까."

"금요일 즈음에 기자회견을 할 겁니다. 저 혼자 나갈 거고요."

"괜찮으시겠어요?"

"기자회견은 익숙합니다."

대학 수업 과제 발표하는 것처럼 대수롭지 않아하는 그의 말투에 강지나는 살며시 미소를 지었다.

"저도 나갈게요."

"네?"

"이제 숨지 않으려고요. 물어볼 게 있으면 물어보라죠, 뭐."

만류하려던 태웅은 그녀의 눈빛과 표정을 보고 입을 다물고 말았다.

어느 때보다 강한 의지가 느껴졌기 때문이다.

"실은 이런 일이 있었습니다."

태웅은 자신이 최수빈의 협박을 받고 한 미션들에 대해 그녀에게 설명했다.

대강 알고 있긴 했지만 자세하게 들은 적이 없었기에 그녀는 놀라워했다.

"할아버지가 과연 그 말을 따를까요?"

삼원 그룹의 계열 분리, 그리고 족벌 경영을 포기하겠다는 결단을 강부식 회장이 내릴 수 있을지에 대해서 두 사람은 확신이 없었다.

"가지고 있는 권력을 내려놓을 사람은 별로 없죠. 게다가 자신의 손으로 쌓아올린 성이니 스스로 무너뜨리기는 더더욱 어려울 겁니다."

"제가 설득해 볼게요. 안 되면… 그냥 저질러 버리려고요."

"저질러요?"

의미심장한 말이었다.

하지만 그녀는 더 자세한 설명은 하지 않고 화제를 돌렸다.

"그런데 기자회견에서 무슨 말을 하실 거예요?"

"그거야……."

그는 잠시 말문이 막혔다.

사실 두 사람의 관계에 대해 어떻게 얘기해야 할지 확실히 잡힌 게 없었다.

"사람들은 우리가 열애 중이라고 생각하고 있잖아요. 그럼 나가서 그냥 '친한 친구일 뿐이다'거나 '좋은 사업 파트너다'라고 하실 거냐고요."

"일단은 뭐……."

태웅은 장난기 가득한 그녀의 얼굴을 보고 자신도 모르게 웃음이 났다.

"그럼 이렇게 하죠. '열애 중이 맞다'고 하는 겁니다."

"거짓말을 하시겠다고요?"

"거짓말이 아니면 되죠."

그녀의 얼굴이 붉게 물들었다.

그 말에 숨겨진 의미를 파악하니 눈앞이 아찔해졌다.

그의 입술만을 바라보며 거세게 뛰는 가슴을 애써 진정시켰다.

"저랑 만나주실래요, 지나 씨?"

태웅이 부드럽게 미소 지으며 그녀에게 손을 내밀었다.

*　　　*　　　*

수많은 기자들이 운집한 가운데 태웅의 기자회견이 열렸다.

끝도 없이 양산되는 루머들을 차단하기 위한 목적이었다.

국내외 모든 언론 매체가 총출동하여 태웅의 입을 주시했다.

"G나인 프로덕션의 강지나 대표님은 해당 사건 이전 ROD에 대표로 있을 때부터 저와 좋은 파트너십을 유지하고 있었습니다. 이후 미국으로 건너가셨고, 제 영화의 시나리오를 보고 제작을 결정해 주셨죠. 집안의 일과는 상관없이 프로페셔널한 태도를 보여주셨습니다. 그러니 더 이상의 억측은 없었으면 합니다."

"집안의 일과는 상관없다고 하셨는데, 그러면 삼원 그룹과 아무런 관련이 없다는 뜻입니까?"

기자의 질문에 태웅은 고개를 끄덕였다.

"애당초 G나인 프로덕션은 강지나 대표님이 삼원의 계열사인 ROD 대표직을 사임하고 미국으로 건너오셔서 차린 업체입니다. 어릴 때부터 미국에서 생활하셨고, 삼원 그룹과의 접촉도 거의 없던 분입니다."

"강지나 씨가 한국으로 온 부분 말인데요. 자기 부친이 한국에서 거의 내쳐지다시피 한 원한 때문에 어떤 의도를 가지고 돌아왔다는 말이 있습니다. 삼원을 집어삼키기 위해서 돌아왔고, 그 계획에 있어 중요한 인물이 바로 김태웅 씨라는 말이 있는데요. 이 소문에 대해 들어보셨습니까?"

"말도 안 되는 헛소문입니다. 언급할 가치조차 없는 허위 사실이니 해당 소문과 관련된 질문은 더 이상 대답하지 않겠습니다."

태웅은 질문을 던진 기자를 노려보며 싸늘하게 대답했다.

"그렇다면 강지나 씨와의 열애설은 어떻게 된 겁니까? 대답해 주세요!"

태웅은 자신의 뒤편에 묵묵히 서 있는 강지나를 바라보았다.

뭇매를 맞듯 플래시 세례를 당하며 인고의 시간을 보내고 있는 그녀에게 미안함이 느껴졌다.

하지만 그녀는 태연하게 그의 시선을 맞받으며 작게 고개를 끄덕였다.

"이제 열애설에 대해서 답하겠습니다. 강 대표님과의 관계에 대해 똑똑히 밝힐 테니 잘 들어주시기 바랍니다."

태웅은 현장을 가득 메운 기자들을 돌아본 후 강지나를 향해 서서히 걸어갔다.

조용히 구석에 서 있던 그녀는 자신을 향해 걸어오는 태웅을 촉촉한 시선으로 바라보았다.

"이게 바로 제 대답입니다."

태웅은 강지나에게 다가가 그녀에게 입을 맞추었다.

"와아!"

좌중이 발칵 뒤집어졌다.

기자들은 입을 다물지 못하고 경쟁적으로 카메라 셔터를 눌러댔고, 폭죽이 터지는 것처럼 무수한 플래시가 터졌다.

'대박이다! 특종이야!'

다들 긴급 속보로 보도국에 기사를 타전했다.

아마도 근 몇 년 동안 터진 특종 중 최고의 사건이 될 게 분명했다.

대한민국 최고의 배우이자 할리우드의 슈퍼스타 김태웅.

그리고 그가 폭로한 검사 살해 사건으로 인해 놀락한 삼원 그룹 강부식 회장의 손녀 강지나.

두 사람이 열애 중이라는 사실은 전국을 넘어 세계를 발칵 뒤집어놓을 게 분명했다.

"저는 강지나 씨를 한 여자로서 사랑하고 있습니다. 하지만 이 부분과 다른 사안들은 모두 별개라는 사실을 말씀드립니다."

태웅은 그녀의 손을 잡고 기자회견장 정면으로 나와 잠시 사람들의 시선을 즐겼다.

그러고는 더 이상의 질문에 대답하지 않고 자리를 떴다.

"김태웅 씨! 잠시만요!"

"강지나 씨! 한마디만 부탁합니다!"

등 뒤로 기자들의 외침과 고함 소리가 아련하게 들려왔다.

태웅의 복귀로 중단되었던 영화 촬영이 재개되었다.

어둠의 조직과 수십 대 일의 싸움을 벌이는 대규모 액션 신을 마무리하면 한국에서의 촬영도 사실상 일단락된다.

기자회견 이후 강지나 또한 제작사 대표로서 촬영장에 상주하며 현장을 챙겼다.

자신을 향한 수많은 시선을 느꼈지만 더 이상 신경 쓰지 않기로 했다.

그녀에게는 다른 무엇보다 자신의 일과 사랑, 행복이 중요했으니까.

"어째 공기가 달라진 것 같지 않냐?"

윤철의 말에 태웅이 고개를 갸웃했다.

"뭐가?"

"따가운 시선이 느껴지지 않느냔 말이야. 너를 연모하던 여배우들이 강지나 대표를 노려보고 있잖아. 그리고 너에 대해서도 배신자를 보는 듯한 시선이고."

"뭐래?"

사실 많은 여배우들이 태웅을 은근히 마음에 두고 있던 것이 사실이다.

그렇기에 그를 가로채 간 강지나에 대해 질투심과 경쟁심을 불태우고 있었다.

또한 빼어난 미모의 보유자인 그녀를 쟁취한 태웅에 대해서도 남자들의 따가운 시선이 쏟아졌다.

"미국에서도 난리다. 특히 이것 좀 봐."

윤철이 핸드폰으로 SNS를 보여주었다.

팔로우 된 수많은 할리우드 여배우들이 이 사실에 절규하고 있는 상황이 생생히 보였다.

—말도 안 돼! 태웅에게 여자가 생겼다고? 오 마이 갓!

—올해 들은 최악의 뉴스야. 역시 멋진 남자는 빨리 잡아야 한다고.

—너무 우울하다. 핸섬하고 스마트하며 터프하기까지 한 최고의 남자가 다른 여자에게 가다니…….

그중에서도 아리아 데니스의 상심이 특히 컸다.

—어떻게 이런 일이 있을 수가 있을까? 가슴을 누가 직경 30미터짜리 드릴로 뚫어버린 것처럼 휑하다. 하루 종일 아무것도 손에 잡히지 않는다. 신이 있다면 기도하고 싶다. 그가 그녀를 만나기 전으로 돌아가게 해달라고.

"이것 봐. 너 이러다가 희대의 카사노바가 되는 거 아니냐?"

"카사노바는 무슨, 난 한 여자만으로도 벅차."

그는 의욕이 넘치는 얼굴로 현장을 지휘하고 있는 강지나의 모습을 지그시 바라보았다.

눈빛에는 따뜻함이 가득 담겨 있었다.

"젠장, 누구는 여자가 줄을 서고 누구는 점심 먹을 사람도 없으니……."

촬영을 준비하고 있던 홍구가 울적한 목소리로 말했다.

"이번 영화 잘되면 혹시 모르지. 너도 청춘스타가 될지도."

"누구 놀리냐? 청춘스타는 무슨……."

"이 자식이 위로해 줘도 지랄이야. 그럼 그냥 평생 방바닥이나 긁으며 살아라."

티격태격하는 두 친구를 뒤로하고 태웅은 배우들을 하나씩 찾아가 연기 지도를 했다.

오늘이 바로 '배우, 미친 흡입력'의 클라이맥스인 태웅과 거대 조직과의 격투 신이 있는 날이었다.

쿠만과 그는 밤새 머리를 맞대고 고민하며 역사에 남을 격투 신의 동선과 연출을 결정했다.

수십 차례의 리허설까지 거쳤으니 이제는 눈을 감고도 이동 경로를 알 수 있을 정도였다.

그리고 이번 촬영에는 그의 그림자와 같은 역할도 함께한다.

"언제 촬영 시작하죠?"

엘리온 보나파르트.

그는 태웅의 또 다른 자아로서 출연하여 거대 조직을 상대하는 액션 신을 소화하게 된다.

두 사람의 액션 동작과 연기가 거의 동일하기 때문에 비교가 되지 않을 수 없었다.

"곧 할 거야. 10분 정도만 대기해."

"이번 신은 정말 기대되네요. 연기 대결을 하기 정말 좋은 신 아닌가요?"

"연기 대결보다 얼마나 제대로 상황과 캐릭터에 맞는 연기를 할 것인지나 걱정해. 그럼 연기는 자연히 따라오니까."

"간만에 감독다운 얘기를 하시네요."

뺀질거리는 엘리온이었지만 눈빛만은 웃고 있지 않았다.

어느 때보다 진지한 자세로 연기에 임하기 위한 워밍업 같아 보였다.

촬영 기간 내내 엘리온은 혼신의 힘을 다해 연기를 펼쳤다.

단 한 번도 소홀히 촬영에 임한 적이 없을 정도로 투혼을 보였다.

그를 술수와 이미지에 의존하는 배우라고 생각한 태웅조차 다시 볼 정도였다.

감독으로서 볼 때도 믿고 의지할 수 있는 꼼꼼한 배우였다.

"아무리 그래도 네가 날 이길 수는 없어."

"계급장 떼고 붙어보죠, 그럼. 물론 연기입니다."

연기 대결을 펼치기로 내기를 한 이상, 이번에야말로 확실히 결정을 지어야겠다는 생각에 태웅은 투지를 불태웠다.

상대와는 달리 자신이 진다면 계약 조건상 목숨이 날아갈 수도 있는 위험한 일이었다.

현재 쌓아두고 있는 라이프 포인트는 118로 그리 넉넉하지 않은 상황.

최대한 빨리 영화를 완성시키고 관객 수를 채워야 했다.

그리고 엘리온을 발아래 무릎 꿇려야 했다.

"좋아, 이번에 한번 제대로 해보자."

엘리온의 촬영이 시작되었다.

높은 빌딩을 계단을 통해 올라가며 조직원들을 쓰러뜨리는 상황이었다.

반듯한 검은 정장을 차려입은 엘리온은 주인공의 그림자를 상징하는 인물로 절박하게 적을 쓰러뜨리는 주인공과 달리 때로는 웃으며, 때로는 냉소하며 위기를 여유롭게 헤쳐 나갔다.

달려드는 조직원들을 부수는 것 또한 냉철한 사이보그처럼 가차 없는 모습이었다.

모든 스포트라이트가 엘리온에게 집중되었고, 무더운 날씨에 높은 습도, 그리고 촬영장의 인원까지 겹쳐져 열기가 후끈 달아올랐다.

'보여주겠다. 내 생애 최고의 연기를.'

엘리온은 이를 악물었다.

이번에야말로 그가 적수로 인정한 태웅을 상대로 완벽한 연기를 펼치며 압도하고 싶었다.

자신의 내기를 받아준 그에게 고마움과 함께 한편으로 두려움을 느꼈기 때문이다.

지금까지 함께 연기를 하면서 그는 태웅의 끝을 알 수 없는 연기력과 표현력에 기가 죽고 말았다.

저건 누가 시키거나 배워서 할 수 있는 게 아니었다.

타고나야만 할 수 있는 연기였다.

애당초 그릇이 달랐다.

엘리온은 그 말이 무엇인지를 뼈저리게 실감했다.

자신도 악마의 연기력이라는 평을 듣고 있었지만, 그건 단지 자극적인 합성 조미료 같은 수준이었다.

"진정한 연기는 관객들을 압도하는 게 아니야. 관객들의 호흡과 함께 움직이는 숨소리 같은 거지."

그는 얼마 전 태웅이 뱉은 말을 떠올리고 몸서리를 쳤다.

이전에 라이더 베스에게 들은 말이었다.

태웅은 단지 대배우의 명언을 따라 했다고 했을 뿐이지만 그는 문득 영화의 스토리를 떠올렸다.

뒷골목에서 쓸쓸한 죽음을 맞은 대배우는 평소 절친하던

천재 박사의 도움을 받아 한국의 한 무명 스턴트맨의 몸으로 환생한다.

죽은 대배우의 뇌세포를 보존했다가 뇌사 상태에 빠진 스턴트맨에게 이식시킨 것이다.

그로 인해 대배우는 다시 살아나게 되었지만, 끊임없이 에너지원을 공급 받아야 그의 뇌세포는 살아갈 수 있었다.

그리고 그 에너지원은 바로 뇌사 상태의 스턴트맨이 꾸던 꿈이었다.

속칭 '배우의 꿈'.

세계적인 배우가 되고 싶었던 스턴트맨의 욕망이 바로 죽은 대배우의 뇌세포를 살아 있게 하는 자양분이 되었다.

'이게 정말 창작해 낸 이야기일 뿐일까? 그 자신이 실제 겪은 이야기는 아닐까?'

잠시 생각하던 그는 피식 웃으며 고개를 저었다.

'설마… 무슨 공상 과학도 아니고…….'

"어이, 엘리온! 촬영 시작이야!"

감독인 태웅의 말에 그는 상념을 떨쳐내고 호흡을 가다듬었다.

최고의 연기를 펼칠 만반의 준비가 되어 있었다.

촬영장인 고층 빌딩의 1층 로비에 선 그는 자신만만한 표정으로 태웅을 돌아보며 말했다.

"시작하시죠, 감독님."

"니가 말 안 해도 시작할 거야."

태웅은 쏘아붙이듯 내뱉고는 메가폰을 들었다.

"자, 신 213 갑니다. 쓰리, 투, 원… 레디, 액션!"

슬레이트 소리와 함께 엘리온의 촬영이 시작되었다.

조직원 역할을 맡은 수십 명의 스턴트맨이 엘리온을 향해 덤벼들었다.

격투 선수 같은 몸놀림으로 스산한 분위기를 풍기며 엘리온은 그들을 하나씩 쓰러뜨렸다.

격정적인 진흙탕 싸움을 펼쳐야 하는 태웅과는 달리 그는 좀 더 차갑고 스타일리시한 전투 기계 같은 액션을 구사해야 한다.

스스로에게 잘 맞는 옷이라고 자신하고 있던 만큼 엘리온은 조금의 실수나 흔들림도 없이 깔끔하고도 효율적인 액션을 펼쳤다.

'어때? 보고 있나, 김태웅?'

회심의 미소를 짓던 엘리온은 스턴트맨의 어깨너머로 보이는 태웅의 눈빛을 보곤 잠시 멍해지고 말았다.

그것은 경쟁자를 보는 눈빛도, 자신이 연출하는 영화의 출연 배우를 보는 눈빛도 아니었다.

'저건… 대체 뭐라고 해야 하는 거야? 제기랄.'

태웅은 스타도 감독도 작가도 아니었다.

단순한 주연배우도 아니었다.

그는 바로 영화 그 자체였다.

*   *   *

이어진 태웅의 연기는 처절함 그 자체였다.

만신창이가 되어 계단을 올라가는 그의 연기는 더 이상 액션이 아니었다.

그 자체가 휴먼 드라마이자 멜로, 호러, 누아르였다.

이미 그는 영화와 한 몸이 되어 있었다.

피범벅이 된 그가 최상층에서 거대 조직의 보스에게 총을 겨누는 장면에서 모든 카메라가 주인공의 얼굴을 비췄다.

"이것 좀 봐봐. 말도 안 돼."

촬영이 끝난 후 조감독은 스태프들과 함께 촬영 영상을 보며 입을 다물지 못했다.

그 한 장면.

영화의 정점이라고도 할 수 있는 장면에서 클로즈업된 태웅의 얼굴은 인간이 표현할 수 있는 모든 감정을 담고 있었다.

외로움, 쓸쓸함, 슬픔, 아픔, 기쁨, 절망……

수십, 수백 가지의 감정이 그의 초췌해진 얼굴에서 흘러나오고 있었다.

"이게 배우구나……."

화면을 지켜보고 있던 수많은 사람들 중 누군가의 입에서 새어 나온 말이다.

모두 같은 마음이었다.

보스에게 총을 겨눈 태웅이 입으로 '뱅' 소리를 내는 얼굴을 비추며 신은 끝이 났다.

"어땠어요? 괜찮았어요?"

피와 땀, 먼지로 뒤범벅이 된 태웅이 어느새 달라붙어 열심히 얼굴을 닦고 있는 스타일리스트들을 부담스럽다는 듯 둘러보며 입을 열었다.

액션 감독 쿠만은 더 볼 것도 없다는 듯 엄지손가락을 치켜세웠다.

"자넨 언제나 내 인생 액션 신을 갱신하는구먼."

"그 정도예요? 굿이네. 하하하!"

촬영이 끝난 태웅은 벌써 몰입에서 빠져나와 편안한 얼굴로 웃음 짓고 있었다.

지난 생에서는 연기에 과하게 몰입한 나머지 배역의 감정에 휩쓸리는 일이 잦았다.

멘탈이 박살 난 시기에 정신 분열을 유발하는 역할을 맡았고, 그것이 결국 약물 과다 복용과 죽음으로 이어지고 말았다.

배우는 수많은 사람의 삶을 체험하는 직업이다.

하지만 다른 사람이 아닌, 그 자신만의 삶이 존재한다.

그 삶을 제대로 살아가지 못한다면 아무리 연기를 잘한다고 한들 무슨 소용인가?

"내가 이겼어요."

엘리온이 상기된 얼굴로 다가와 태웅에게 말했다.

"정말 그렇게 생각해?"

"그래요. 그런 감상적이고 러프한 연기는 미숙할 뿐입니다. 이건 누가 봐도 나의 승리예요."

"그럼 네가 이긴 걸로 해."

"…뭐, 뭐라고?"

"네가 이긴 걸로 하라고. 그깟 연기, 1등이 아니면 어때?"

"하……!"

엘리온은 어이가 없었다.

그는 이 승부를 위해 최선을 다했다.

반면 태웅은 평소와 다름없는 연기를 펼쳤다.

멋진 연기였지만 특별히 더 힘을 준 것도 아니었다.

"내기를 우습게 보는군요."

"내기 따위가 대단할 건 또 뭔데? 연기란 게 영화와 마찬가지로 보는 사람 맘이잖아? 네가 그렇게 느꼈다면 그런 거겠지."

"시시하네. 그럼 당신의 정체를 밝혀보시죠. 그게 내기의 조건이었잖아요?"

내기에서 태웅이 진다면 라이더 베스에 대해 숨기고 있는 것을 솔직히 밝혀야 한다.

태웅은 어깨를 으쓱한 후 입을 열었다.

"이 영화는 내 자전적 이야기야. 뒷골목에서 쓸쓸하게 죽은 대배우가 바로 라이더 베스를 모티브로 한 거지. 이 정도면 다 얘기한 거겠지?"

"그건 다 아는 이야기인데요."

"난 다 얘기했어. 뭘 더 어쩌라고?"

태웅은 씨익 미소 지으며 그를 남겨두고 촬영장 한쪽에서 기다리고 있던 아름다운 여인에게로 향했다.

바로 강지나였다.

"정말 최고였어요. 오늘도 많이 힘들었죠?"

"늘 하던 대로 했을 뿐이죠. 이제 저녁 먹으러 가요."

멍하니 그들의 뒷모습을 바라보고 있던 엘리온은 깊은 한숨을 내쉬었다.

이 영화는 태웅의 자전적 영화이다.

그리고 영화에서는 죽은 할리우드 스타배우가 환생하여 한국의 스턴트맨으로 깨어난다.

그렇다면 그는 라이더 베스가 환생한 인물이라는 걸까?

"…정말 그게 사실이라고?"

진짜인지 아닌지 알 수 있는 방법은 없었다.

그가 최면을 통해 태웅과 그의 동생 태선, 매니저인 고서윤에게 암시를 걸었다는 건 사실이 아니었다.

아무리 최면술에 조예가 깊다고 해도 그런 짧은 시간에 깊은 암시를 거는 것은 불가능했으니까 말이다.

단지 태웅에 대한 궁금증과 그와 연기 대결을 펼치고 싶은 마음에 협박을 했을 뿐이다.

마침내 궁금한 부분에 대한 대답을 들었지만 오히려 머리가 더 복잡해졌다.

'도저히 믿을 수가 없군.'

결국 그는 고개를 젓고 말았다.

대답을 들었으나 믿을 수 없었고, 내기에서 이겼으나 패배감에 휩싸였다.

'내가 졌어.'

그는 태웅의 연기에서 도저히 넘을 수 없는 어떤 벽을 보았다.

그건 단지 재능이나 노력의 영역이 아니었다.

그건 밤하늘에 빛나는 별이 그 자리에 있는 것처럼 지극히 당연하고 원초적인 어떤 진리에 가까웠다.

'빌어먹을 미친 배우 같으니라고……'

연거푸 땅바닥을 발로 걷어차는 그의 입에서 거친 숨소리만 새어 나왔다.

*　　　　*　　　　*

'휴, 십년감수했네.'

내기에 졌기 때문에 엘리온에게 자신의 정체를 밝혀야 했지만, 태웅은 대충 얼렁뚱땅 얼버무려 넘어갈 수 있었다.

사실 연기에서 졌다고도 생각하지 않지만, 누가 이기고 지고를 따지기가 귀찮았다.

이제 와서 그게 뭐가 중요한가 싶기도 했다.

"무슨 생각을 그렇게 해요?"

함께 오픈카에 앉아 밤하늘을 올려다보던 강지나가 그를 보며 물었다.

"그냥 우리 앞날에 대해서요."

"앞날이 왜요?"

"아주 즐겁고 행복할 것 같거든요."

"그렇죠? 나도 그래요."

그녀는 환한 미소를 지었다.

"할아버지 만나봤어요."

"어때요? 생각 좀 해보셨대요?"

"아직도 갈팡질팡하시는 것 같더라고요. 태웅 씨 제안을 완전히 거절하는 것도 아니지만 그렇다고 받아들일 것 같지도 않았어요."

'당연히 그렇겠지.'

쉬운 결정일 리 없었다.

"그래서 그냥… 저질렀어요."

"저질러요?"

"네."

"이번엔 무슨 뜻인지 말해줄 거죠?"

"내일 뉴스 기사 보면 알게 될 거예요."

그녀의 말에 태웅은 손바닥으로 자신의 이마를 쳤다.

"대충 알 것 같은데."

"푸핫! 알 것 같아도 말하지 마요. 내일 뉴스로 봐야 재밌을 테니까."

그녀는 말하고 혼자서 실실대며 웃었다.

태웅은 그런 그녀를 보자 절로 웃음이 났다.

다음 날 각 언론사는 일제히 삼원 그룹의 전격 발표를 메인 뉴스로 다뤘다.

―삼원 그룹이 계열 분리를 전격 발표했습니다. 또한 순환 출자 구조를 끊기 위해 삼원 중공업이 가지고 있는 삼원 조선 지분 6.5%를 올 하반기 내로 매각하겠다고 밝혔습니다. 이는 현재 의정부 교도소에 수감되어 있는 강부식 회장의 뜻으로, 차후 족벌 경영 체제를 포기하고 이사회가 선출한 경영진으로 기업을 운영하는 방침을 추진한다고 합니다. 한국 최대의 기업인 삼원이 이러한 조치를 취함에 따라 앞으로 재벌

경영으로 대표되는 국내 기업 문화에 새바람이 일 것으로 전망됩니다.

삼원의 행보에 정재계의 시선이 집중되었다.

그룹 차원에서의 전격 발표를 통해 재벌 고유의 친족 경영을 포기하고 대기업의 폐단을 개선하겠다는 강력한 의지를 보여주었다는 점에서 호평이 잇따랐다.

수감 생활을 하고 있는 강부식 회장이 드디어 모든 것을 내려놓는다는 뜻을 밝힌 것이라는 의견이 많았다.

*   *   *

"이게 도대체 어떻게 된 일이야?"

삼원 그룹 부회장 강준수는 격분하여 책상을 주먹으로 내려쳤다.

모든 언론사에 삼원 그룹이 해체에 가까운 개혁을 한다는 기사가 떴기 때문이다.

"회장님 메일로 모든 언론사에 전송되었다고 합니다. 그룹 차원의 입장 발표 전문이라면서요."

"회장님은 메일을 못 쓰셔! 그리고 지금 감옥에 계시는 분이 어떻게 그런 걸 하겠냐고!"

"어떻게 할까요? 정정 보도 요청할까요?"

그때 누군가 문을 조심스레 두드렸다.

"들어와!"

강준수의 말에 부회장실 문을 열고 들어온 이는 다름 아닌 강부식 회장의 비서 실장이었다.

"실장님이 웬일이십니까?"

상대를 확인한 강준수가 언짢은 티를 팍팍 내며 물었다.

회장의 오랜 수족이자 나이도 상당한 비서 실장은 부회장인 그조차도 함부로 대할 수 없는 사람이었다.

적어도 회장이 살아 있는 동안에는 누구도 그를 무시할 수 없었다.

"회장님의 전언입니다."

"전언… 이요?"

"그렇습니다. 부회장님께 전하라고 하시더군요."

"뭡니까?"

비서 실장은 안경 너머로 그를 훑어보며 입을 열었다.

"오늘 아침 언론사에 보도된 전문을 그대로 이행하라고 하셨습니다."

"…뭐, 뭐라고요?"

강준수는 깜짝 놀라 자기도 모르게 소리를 질렀다.

비서 실장은 무표정한 얼굴로 다시 한번 같은 말을 반복했다.

"언론에 보도된 대로 행하라고 하셨습니다. 그 뜻이 곧 자신의 뜻이라고요."

"아니, 그런 말도 안 되는……."

"회장님의 말씀이십니다만… 듣지 않을 생각이십니까?"

번뜩이는 눈빛에 자기도 모르게 압도당한 강준수는 헛기침을 했다.

"듣지 않는다는 게 아닙니다. 그런데 그거, 정말 회장님이 보내신 겁니까?"

"그렇습니다. 회장님의 뜻이니 꼭 따르시기 바랍니다. 그리고 항소심은 포기한다고 말씀하셨습니다."

"…네?"

들을수록 기가 막힌 얘기뿐이었다.

하지만 비서 실장은 할 말만 하고는 고개를 꾸벅 숙였다.

"전언은 모두 전했습니다. 그럼 이행을 부탁드립니다."

얼떨떨해하는 강준수를 뒤로하고 부회장실을 나온 비서 실장은 고개를 저으며 씁쓸한 표정을 지었다.

"버르장머리 없는 놈. 자기 능력으로 부회장이 된 것도 아니면서 벌써 목이 뻣뻣해졌구먼."

빌딩을 나온 그는 하늘을 올려다보았다.

구름 한 점 없는 맑은 날씨였다.

'회장님… 왜 그러셨습니까?'

*　　　*　　　*

오늘 아침 기사가 난 후 그는 강부식 회장의 긴급 호출을 받았다.

교도소였지만 강부식 회장은 보통 거물이 아니기에 측근에게 연락을 취하는 것쯤은 누워서 떡 먹기였다.

회장은 면회 온 그를 보며 한동안 말이 없다가 조용히 지시를 내렸다.

그 말에 놀란 그가 이유를 묻자 회장은 오랜만에 온화한 미소를 보이며 말했다.

"그러고 보니 이번 주말이 손녀딸 생일이지 뭔가. 만날 길이 없으니 생일 선물이라도 해줄까 하고 말이야."

회장은 더 이상 아무 말도 하지 않은 채 그를 물렸다.

손을 휘휘 저으며 걸어가는 쓸쓸한 뒷모습은 그가 알던 회장이 아니었다.

'막내 아드님에 대한 미안함입니까, 아니면……'

그는 처음 삼원 그룹에 입사했을 때를 떠올렸다.

비슷한 연배이던 회장은 영화와 음악, 문학을 좋아하던 열정 넘치는 청년이었다.

아무런 배경도 없고 상사에게 아부도 못 하는 자신을 오직 능력만 보고 자신의 옆자리에 앉혔다.

진정한 친구 하나 없던 회장에게 있어 그는 유일하게 마음을 터놓을 수 있는 상대였다.

근 몇 년간 지병이 악화되어 회장의 곁을 떠나자 회장 역시 마음의 안정을 잃은 듯했다.

만약 그가 곁에 있었다면 차남의 잘못을 덮지 말고 죗값을 치르게 하라고 충고했을 것이다.

물론 은근히 자식 사랑이 지극한 회장이기에 그 말을 들었을지는 모르지만 말이다.

영화에 빠진 막내아들 강민수를 미국으로 내치고도 한동안 몹시 마음 아파하던 회장이었다.

아픈 손가락의 핏줄인 손녀딸을 유독 아낀 것도 미안한 마음이 거시였으리라.

'오랫동안 고생하셨습니다, 회장님.'

이제는 그 역시도 머리에 하얗게 서리가 내린 지 오래였다.

젊은 날을 함께한 회장의 퇴장에 그는 마음 깊이 고개를 숙였다.

＊　　　＊　　　＊

마침내 태웅이 각본을 쓰고 감독, 주연까지 맡은 화제의 영화 '배우, 미친 흡입력'의 촬영이 마무리되었다.

미국과 한국 양국에서 큰 반향을 일으켰을 뿐 아니라 각종 사건 사고를 몰고 다녔기에 영화에 대한 기대치는 높아질 대로 높아진 상태였다.

영화의 후반 작업이 진행되는 동안 태웅은 다양한 언론 매체와 인터뷰를 했다.

대부분 영화 자체에 대한 관심보다는 제작사 대표의 납치 사건과 그녀와의 열애에 대한 질문이 많았다.

빗발치는 관심에도 태웅은 들뜨지 않았다.

"제가 가는 곳마다 사건 사고가 일어나기 때문에 이제는 딱히 이상하지도 않습니다. 그냥 그러려니 하는 마음이고요. 이번 영화는 저의 자전적인 이야기라고도 할 수 있는 작품입니다. 혼신의 힘을 다해 연기했으니 꼭 봐주세요."

강지나에 대해서는 최대한 배려하는 마음으로 인터뷰를 했지만, 정작 그녀는 오히려 자신에게 쏟아지는 관심을 은근히 즐기는 것 같았다.

"스타가 되는 기분이 이런 건가 봐요? 이참에 나도 배우나 할까?"

이제는 은근슬쩍 반말을 섞으며 친밀함을 드러내는 그녀였다.

태웅은 빙긋 웃으며 손가락으로 그녀의 볼을 찔렀다.

손님이 적고 전망이 좋은 로스엔젤리스의 카페였다.

이제는 꽤 유명세가 있는 스타인 태웅이었지만 몇 안 되는 손님들은 별다른 관심을 두지 않고 자기 할 일을 하고 있었다.

"어디 보자. 일단 외모는 무조건 합격이고… 목소리와 발성도 나쁘지 않고… 연기는 자신 있어요?"

"그럼요. 한번 해볼까요?"

"오호, 엄청 적극적이네요?"

태웅은 핸드폰으로 한국 영화의 대사를 찾아서 그녀에게 보여주었다.

"이거 한번 해볼래요?"

"나 잘하면 캐스팅되는 거예요?"

"대표님께서 무슨 소리예요? 수틀리면 그냥 감독이든 뭐든 다 잘라 버리고 직접 하셔도 되는데."

"치, 내가 무슨 폭군인가?"

그녀는 핸드폰을 골똘히 바라보다가 자신 있다는 듯 주먹을 쥐며 연기를 시작했다.

"도대체 그 꼬마가 어디로 사라진 거람? 여봐라! 모두들 숲소글 사사치 뒤져라!"

"엥?"

태웅은 자신의 귀를 의심했다.

"지금 뭐라고 했어요?"

"왜요? 너무 잘했어요?"

"아니, 아니… 그 뒤에 뭔가 대사를 이상하게 쳤는데……."

"어디가요? 말을 해줘요."

"그냥 다시 한번 해볼래요?"

강지나는 순순히 방금 친 대사를 똑같이 반복했다.

"푸하하하하하!"

태웅은 배를 움켜쥐고 정신없이 웃어댔다.

얼굴이 빨개진 강지나가 주위를 살피고는 눈을 부라렸다.

"도대체 왜 그래요? 이상한 게 있으면 말을 해요, 말을!"

"지나 씨, 지금까지 왜 몰랐지? 아니, 의외로 발음이… 혀가……."

"아이 참, 진짜 왜 그러냐니깐!"

강지나가 뿔이 난 듯 태웅의 어깨와 팔을 손바닥으로 마구 때렸다.

하지만 태웅은 계속해서 실성한 사람처럼 웃을 뿐이었다.

*   *   *

후반 작업이 끝나고 '배우, 미친 흡입력'은 그해 11월에야 개봉 날짜가 잡혔다.

CG가 많이 들어가지 않은 만큼 후반 작업 기간이 그리 길진 않았지만, 배급사를 잡는 데 꽤 오랜 시간이 걸렸기 때문이다.

시기가 늦어진 것은 제안이 들어오지 않아서가 아니었다.

도리어 너무 많은 곳에서 제안이 들어오는 바람에 선별하기가 까다로웠기 때문이다.

메이저 배급사들이 경쟁하다시피 자신들이 배급을 맡겠다

고 하는 바람에 제작사 대표인 강지나는 즐거운 비명을 질렀
다.

기나긴 협상 끝에 배급사로 최종 결정된 곳은 미국의 '닥터
크럼블픽쳐스'였다.

새로 떠오르고 있는 신흥 강호로 기존의 미국 6대 메이저
스튜디오에 더하여 7대 배급사 중 하나로 손꼽히고 있었다.

기존의 배급사들이 이미 상업성이 검증되고 원작이 있는
안전한 프랜차이즈 영화 위주로 가는 데 비하여, '닥터크럼블
픽쳐스'는 보다 공격적이고 도전적인 전략을 취했다. 보편적인
흥행 공식을 따르지 않는 색다른 콘셉트의 영화를 배급하여
흥행시킴으로써 그 가능성과 비전을 인정받고 있는 곳이었다.

"그리고 또 이유가 있었죠."

배급사를 선택한 이유를 얘기하는 강지나를 보며 태웅은
이미 다 안다는 듯 피식 웃었다.

"다른 곳은 아마 자회사로 들어오라고 했겠죠?"

"어떻게 알았어요?"

"그거야 뻔하죠. 요즘은 말이 전략적 제휴지 독립 제작사를
거의 하청으로 두다시피 하는 구조니까. 투자하고 배급해 주
고 스튜디오를 임대하는 대신에 온갖 간섭을 하는 거죠."

다른 곳에 비하면 '닥터크럼블픽쳐스'의 계약은 비교적 양호
한 편이었다.

아직 할리우드에서 보자면 소규모 독립 제작사에 불과한 G나

인 프로덕션의 가능성을 믿고 지원해 주겠다고 제안한 것이다.

"퍼스트 룩 딜(투자를 위해 제작사 작품의 시놉시스나 트리트먼트를 미리 볼 수 있는 계약) 정도면 충분할 거예요. 투자 받는 건 그리 급할 필요 없고요."

"어떻게 그렇게 잘 알아요?"

강지나의 눈이 휘둥그레졌다.

태웅이 사업이나 계약에 잔뼈가 굵은 그녀로서도 깜짝 놀랄 만큼의 식견을 발휘했기 때문이다.

"옛날에 공부 좀 한 게 있거든요. 할리우드 영화 제작 시스템에 대해서."

그는 대충 얼버무렸다.

"전생 때문에 알고 있던 게 아니고요?"

그녀의 미소를 보며 태웅 역시 마주 웃었다.

"그건 비밀이에요."

"치, 무슨 비밀이 그리 많담? 하지만 존중해 줄게요. 누구에게나 숨기고 싶은 비밀 하나쯤은 있게 마련이니까."

어떻게든 연인의 머리부터 발끝까지 장악하고 파악하길 원하는 종류의 사람들도 많았지만, 그녀는 상대방을 존중할 줄 아는 여자였다.

늘 세심한 부분까지 배려하는 그녀를 알아갈수록 태웅은 더욱 빠져들지 않을 수 없었다.

"이번 영화 꼭 성공했으면 좋겠어요."

"잘될 거예요. 열심히 홍보하면 되죠, 뭐."

태웅은 이미 세계 각국을 돌며 영화의 홍보를 위해 뛸 준비
가 되어 있었다.

＊　　　＊　　　＊

영화 개봉 후 세계 각국에서 호평이 쏟아졌다.

이제 막 할리우드에서 두 작품을 촬영했지만 태웅은 세계
적인 유명 인사가 되어 있었다.

그런 그의 자전적인 이야기인 데다 직접 각본을 쓰고 감독
에 주연까지 맡았으니 화제가 되는 것은 당연했다.

엠바고가 풀린 후 '배우, 미친 흡입력'의 리뷰는 70개가 넘
게 달렸으며 신선도 지수는 99퍼센트를 기록했다.

메타크리틱에서는 100점 만점에 92점, IGN에서는 10점 만
점에 9.3이라는 경이적인 점수를 얻으면서 일을 냈다.

유명 영화웹진에서 잇따라 놀라운 점수를 얻었을 뿐 아니
라 영화 자체의 입소문까지 타면서 흥행은 더욱 불이 붙었다.

〈경이적인 연기력! 한 배우의 일생에서 가장 드라마틱한 장면
을 스파게티처럼 뽑아내다!〉

〈영화 전반 내내 흐르는 진한 감동! 도저히 실화를 기반으로
했다고는 믿을 수 없는 흥미진진한 전개!〉

〈액션 전문 배우 김태웅의 연기 변신? '쇼생크 탈출'을 능가하는 깊은 드라마가 있는 영화!〉

세계 유수의 영화 매체와 리뷰 블로거들 또한 호평을 쏟아냈다.

무엇보다 극찬받은 것은 바로 출연한 배우들의 연기였다.

누구 하나 뒤떨어지거나 어색한 사람 하나 없이 마치 맞춤옷을 입은 것처럼 완벽하고 자연스러운 연기였다.

심지어 연기력에서는 다소 아쉬움이 있다고 평가받던 메이린과 나진영조차도 조금의 부자연스러움도 없었다.

그중 유독 주목받은 것은 바로 엘리온 보나파르트였다.

할리우드의 떠오르는 스타로 강렬한 카리스마를 뽐내던 그는 이번에도 역시 강렬한 연기를 보여주었다.

주인공의 친구였다가 이중인격으로 인해 돌변한 그는 상반된 인격을 가진 두 사람의 연기를 차분하고도 섹시하게 소화해 냈다.

다른 인격에 몸을 지배당하면서 악마성을 가진 배우로 거듭나는 장면에서는 관객들이 섬뜩함을 느낄 정도로 압도적인 카리스마를 발산했다.

하지만 그조차도 태웅의 역대급 연기 앞에서는 빛이 바랬다.

눈빛 하나에 수백, 수천의 감정을 담아내는 그의 연기는 이미 신의 반열에 올라 있었다.

영화를 본 모든 이가 태웅의 연기를 영원히 가슴속에 담았고, 평생 동안 잊지 못했다.

관객들의 영혼마저도 죄다 빨아들인 미친 흡입력.

영화 제목처럼 태웅은 이번 영화를 통해 절대적인 연기력을 보여주었다.

개봉 전날 전야제 시사회에서 '배우, 미친 흡입력'은 하루 만에 7천 2백만 달러, 한국 돈으로는 780억 원에 달하는 수익을 냈다.

개봉 후 진 세계에서 폭발적인 흥행을 기록했는네, 북미에서만 영화 수익 6억 3천만 달러(한국 돈 약 6,800억 원)를 달성했고 한국에서는 3주 만에 천만 관객을 돌파했다.

최종 스코어는 전 세계 극장 수입 9억 2,320만 달러에 박스 오피스 1위.

한화로는 무려 약 1조 14억 원이라는 어마어마한 수입을 올렸다.

〈신이 내린 배우 김태웅! 세계 영화계의 역사를 다시 쓰다!〉

〈말 그대로 미친 흡입력, 믿을 수 없는 신화 속 주인공 김태웅!〉

〈현실에 재림한 연기의 신, 역대 최고의 반열에 오른 슈퍼스타!〉

수많은 미사여구가 쏟아졌지만 태웅은 딱히 설레지 않았다.

그는 도리어 신기한 기분이 들었다.

이 영화는 자신의 자전적인 이야기였다.

딱히 블록버스터도 아니었고 엄청나게 기발한 이야기도 아니었다.

그럼에도 불구하고 수많은 사람들이 열광했고 미친 듯이 빠져들었다.

태웅의 미친 연기력도 한몫했지만 그는 다른 이유를 생각했다.

모든 관객이 반쯤 미쳐서 그의 영화를 볼 수 있었던 이유는 바로 '몰입'.

그 자신이 마치 영화의 주인공인 것처럼 몰입하게 한 태웅의 각본과 연출, 연기.

이 세 가지가 삼위일체가 되어 최고의 화학반응을 일으킨 것이었다.

자전적인 이야기였기에 누구보다 잘 쓸 수 있었고 찍을 수 있었으며 연기할 수 있었다.

이 영화는 바로 태웅의 인생 그 자체였다.

'이제 나는 라이더 베스가 아니라 김태웅이다.'

너무나도 당연한 사실을 그는 여러 번 반복해서 되뇌었다.

"태웅아!"

G나인 프로덕션 문을 거칠게 열고 윤철과 홍구가 들어왔다.

"야, 이것들아, 여기는 남의 사무실인데 문 부술 일 있어?"

거칠게 숨을 몰아쉬는 두 남자를 보며 태웅은 고개를 저었다.

벌써 비버리힐스에 있는 태웅의 집에서 죽치고 있은 지 어언 2주.

당최 한국에 돌아갈 생각을 않는 이 둘을 언제쯤 쫓아낼까 궁리하고 있는 찰나였다.

"지금 그게 문제가 아니야! 너 아카데미상 남우주연상 후보에 올랐대!"

"엥?"

대표 의자에 앉아 있던 강지나 역시 자리에서 벌떡 일어났다.

"그게 정말이에요? 아카데미상?"

그녀는 옆에 있던 태선을 와락 끌어안고 방방 뛰었다.

태선은 멀뚱멀뚱한 얼굴로 어색한 미소를 지었다.

"설마 내 친구가 칸에 이어 아카데미상을 타는 날이 올 줄이야!"

"…아직 안 탔거든."

벌써부터 설레발을 치는 친구들의 모습을 보며 태웅은 묘한 기분이 들었다.

전생에서 그가 상을 탔을 때는 이런 기분이 아니었다.

그의 곁에는 친구이자 매니저인 엘런, 아니면 액세서리 바꾸듯 갈아치우던 여자들이 있었다.

스스로도 즐거움이나 기쁨을 느낄 수 없었다.

그런데 지금은 달랐다.

진심으로 마음을 터놓을 수 있는 친구들과 가족이 있었다.

그리고 평생을 함께하고 싶은 여자가 있었다.

이번 생만큼은 실패로 끝내고 싶지 않았다.

"아카데미상, 꼭 탈 테니까 다들 보러 와."

태웅은 모두를 둘러보며 작지만 명확한 목소리로 말했다.

S# 6
월드 스타 김태웅

아카데미 시상식장에 들어서며 태웅은 주위를 둘러보았다.

어느 나라에 가든 공항을 가득 메울 슈퍼스타들이 즐비했다.

무수히 참석한 곳이지만 이번에는 감회가 새로웠다.

김태웅으로서, 남우주연상 후보로서 이곳에 왔다.

자신의 이야기를 토대로 한 영화를 만들었고, 세계적인 흥행을 기록했으며, 주연으로서 인정을 받아 이 자리에 왔다.

그를 보는 할리우드 스타들의 시선은 경외와 호의, 놀라움, 질투의 감정을 담고 있었다.

이제는 한국에서 온 별종이 아닌 당당한 월드 스타의 반열에 오른 것이다.

'어지간히 힐끔거리네. 스타 배우 처음 보나?'

그는 시스템의 메뉴를 열어 자신의 월드 스타 지수를 체크했다.

어느덧 90퍼센트에 도달해 있었다.

아카데미상을 받는다면 100퍼센트 달성할 수도 있었다.

"반가워요, 태웅. 나 크리스 노울입니다."

세계 최고의 영화감독인 크리스 노울이 태웅에게 다가와 악수를 청했다.

전생에서는 딱 한 번 함께 작업을 했는데 작품에 대한 의견 차이로 아웅다웅하고는 다시는 안 보는 사이가 되었다.

그런데 다시 이렇게 만나서 대화를 나누게 되니 기분이 묘했다.

"김태웅입니다. 만나서 기쁩니다."

"영화 잘 봤어요. 카리스마 있는 액션 배우로만 알았는데 드라마도 훌륭히 소화했더군요. 게다가 시나리오나 연출도 나무랄 데 없고요."

"고맙습니다."

"다음 작품 함께했으면 하는데 어떤가요? 당신과 꼭 하고 싶은 작품이 있습니다."

스스럼없는 제안이었다.

세계 최고의 감독으로서 나름 목에 힘을 줄 법도 하건만 이렇게 초면에 대뜸 캐스팅 제의라니 쿨한 성격은 여전했다.

"어떤 작품인가요?"

다른 배우라면 무조건 오케이 할 세계 최고 감독의 제안이건만 태웅은 일단 어떤 작품인지부터 물었다.

"재난 영화가 될 겁니다. 바다를 주제로 한 거죠. 아마 북극이나 베링해 쪽에서 찍지 않을까 싶어요."

"하……."

듣기만 해도 혈관이 얼어붙는 소리였다.

"일단 시나리오를 보내주시면 읽어보겠습니다."

고려해 보겠다는 말이었지만 크리스의 얼굴이 환해졌다.

"내 비서를 통해 메일로 쏴드리죠. 아마 기대해도 좋을 겁니다. 내가 쓴 시나리오 중 최고의 물건이거든요."

그와 명함을 교환한 후 태웅은 한숨을 내쉬었다.

이번에는 좀 편한 로맨틱 코미디나 비즈니스 영화를 찍고 싶었다.

아무리 세계 최고 감독의 제안이라지만, 목숨을 거는 짓은 유스 곤 와일드에서 해도 충분했다.

"오빠, 저거 할 거예요?"

이번에도 함께 참석한 메이린이 물었다.

"아니. 재난 영화라면 지긋지긋해요. 왜요?"

"나한테도 저 영화 제안 들어왔거든요."

"엥?"

"아마 저 감독님, '결심, 하다' 보고 우리한테 반했나 봐요."

메이린과 함께 찍은 영화를 떠올리자 태웅은 감회가 새로
웠다.

그야말로 전쟁 같은 촬영이었다.

"올해의 아카데미 시상식을 시작하겠습니다!"

진행자 윌리 엘리어트의 멘트와 함께 악단이 웅장한 음악
을 연주했다.

　　　　　　*　　　　*　　　　*

아카데미상 수상을 위해서는 한두 푼이 들어가는 것이 아
니라는 소리가 있었다.

그만큼 많은 로비와 홍보가 필요하다는 뜻이다.

영화제를 앞두고 최대한 많은 광고와 행사, 언론 노출을 해
야 승산이 올라간다.

그런 면에서 볼 때 한국 배우인 데다 신생 프로덕션이 제작
한 영화의 주인공인 태웅은 수상 경쟁에서 다소 밀릴 것이라
는 의견이 많았다.

이미 두 번의 남우주연상 수상 경력이 있는 올리버 라디스,
30년의 연기 경력과 40편에 달하는 필모그래피를 가지고 있
는 중견 배우 베르나르도 부탠, 연기의 장인으로 오랫동안 빛
을 못 보다가 최근작으로 평론가와 대중의 극찬을 받은 알렉

산더 피에른이 태웅과 함께 노미네이트된 배우들이었다.

물론 흥행 성적에서는 태웅의 영화가 압도적이었지만, 아카데미상은 흥행으로 주어지는 것이 아니었기에 그가 수상할 수 있을지에 대해서는 찬반이 갈렸다.

후보에 오른 배우들의 모습이 화면에 등장한 후 시상자가 긴장된 얼굴로 좌중을 둘러보았다.

"너무도 쟁쟁한 배우들이 후보에 올랐는데요, 과연 올해 아카데미 남우주연상의 주인공은 누가 될까요? 이제 발표하겠습니다."

잠시 수상자 이름이 적힌 가드를 들고 눈알을 굴리며 뜸을 들이던 시상자가 입을 열었다.

"'배우, 미친 흡입력'의 태웅 김! 축하합니다!"

그 말과 동시에 객석이 술렁거렸다.

환호와 박수가 동시에 터져 나오며 수많은 기자들의 플래시가 터졌다.

"오빠! 축하해요!"

옆자리에 앉은 메이린이 태웅을 와락 끌어안았다.

'아니, 얘가 왜 이래?'

수상한 것보다 더 당황스럽게 만드는 그녀의 행동이었다.

세계의 시선이 집중되어 있는데 이런 짓을 하다니…….

다른 무엇보다 강지나의 따가운 눈빛이 뒤통수를 후려갈기는 것 같아서 태웅은 머쓱해하며 메이린을 떼어놓았다.

함께 시상식에 참석한 '배우, 미친 흡입력'의 배우들이 역시 태웅에게 찬사를 보냈다.

"태웅! 해냈구나! 난 이렇게 될 줄 알았어!"

베니아 라조프와 섬 피어스 역시 태웅의 어깨를 두드렸다.

조금 뒤쪽에 떨어져 날카로운 시선을 보내던 엘리온이 피식 웃으며 고개를 저었다.

가까이 다가와 축하를 해주진 않았지만, 태웅과 시선이 마주쳤을 때 그는 한쪽 눈을 찡긋했다.

'저 자식이… 기분 나쁘게 왜 윙크를 하고 지랄이야?'

태웅은 속으로 욕을 퍼부었지만 이상하게 기분이 나쁘진 않았다.

왠지 모르게 그가 이미 죽어버린 친구 엘런처럼 느껴졌다.

단상에 오른 태웅은 시상자에게 상을 건네받은 후 객석을 살폈다.

모두가 호기심과 선망의 눈빛으로 자신을 바라보는 것이 느껴졌다.

물론 질투와 증오, 혐오의 눈빛도 숨어 있겠지만 그런 것들조차도 그는 두렵지 않았다.

이 순간 자신에게 무관심한 사람은 이 안에 아무도 없으니까.

"제 약속을 지켰네요. 작년에 이곳에서 남우주연상을 타겠다고 한 것 같은데, 맞죠?"

태웅의 말에 객석에서 웃음이 터졌다.

몇몇 배우들이 자리에서 일어나 환호하기도 했다.

"이 상을 탄 것만으로도 무척 기쁘지만 기왕이면 몇 번 더 타고 싶네요. 아카데미상 단골 수상 배우라는 꼬리표가 달렸으면 하는 바람입니다. 감사합니다."

생방송이고 짧은 소감을 원하는 아카데미 시상식임을 감안하더라도 너무 간략한 소감이었다.

동양 배우로서 수상한 것에 대한 감회나 화학조미료같이 자극적인 소감을 말할 것으로 예상한 관객들과 기자들로서는 의아할 정도였다.

하지만 태웅은 전혀 들뜨지 않았기에 이 정도 수상 소감만으로도 충분했다.

'어차피 또 올 건데, 뭐……'

처음 아카데미상을 탔을 때 라이더 베스는 서른네 살이었다.

그때보다 훨씬 젊은 나이에 수상했으니 또 남우주연상을 탈 가능성은 충분했다.

소감을 마치고 내려가던 그는 문득 한 곳에 시선이 꽂혔다.

놀란 그는 눈을 크게 뜨고 멈춰 서고 말았다.

관객석의 맨 뒷자리, 희미한 조명만이 비추는 그곳에 시스템의 요정 오한수가 앉아 있었다.

'축하해, 배우 김태웅. 결국 또 해냈구먼.'

멀리서도 그의 목소리가 귓가에 또렷하게 들려왔다.

순간 그는 기억해 냈다.

자신이 죽던 날 밤, 호텔 방에 오기 전 뒷골목에서 본 걸인 하나를.

*   *   *

고독하고 쓸쓸한 밤이었다.

세계 최고의 슈퍼스타이던 라이더 베스는 이제 사고만 치는 인성 최악의 배우로 취급받고 있었다.

유일한 친구이자 매니저인 엘런과 대판 싸우고 연락을 끊은 지도 어느덧 일주일이 지났다.

그는 자신을 농락한 여자 데이라 엔젤을 떠올렸다.

한때 그녀를 원망하고 증오했지만 이제는 아니었다.

문제가 있는 것은 나태하고 방탕하며 감정 통제를 못 하는 자기 자신이었다.

그녀는 핑계였을 뿐이다.

"이봐요, 거기 청년! 5달러만 줄 수 있소?"

그는 소리가 들려온 곳으로 고개를 돌렸다.

허름하고 더러운 옷을 걸친 걸인 하나가 골목길 한구석에 앉아 있었다.

'비싼 호텔이라더니 주변은 할렘가나 다를 바 없군.'

휘황찬란하게 우뚝 솟은 최고급 호텔이었지만 음습한 뒷골목이 근처에 많았다.

열두 시가 넘은 시간이다 보니 사실 이런 곳을 배회하는 것은 위험하기 짝이 없는 일이었다.

하지만 그는 그런 것에 신경 쓸 여유가 없었고, 그렇다 보니 딱히 겁이 나지도 않았다.

"5달러만 주시오. 이틀째 아무것도 못 먹었어요. 제발……."

애원하는 그의 얼굴을 보니 동양인인 것 같았다.

머리가 벗겨지고 코와 턱 주변에 수염이 그득하여 나이를 진작할 순 없었지만, 불뚝 솟은 배를 보니 며칠 굶은 것 같지는 않았다.

그렇다고 해서 그를 붙잡고 참인지 거짓인지를 가릴 생각은 없었다.

그는 지갑에서 백 달러짜리 지폐를 꺼내 내밀었다.

"오오, 선생님! 이렇게 큰돈을… 감사합니다! 정말 감사합니다!"

가던 길을 가려는 라이더의 팔을 걸인이 붙잡았다.

코를 찌르는 악취가 왈칵 풍기자 그는 걸인을 뿌리쳤다.

그 바람에 걸인이 바닥에 털썩 주저앉고 말았다.

"미안합니다. 나도 모르게……."

라이더는 찜찜한 기분에 그를 부축해 일으켜 세웠다.

하지만 걸인은 화를 내지도, 따지지도 않고 물끄러미 얼굴을 바라보더니 입을 열었다.

"당신, 아주 유명한 사람이군요. 그런데… 신수가 좋지 않아 보입니다."

"신수?"

"난 역학을 공부한 한국인입니다. 관상도 좀 볼 줄 알거든요."

"관상? 역학? 그게 다 뭡니까?"

"간단히 말해서 운명을 볼 수 있다 이겁니다. 특히 관상이라 함은 사람의 얼굴을 보고 운을 짐작하는 학문이죠."

흥미가 일긴 했지만 그는 그를 더 이상 상대할 마음의 여유가 없었다.

"재밌군. 하지만 난 시간이 없소. 그럼 이만."

등을 돌려 숙소로 향하는데 그의 목소리가 들려왔다.

"당분간 사람들을 곁에 두세요! 혼자 있으면 좋지 않은 일이 일어날 겁니다! 당신… 얼굴에 죽음의 기운이 보여요!"

'뭐라는 거야?'

라이더는 불쾌한 마음에 뒤를 돌아보았다.

하지만 걸인의 모습은 어느새 사라지고 없었다.

'내가 헛것을 봤나?'

코를 찌르던 악취와 자신을 바라보던 그의 눈빛이 생생했다.

그런데 잠깐 사이에 증발이라도 한 것처럼 사라졌다.

'아직 약이 덜 깼나.'

그는 아직 머릿속이 몽롱했다.

이미 약물은 그의 온몸을 잠식하고 있었고, 늘 안개가 낀 것처럼 정신이 흐리멍덩했다.

한때는 끊으려고 시도도 해봤지만 이제는 모든 걸 포기했다.

주사 바늘이 하나씩 늘어날수록 그의 꿈도 사라져 갔다.

'가만, 나에게 꿈이 있었던가?'

그는 피식 웃고 말았다.

그 웃음은 점점 거져서 마침내 실성한 사람처럼 길 한복판에서 껄껄거리고 있었다.

인적이 드문 시간이었기에 그를 바라보는 건 밤하늘에 빛나고 있는 별뿐이었다.

'그래, 나에게도 꿈이 있었다. 그게 무슨 꿈이었을까?'

그는 아직 절망을 할 힘이 남아 있었다.

절망을 한다는 것은 희망이 있다는 것이다.

그리고 그의 마음속에는 아직 꿈의 조각 하나가 남아 있었다.

"그래, 나는… 배우가 되고 싶었지."

배우의 꿈.

그것이 바로 라이더가 꾸던 꿈이었다.

김태웅 역시 그 꿈을 꾸었다.

그날 밤, 라이더 베스는 약물 과다 복용으로 사망했다.

스턴트맨 태웅이 영화 촬영 현장에서 사고를 당하고 의식불명에 빠진 날이었다.

*　　　*　　　*

"자! 이제 본격적으로 킹크랩을 잡아보도록 할까요? 정말 기대되는 촬영이 아닐 수 없습니다!"

유스 곤 와일드 새 시즌 촬영 현장.

노튼 베어울프는 베링해로 떠나는 어선 앞에서 신나는 듯 함박웃음을 지었다.

그 모습을 찍고 있는 그의 친구이자 카메라맨은 똥 씹은 표정이었다.

지금까지 많은 험지에서 촬영을 했지만, 이번만큼 살아 돌아올 수 있을지 자신이 없는 것이 처음이었다.

"오늘 촬영은 아주 특별한 사람과 함께할 겁니다. 저와 절친한 친구이기도 하죠. 그 사람이 누굴까요?"

그는 혼자서 북을 치는 듯한 동작을 하더니 손을 힘차게 하늘로 뻗으며 말했다.

"아카데미 남우주연상에 빛나는 태웅 김! 시즌2에서 함께한 세계 최고의 배우가 저와 함께 베링해 킹크랩 잡이에 도전합니다!"

카메라 밖에서 대기하고 있던 태웅이 힘차게 뛰어나왔다.

"안녕하세요? 김태웅입니다. 유스 곤 와일드 시청자 여러분, 오랜만이에요."

위험한 촬영을 앞두고도 그의 표정은 오히려 기대에 차 있었다.

노튼은 그와 하이파이브를 하곤 와락 부둥켜안았다.

"시청자 여러분이 기뻐하는 소리가 들리는 것 같네요. 이 시대 최고의 배우이자 슈퍼스타인 태웅이 이렇게 위험한 촬영에 참가한다는 소식, 지금까지 비밀로 하느라 엄청 힘들었습니다."

"새 영화 촬영을 앞두고 미리 전지훈련차 온 건데요, 막상 와보니 설렁설렁한 마음으로 해서는 안 될 것 같아요. 정말 파도와 추위가 장난이 아니네요."

그들의 뒤에는 금방이라도 모든 걸 집어삼킬 듯한 블랙홀 같은 베링해가 펼쳐져 있었다.

알래스카와 러시아 사이에 위치한 베링해는 세상에서 가장 위험한 장소라고도 알려져 있었는데, 이곳에서 값비싼 킹크랩이 잡혔기에 수많은 고깃배가 몰려들어 목숨을 건 어업을 하고는 했다.

검은색에 가까운 바다가 반쯤 얼어붙어 있었고, 하늘에는 먹구름이 가득해 빛도 잘 들지 않았다. 파도는 비교적 잠잠했지만 칼바람이 세차게 불어왔고, 부두에 설치된 그물망과 배

곳곳이 얼음으로 뒤덮여 있었다.

큰 직사각형의 그물망 수십 개가 배에 빼곡히 차 있었는데, 이걸 바다에 던진 후 건져 올려 킹크랩을 낚는 식이었다.

*　　　*　　　*

워낙 위험한 촬영이었기에 유스 곤 와일드 촬영진 중에서는 노튼과 카메라맨, 그리고 태웅만 배에 탑승하기로 했다.

고서윤이 절대로 혼자 보낼 수 없다며 시위를 벌였지만 태웅은 촬영 날짜를 속이고 그를 떼어놓고 오는 데 성공했다.

해상에서의 재난 사고를 주제로 한 크리스 노울 감독의 신작 '검은 심연의 암살자'에 출연하기로 계약했기에 언제나처럼 태웅은 미리 작품 준비를 하려고 이곳으로 오게 되었다.

마침 현지에서 유스 곤 와일드 최대, 최악의 프로젝트를 준비하고 있던 노튼과 만나게 되었고, 즉석에서 출연하기로 합의했는데 그게 바로 베링해 킹크랩 잡이 어선을 타는 일이었다.

'지나 씨가 알면 날 죽이려고 하겠지?'

이렇게 위험한 촬영을 한다는 것을 알면 그녀가 허락할 리 만무했기에 일단 저지르고 보자는 생각이었다.

아마 미국으로 돌아간다면 박살이 나겠지만……

그는 눈앞에 펼쳐진 베링해를 보는 순간, 세이렌에 홀린 듯

배에 오르고 싶은 충동이 일었다.

이미 여러 번 죽을 고비를 넘겼기에 절대로 죽지 않을 것이란 자신감도 있었다.

그런 마음에 균열을 일으키는 노튼의 멘트가 이어졌다.

"다시 한번 말씀드리지만 이번 촬영은 정말 위험합니다. 본격적으로 킹크랩이 잡히기 시작하면 거의 일주일 동안 잠을 못 잔다고도 하고요. 집채만 한 파도에 배가 널뛰기를 한다고도 해요. 사람도 수시로 죽어나가는 최악의 환경이죠. 바로 이런 죽음의 세계로 시청자 여러분을 초대합니다."

이런 짓에 잔뼈가 굵은 노튼으로서도 세법 긴장하는 기색이었다.

"부디 바다 신의 가호가 있기를 바랍니다. 자, 이제 떠나볼까요?"

셋은 선원의 안내를 받으며 어선에 올랐다.

선장은 턱에 기른 수염이 가슴까지 내려와 있는 중년의 사내였는데, 눈에서 레이저를 쏘는 것처럼 안광이 형형했다.

"이건 정말 어마어마하게 위험한 작업이에요. 까딱하면 물고기 밥이 될 테니 정신 똑바로 차려요."

선장의 경고가 예사롭지 않게 느껴졌다.

*   *   *

배가 출발한 지 1시간 30분 후.

"으아아아악!"

노튼이 배 난간을 붙잡으며 비명을 질렀다.

배를 양옆으로 두들겨 대는 무시무시한 파도의 기세에 그도 어쩔 수 없는 모양이었다.

"젠장, 이거 진짜 장난이 아니잖아?"

카메라맨과 태웅 역시 가슴을 졸이며 있는 힘껏 난간에 매달려 있었다.

거대한 대자연의 힘 앞에서는 아무리 인간이라도 어쩔 수 없다는 사실을 실감하자 태웅의 가슴에 묘한 흥분이 일었다.

절대로 넘을 수 없는 벽 앞에서 온몸을 내던지는 기분.

마치 처음 카메라 앞에서 연기할 때와 같은 느낌이었다.

"하하하하!"

왠지 모르지만 그는 웃음을 터뜨리고 있었다.

가슴이 뻥 뚫린 듯 시원한 기분이 들었다.

'뭐야? 설마 실성한 건가?'

노튼은 정신없는 와중에도 태웅이 걱정되지 않을 수 없었다.

이곳에서 맛이 가버리면 십중팔구 죽게 된다.

5미터 이상의 파도가 수시로 배를 덮치고, 바다에 빠지면 차가운 온도에 즉시 심장마비에 걸린다.

정신을 제대로 부여잡고 있지 않으면 죽는 것이다.

"태웅! 괜찮아? 정신 좀 차려!"

"난 멀쩡해! 여기 너무 재밌어!"

"이게 재밌다고?"

노튼마저도 질릴 정도였다.

다시 한번 강력한 파도가 강편치처럼 배를 후려갈겼다.

이런 상황에서는 더 이상 말하는 것은 무리였기에 노튼은 눈을 질끈 감고 신을 향해 기도할 수밖에 없었다.

그의 귓가에 태웅이 뭐라고 계속 떠드는 소리가 들려왔다.

하지만 무슨 뜻인지 명확히 들리지 않았고 그럴 정신도 없었다.

한 번 출항하면 대략 보름 이상 배 위에서 지내야 하기에 이제 와서 배를 돌릴 수도 없는 노릇.

선원들과 유스 곤 와일드의 용사들은 치밀어 오르는 욕지기와 구토를 참아가며 이를 악물고 버틸 수밖에 없었다.

모두가 괴로움과 공포에 질려 있을 때, 태웅만큼은 예외였다.

계속해서 물벼락을 뒤집어쓰는 와중에 그는 살아 있음을 느꼈다.

최고의 자리에 올랐다고 해서 안주하거나 나태해질 수 없었다.

열정을 잃어갈 때면 언제나 심장 어딘가에 숨어 있을 꿈을 찾아서 끄집어낼 것이다.

"으아아악!"

고층 빌딩처럼 치솟은 파도가 배를 덮쳐오자 선원들이 비명을 질렀다.

태웅은 대자연의 분노 앞에서 실성한 사람처럼 웃었다.

'그래, 난 배우야. 몇 번을 다시 살아도 영원히……'

*　　　*　　　*

그로부터 한 달 후, 캐나다 옐로나이프.

성공적으로 유스 곤 와일드 촬영을 마친 태웅은 텐트 앞에서 느긋하게 모닥불을 쬐고 있었다.

옆에 앉은 강지나가 빙긋 웃으며 손에 든 커피를 그에게 건넸다.

"고마워요."

"정말 뭐가 예쁘다고 내가 이러는지… 나 생과부 만들려고 그랬어요?"

"우리 아직 결혼도 안 했는데 과부라뇨? 하하하!"

처음에는 유스 곤 와일드 촬영을 했다는 소리에 대수롭지 않게 넘긴 그녀였지만, 촬영 내용을 듣고 나선 얼굴이 새파랗게 질렸다.

언제든 죽을 수 있는 위험한 짓을 말도 하지 않고 했다는 것에 분노와 섭섭함이 치솟았다.

그 덕분에 태웅은 알래스카까지 날아온 그녀에게 무릎 꿇고 손발이 닳도록 빌어야 했다.

다시는 이런 짓을 하지 않겠다고 약속한 후 캐나다의 아름다운 오로라를 보러 가자는 말로 간신히 달랠 수 있었다.

"그런데 오로라가 언제쯤 뜨는 거예요?"

"듣기로는 이번 주가 오로라를 볼 수 있는 최고의 기간이라고 했는데 아직이네요. 시간은 많으니 좀 더 기다려 봐요."

주변에는 오로라를 보기 위해 세계 각지에서 날아온 수많은 여행자들이 있었다.

오로라를 보기에 가장 명당이라는 옐로나이프에서 태웅을 신경 쓰는 사람은 없었고, 두 사람은 고요한 둘만의 시간을 보낼 수 있었다.

"올해는 정말 쉴 거예요?"

"그럼요. 크리스 놀 감독 영화는 내년 봄부터 시작이니까 아직 시간이 좀 있어요."

워낙 바쁘게 살아온 나날이었기에 지금의 휴식이 꿈만 같았다.

월드 스타 지수 100퍼센트를 달성하고 시스템의 제약에서도 벗어난 태웅은 이제 자신의 인생을 만끽하고 있었다.

아카데미 남우주연상 수상 후 쏟아지는 인터뷰 세례와 광고, 프로그램 출연 제의도 거절했다.

더 이상 무리할 필요가 없었기에 한국과 미국을 오가며 친구들을 만나고 소소하게 여행을 즐기기도 했다.

갑자기 웅성거리는 소리가 들려왔다.

모두가 허공을 바라보고 있어서 드디어 오로라가 나타났나 했더니 웬 헬기 한 대가 저공비행을 하며 날아오고 있었다.

"저게 뭐야?"

사람들은 어리둥절하여 서로의 얼굴을 바라봤다.

캠핑장 한복판 공터에 헬기가 천천히 착륙했다.

그리고 문이 열리며 내린 사람을 보고 모든 사람이 입을 쩍 벌렸다.

*   *   *

바로 미국 대통령 크럼트였다.

검은 정장을 입고 선글라스를 쓴 여러 명의 수행원들에게 둘러싸인 그가 태웅을 향해 다가왔다.

"미스터 태웅, 여기 있다는 소리를 듣고 들렀어요."

"반갑습니다. 여긴 무슨 일이십니까?"

태웅은 악수를 청해 오는 그의 손을 맞잡으며 물었다.

"내가 캐나다로 휴가를 왔거든요. 밴쿠버 쪽의 오케이폴스라고, 아주 즐겨 찾는 곳이죠. 그런데 당신이 여기 있다길래 한번 와본 겁니다."

한국에 있을 때 청와대에서 본 이후 처음이다.

그런데 딱히 큰 친분도 없는 자신 때문에 이렇게 휴가 도중에 헬기를 타고 날아오다니, 조금 의외긴 했다.

"당신 영화는 빠짐없이 보고 있어요. 볼 때마다 너무 재밌고 쩔어주더군요."

엄지손가락을 내밀며 그가 껄껄 웃었다.

여전히 대통령치고는 한없이 가벼운 언사였다.

"그런가요? 감사합니다."

"함께 있는 레이디는 태웅 씨 걸프렌드인가요?"

그가 강지나를 스윽 훑어보고 물었다.

"그렇습니다."

"휘유, 능력 좋네요. 하하! 어떻게 저런 미인을……."

그는 한쪽 눈을 찡긋하더니 태웅의 귓가에 속삭였다.

"나도 새로 온 비서가 오로라를 구경하고 싶다고 하더군요. 그래서 여기로 잠깐 나왔죠."

그 말을 들은 태웅은 단번에 눈치챌 수 있었다.

멀찍이 뒤에 서 있는 여자의 모습이 얼핏 봐도 보통 미모가 아니었기 때문이다.

한마디로 휴가를 와서 여비서와 부적절한 관계를 맺고 있다는 뜻이리라.

'가만, 왠지 낯이 익은데?'

태웅은 그녀의 얼굴을 보곤 뒤통수를 한 대 맞은 듯한 충격에 빠졌다.

데이라 엔젤!

전생에서 자신의 삶을 망쳐놓은 그녀가 미국 대통령 옆에 있었다.

'새 비서라고? 이번엔 대통령이 타깃인가?'

매혹적인 푸른 눈동자, 웨이브 진 풍성한 검은 머리칼은 여전했다.

비너스의 재림이라고 할 만한 유려한 몸매 또한 그대로였다.

그녀는 태웅을 지그시 바라보더니 입가에 살짝 미소를 띤 채 고개를 숙였다.

태웅은 그 모습을 보고 작게 한숨을 내쉬었다.

그녀를 다시 보게 되면 어떨까 오랫동안 생각한 적이 있었다.

흔들리지 않을까 걱정도 했다.

하지만 뜻밖에도 더 이상 마음이 흔들리지 않았다.

"그럼 즐거운 시간 보내시오. 휴가 끝나고 백악관에 한번 들러요. 초청장 보낼 테니까. 멜리사가 당신을 무척 보고 싶어 하거든."

동네 친구에게 자기 집에 놀러 오라는 투로 얘기하고 크럼트는 수행원들과 함께 다른 곳으로 이동했다.

데이라 엔젤이 그 뒤를 따르며 태웅의 곁을 스쳐 지나갔다.

순간 그녀가 자신에게 살짝 윙크하는 것이 보였다.

하지만 그는 아무런 반응도 하지 않았다.

앞으로 또 얼마나 많은 남자를 홀릴지 예상할 수 없었지만 적어도 자신은 아니었다.

떠나가는 크럼트의 뒷모습을 멀뚱히 바라보던 태웅은 고개를 돌렸다.

"왜 이런 곳으로 휴가를 왔담? 조용한 게 좋은데……."

강지나가 못마땅한 듯 툴툴거렸다.

"어차피 며칠 안으로 오로라를 볼 수 있을 테니까 조금만 참아요. 그리고 주변이 시끄럽든 말든 뭐 어때요? 우리 텐트는 조용할 텐데."

태웅은 그녀의 머리카락을 부드럽게 쓸어내렸다.

촉촉한 두 눈빛이 밤하늘의 별보다 더 아름다웠다.

"오로라 보면 그다음은 뭐 할 거예요?"

강지나가 갑자기 그에게 불쑥 물었다.

"글쎄요. 왜요?"

"올해는 푹 쉬겠다면서요. 그래서 계획이 있나 해서요."

"계획이라……."

태웅은 잠시 하늘을 올려다보고는 다시 그녀를 보았다.

거대한 어둠의 장막 아래서 유독 눈부신 얼굴을 보니 하고 싶은 게 떠올랐다.

"신혼여행이나 갈까요?"

"…네?"

"그래, 그게 좋겠어. 신혼여행. 장소는 지나 씨가 골라요."

"결혼도 안 했는데… 웬 신혼여행?"

"결혼은 오늘 하면 되죠."

그의 말에 그녀의 입가에 미소가 번졌다.

더할 나위 없이 행복한 웃음이었다.

『배우, 미친 흡입력』완결

초대형 24시 만화방

신간 100%, 샤워실, 흡연실, 수면실(침대석), 커플석, 세탁기 완비

■ 광명 광명사거리역점 ■

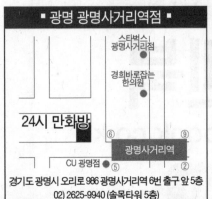

경기도 광명시 오리로 986 광명사거리역 6번 출구 앞 5층
02) 2625-9940 (솔목타워 5층)

■ 강북 노원역점 ■

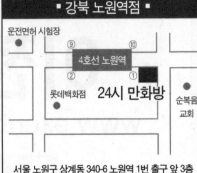

서울 노원구 상계동 340-6 노원역 1번 출구 앞 3층
02) 951-8324 (화용빌딩 3층)

■ 일산 정발산역점 ■

경찰서 ● 　　　정발산역 ●

제2 공영주차장 ●　　롯데백화점 ●

24시 만화방

E	C	A
	라페스타	
F	D	B

라페스타 E동 건너편 먹자골목 내 객잔건물 5층
031) 914-1957

■ 일산 화정역점 ■

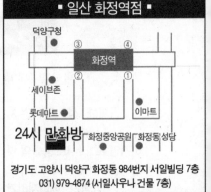

경기도 고양시 덕양구 화정동 984번지 서일빌딩 7층
031) 979-4874 (서일사우나 건물 7층)

■ 부천 역곡역점 ■

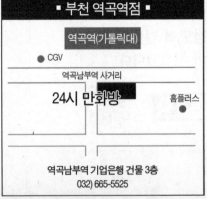

역곡남부역 기업은행 건물 3층
032) 665-5525

■ 부평역점 ■

(구) 진선미 예식장 뒤 한신포차 건물 10층
032) 522-2871